外国文学名著丛书

〔法〕孟德斯鸠／著

波斯人信札

罗大冈／译

"外国文学名著丛书"编委会

人民文学出版社

Montesquieu
LETTRES PERSANES
据 La Société des Belles Lettres, Paris, 1949 译出。

图书在版编目(CIP)数据

波斯人信札/(法)孟德斯鸠著;罗大冈译. — 北京:人民文学出版社,2020 (2024.6重印)
(外国文学名著丛书)
ISBN 978-7-02-015692-4

Ⅰ.①波… Ⅱ.①孟… ②罗… Ⅲ.①书信体小说—法国—近代 Ⅳ.①I565.44

中国版本图书馆 CIP 数据核字(2019)第 195730 号

责任编辑　黄凌霞
装帧设计　刘　静
责任印制　王重艺

出版发行　人民文学出版社
社　　址　北京市朝内大街 166 号
邮政编码　100705

印　　刷　河北新华第一印刷有限责任公司
经　　销　全国新华书店等

字　　数　228 千字
开　　本　850 毫米×1168 毫米　1/32
印　　张　13.5　插页 3
印　　数　8001—11000
版　　次　1958 年 3 月北京第 1 版
印　　次　2024 年 6 月第 3 次印刷

书　　号　978-7-02-015692-4
定　　价　49.00 元

如有印装质量问题,请与本社图书销售中心调换。电话:010-65233595

孟德斯鸠

出版说明

人民文学出版社自一九五一年成立起,就承担起向中国读者介绍优秀外国文学作品的重任。一九五八年,中宣部指示中国科学院文学研究所筹组编委会,组织朱光潜、冯至、戈宝权、叶水夫等三十余位外国文学权威专家,编选三套丛书——"马克思主义文艺理论丛书""外国古典文艺理论丛书""外国古典文学名著丛书"。

人民文学出版社与中国科学院文学研究所,根据"一流的原著、一流的译本、一流的译者"的原则进行翻译和出版工作。一九六四年,中国社会科学院外国文学研究所成立,是中国外国文学的最高研究机构。一九七八年,"外国古典文学名著丛书"更名为"外国文学名著丛书",至二〇〇〇年完成。这是新中国第一套系统介绍外国文学作品的大型丛书,是外国文学名著翻译的奠基性工程,其作品之多、质量之精、跨度之大,至今仍是中国外国文学出版史上之最,体现了中国外国文学研究界、翻译界和出版界的最高水平。

历经半个多世纪,"外国文学名著丛书"在中国读者中依然以系统性、权威性与普及性著称,但由于时代久远,许多图书在市场上已难见踪影,甚至成为收藏对象,稀缺品种更是一书难求。在中国读者阅读力持续增强的二十一世纪,在世界文明交流互鉴空前频繁的新时代,为满足人民日益增长的美好生活的需要,人民文学出版社决定再度与中国社会科学院外国文学研究所合作,以"网罗经典,格高意远,本色传承"为出发点,优中选优,推陈出新,出版新版"外国文学名著丛书"。

值此新版"外国文学名著丛书"面世之际,人民文学出版社与中国社会科学院外国文学研究所谨向为本丛书做出卓越贡献的翻译家们和热爱外国文学名著的广大读者致以崇高敬意!

"外国文学名著丛书"编委会
二〇一九年三月

编委会名单

（以姓氏笔画为序）

1958—1966

卞之琳　戈宝权　叶水夫　包文棣　冯　至　田德望
朱光潜　孙家晋　孙绳武　陈占元　杨季康　杨周翰
杨宪益　李健吾　罗大冈　金克木　郑效洵　季羡林
闻家驷　钱学熙　钱锺书　楼适夷　蒯斯曛　蔡　仪

1978—2001

卞之琳　巴　金　戈宝权　叶水夫　包文棣　卢永福
冯　至　田德望　叶麟鎏　朱光潜　朱　虹　孙家晋
孙绳武　陈占元　张　羽　陈冰夷　杨季康　杨周翰
杨宪益　李健吾　陈　燊　罗大冈　金克木　郑效洵
季羡林　姚　见　骆兆添　闻家驷　赵家璧　秦顺新
钱锺书　绿　原　蒋　路　董衡巽　楼适夷　蒯斯曛
蔡　仪

2019—

王焕生　刘文飞　任吉生　刘　建　许金龙　李永平
陈众议　肖丽媛　吴岳添　陆建德　赵白生　高　兴
秦顺新　聂震宁　臧永清

目　次

译本序 …………………………………………… *1*
作者序 …………………………………………… *1*

信一　郁斯贝克寄友人吕斯当 ………………… *1*
　　　（说明出国游历，志在求知）*
信二　郁斯贝克寄黑阉奴总管 ………………… *3*
　　　（嘱咐他如何看守后房妇女）
信三　莎嬉寄郁斯贝克 ………………………… *5*
　　　（回忆旧日的恩情，诉说别离的愁恨）
信四　赛菲丝寄郁斯贝克 ……………………… *7*
　　　（诉述阉奴总管的专横）
信五　吕斯当寄郁斯贝克 ……………………… *8*
　　　（反映伊斯巴汗群众对于郁斯贝克出走的议论）
信六　郁斯贝克寄友人耐熙 …………………… *9*
　　　（离乡背井，心有悔意，尤其不放心后房妇女）
信七　法蒂玛寄郁斯贝克 ……………………… *11*
　　　（后房妇女热情无处发抒，满怀怨愤）

* 目录中括号里的文字为译者所加。

1

信八　郁斯贝克寄友人吕斯当 ·················· 14
　　（出游的真正缘由：逃避朝廷权贵的倾轧，与可能的
　　陷害）

信九　阉奴总管寄伊璧 ·························· 16
　　（分析阉奴的悲惨生活，以及由于痛苦的生活而造成
　　的变态心理）

信十　米尔扎寄友人郁斯贝克 ···················· 21
　　（问道德是不是幸福的根源）

信十一　郁斯贝克寄米尔扎 ······················ 22
　　（穴居人的故事：人人极端自私，乃至彼此之间，没有
　　丝毫公平与正义）

信十二　郁斯贝克寄米尔扎 ······················ 26
　　（穴居人自私自利，自取灭亡）

信十三　郁斯贝克寄米尔扎 ······················ 29
　　（穴居人子孙道德高尚，复兴了民族，繁荣了社会）

信十四　郁斯贝克寄米尔扎 ······················ 31
　　（穴居人推举国王）

信十五　黑阉奴总管寄黑阉奴亚隆 ················ 33
　　（阉奴之间的友爱）

信十六　郁斯贝克寄三墓守者毛拉麦哈迈德·阿里 ··· 35
　　（虔信宗教的表示）

信十七　郁斯贝克寄麦哈迈德·阿里 ··············· 37
　　（如何判别物体洁净与否）

信十八　先知的侍者麦哈迈德·阿里寄郁斯贝克 ····· 39
　　（关于猪和老鼠的典故）

信十九　郁斯贝克寄友人吕斯当 ············ 42
　　（奥斯曼帝国的衰老和腐朽）

信二十　郁斯贝克寄妻莎嬉 ················ 44
　　（责备她对白阉奴态度不端）

信二十一　郁斯贝克寄白阉奴总管 ·········· 47
　　（严斥他不尽责）

信二十二　亚隆寄阉奴总管 ················ 49
　　（奉命驰返波斯，加强后房的监视）

信二十三　郁斯贝克寄友人伊邦 ············ 51
　　（意大利里窝那一瞥）

信二十四　黎伽寄伊邦 ···················· 53
　　（讽刺法王路易十四与罗马教皇）

信二十五　郁斯贝克寄伊邦 ················ 57
　　（友好的问候，并提到磊迭到意大利作修学旅行的
　　消息）

信二十六　郁斯贝克寄洛克莎娜 ············ 58
　　（甜言蜜语哄骗她，使她安于后房深院的幽禁
　　生活）

信二十七　郁斯贝克寄耐熙 ················ 62
　　（他在旅中身心交瘁，但不愿让他家中妇女与阉奴
　　知道这消息）

信二十八　黎伽寄××× ·················· 64
　　（巴黎剧院情况；一个女演员的被骗）

信二十九　黎伽寄伊邦 ···················· 67
　　（基督教的宗派斗争；宗教法庭的残暴）

信三十　　黎伽寄伊邦 …………………………… 70
　　　（巴黎居民对于外国人的好奇心）

信三十一　　磊迭寄郁斯贝克 ………………………… 72
　　　（威尼斯一瞥）

信三十二　　黎伽寄××× …………………………… 73
　　　（巴黎的盲人收容院）

信三十三　　郁斯贝克寄磊迭 ………………………… 74
　　　（论饮酒与宗教戒律,以及酒与人生的关系）

信三十四　　黎伽寄伊邦 ……………………………… 76
　　　（波斯妇女和法国妇女的比较;社交与友谊;宦官与
　　　阉奴制度的弊害）

信三十五　　郁斯贝克寄大不里士宏明修道院托钵僧仁希
　　　德表兄 ……………………………………… 78
　　　（从伊斯兰教的角度来看基督教）

信三十六　　郁斯贝克寄磊迭 ………………………… 80
　　　（巴黎咖啡店里的无聊争论;关于宗教的争辩）

信三十七　　郁斯贝克寄伊邦 ………………………… 82
　　　（路易十四的一些怪癖;奢侈浪费,赏罚不当）

信三十八　　黎伽寄伊邦 ……………………………… 84
　　　（欧洲人与亚洲人对妇女问题的不同看法）

信三十九　　哈奇·易毕寄改信伊斯兰教的犹太人彭·约
　　　如哀 ………………………………………… 87
　　　（先知穆罕默德的降生）

信四十　　郁斯贝克寄伊邦 …………………………… 89
　　　（论丧仪的无谓;论人生的悲欢）

4

信四十一　黑阉奴总管寄郁斯贝克 …………… *91*
　　（企图用暴力阉割幼奴,使他能供后房役使）

信四十二　法仑寄尊严的主人郁斯贝克 …………… *92*
　　（恳求免予阉割,并控诉阉奴总管公报私仇）

信四十三　郁斯贝克寄法仑 …………… *94*
　　（准许了他的请求）

信四十四　郁斯贝克寄磊迭 …………… *95*
　　（人们对于自己职业的骄傲；某些君主的妄自尊大）

信四十五　黎伽寄郁斯贝克 …………… *97*
　　（穷到发疯的炼丹者）

信四十六　郁斯贝克寄磊迭 …………… *100*
　　（不重视宗教的人道精神,而徒然在宗教仪式与迷信方面争吵的人）

信四十七　莎嬉寄郁斯贝克 …………… *103*
　　（记后房妇女出游遇险）

信四十八　郁斯贝克寄磊迭 …………… *105*
　　（巴黎社交场中的形形色色）

信四十九　黎伽寄郁斯贝克 …………… *112*
　　（反对传教士的殖民主义）

信五十　　黎伽寄××× …………… *114*
　　（讽刺厚颜自夸的人；赞美谦虚）

信五十一　波斯驻莫斯科维亚使臣纳拱寄郁斯贝克 …… *116*
　　（莫斯科维亚奇异风俗,附某女子给她母亲的信）

信五十二　黎伽寄郁斯贝克 …………………… *119*
　　（巴黎妇女愈老愈爱俏）

信五十三　塞丽丝寄郁斯贝克 …………………… *121*
　　（阉奴娶婢女为妻）

信五十四　黎伽寄郁斯贝克 …………………… *123*
　　（沙龙清谈家的无聊面目）

信五十五　黎伽寄伊邦 …………………………… *126*
　　（法国男女关系的放浪）

信五十六　郁斯贝克寄伊邦 ……………………… *129*
　　（巴黎妇女的赌博热狂）

信五十七　郁斯贝克寄磊迭 ……………………… *131*
　　（天主教的罪业审辩师）

信五十八　黎伽寄磊迭 …………………………… *134*
　　（巴黎的种种骗术）

信五十九　黎伽寄郁斯贝克 ……………………… *136*
　　（沙龙闲谈；老人们怀念前朝）

信六十　郁斯贝克寄伊邦 ………………………… *138*
　　（关于犹太教；反对宗教上的不宽容态度）

信六十一　郁斯贝克寄磊迭 ……………………… *140*
　　（教士在社交场合的窘态；反对强迫人民接受某些宗教上的观点）

信六十二　塞丽丝寄郁斯贝克 …………………… *143*
　　（女儿七岁，应当开始禁闭在后房）

信六十三　黎伽寄郁斯贝克 ……………………… *145*
　　（东方人与西方人在社交场所面目不同）

6

信六十四　黑阉奴总管寄郁斯贝克 …………………… *147*
　　（后房混乱，妇人争吵，阉奴总管要求全权处
　　理）

信六十五　郁斯贝克寄伊斯巴汗他家后房的妇女 …… *151*
　　（婉言规劝她们循规蹈矩）

信六十六　黎伽寄××× ……………………………… *153*
　　（反对无聊的著作家）

信六十七　伊邦寄郁斯贝克 …………………………… *155*
　　（阿非理桐与阿丝达黛的故事）

信六十八　黎伽寄郁斯贝克 …………………………… *166*
　　（论法官的无知与律师的狡猾）

信六十九　郁斯贝克寄磊迭 …………………………… *168*
　　（论上帝的预见性是有限度的）

信七十　塞丽丝寄郁斯贝克 …………………………… *172*
　　（记索立曼的女儿新婚受屈辱）

信七十一　郁斯贝克寄塞丽丝 ………………………… *173*
　　（论婚姻法的缺点；处女的证据，从医学上说，根本
　　不可靠）

信七十二　黎伽寄郁斯贝克 …………………………… *174*
　　（自作聪明的"无不晓"）

信七十三　黎伽寄××× ……………………………… *175*
　　（介绍法兰西学院及其工作）

信七十四　郁斯贝克寄黎伽 …………………………… *177*
　　（气焰逼人的贵族老爷）

信七十五　郁斯贝克寄磊迭 …………………………… *179*
　　（法国人宗教信仰动摇）

7

信七十六　郁斯贝克寄友人伊邦 …………………… *181*
　　（自杀的宗教意义与社会意义）

信七十七　伊邦寄郁斯贝克 ………………………… *184*
　　（在伊斯兰教观念上，人们应当逆来顺受，服从法律）

信七十八　黎伽寄郁斯贝克 ………………………… *185*
　　（漫画化的西班牙人形象）

信七十九　阉奴总管寄郁斯贝克 …………………… *190*
　　（新购西加西亚年轻女奴一名，留在后房，待郁斯贝克回去纳宠）

信八十　郁斯贝克寄磊迭 …………………………… *192*
　　（反对严刑峻法）

信八十一　波斯驻莫斯科维亚使臣纳拱寄郁斯贝克 …… *195*
　　（关于黩武的鞑靼民族及其昙花一现的勋业）

信八十二　黎伽寄伊邦 ……………………………… *197*
　　（巴黎有些人终日空谈，毫无内容；除了取悦于妇女，没有别的用处）

信八十三　郁斯贝克寄磊迭 ………………………… *199*
　　（论正义：正义的定义；正义与上帝；正义与强权）

信八十四　黎伽寄××× …………………………… *202*
　　（赞扬巴黎荣军院）

信八十五　郁斯贝克寄米尔扎 ……………………… *203*
　　（反对宗教迫害，提倡不同宗教信仰互相宽容，和睦共处）

信八十六　黎伽寄××× …………………………… *206*
　　（记巴黎法庭及各种风化案）

信八十七　黎伽寄××× ············ *208*
　　（讽刺社交场上的忙人）

信八十八　郁斯贝克寄磊迭 ············ *210*
　　（巴黎的大人物与权贵）

信八十九　郁斯贝克寄伊邦 ············ *211*
　　（论光荣与自由的关系；人民重视荣誉，首先要不受压迫）

信九十　郁斯贝克寄伊邦 ············ *214*
　　（论"荣誉观念"与决斗）

信九十一　郁斯贝克寄吕斯当 ············ *216*
　　（巴黎出现了假的波斯大使）

信九十二　郁斯贝克寄磊迭 ············ *218*
　　（路易十四之死；法院权力削弱）

信九十三　郁斯贝克寄其兄，加斯坂修道院的尚通 ··· *220*
　　（关于人的情欲与教士的修行）

信九十四　郁斯贝克寄磊迭 ············ *222*
　　（论公法；社会的形成；以及当时公法被各国朝廷破坏的情况）

信九十五　郁斯贝克寄磊迭 ············ *224*
　　（公法与民法之别；正义战争与非正义战争）

信九十六　阉奴总管寄郁斯贝克 ············ *227*
　　（报告后房近况；新购黄种少妇一名；盼主人早日返家）

信九十七　郁斯贝克寄甲隆山上的修道士哈善 ········ *229*
　　（论宗教经义与科学真理）

9

信九十八　郁斯贝克寄伊邦 …………… *232*
　　（社会动荡中，富人骤穷，穷人暴富）

信九十九　黎伽寄磊迭 ………………… *234*
　　（法国妇女衣饰变化无常，成为怪癖）

信一〇〇　黎伽寄磊迭 ………………… *236*
　　（法国人轻佻，在小事上自傲，在大事上甘心追随别
　　国；滥用外国法律）

信一〇一　郁斯贝克寄××× …………… *238*
　　（一个拥护教皇《宪章》的胖主教）

信一〇二　郁斯贝克寄伊邦 …………… *240*
　　（论欧洲各国政府；反对君主专政；反对滥用极刑）

信一〇三　郁斯贝克寄伊邦 …………… *243*
　　（亚洲各国君主脱离人民，不得民心）

信一〇四　郁斯贝克寄伊邦 …………… *245*
　　（论英国人民与政府；英国民气倔强）

信一〇五　磊迭寄郁斯贝克 …………… *247*
　　（反对科学与工艺为战争及开拓殖民地服务）

信一〇六　郁斯贝克寄磊迭 …………… *249*
　　（论工艺对于人民生活的重要）

信一〇七　黎伽寄伊邦 ………………… *253*
　　（法国妇女在政治舞台上的幕后活动）

信一〇八　郁斯贝克寄××× …………… *256*
　　（当时的"日报"，和出版界的情况）

信一〇九　黎伽寄××× ………………… *258*
　　（关于巴黎大学）

10

信一一〇　黎伽寄×××……………………… *260*
　　（扮演巴黎社交场上的漂亮女子的角色并非易事）
信一一一　郁斯贝克寄×××……………………… *262*
　　（关于投石党与马扎然的回忆）
信一一二　磊迭寄郁斯贝克……………………… *264*
　　（论地球上居民日渐减少）
信一一三　郁斯贝克寄磊迭……………………… *267*
　　（人口减少的原因：疫疠、洪水等）
信一一四　郁斯贝克寄磊迭……………………… *270*
　　（风俗、道德、宗教等对于人口的影响）
信一一五　郁斯贝克寄磊迭……………………… *273*
　　（论古罗马共和国的奴隶制有利于繁殖人口，发展工商业）
信一一六　郁斯贝克寄磊迭……………………… *275*
　　（基督教的婚姻制度与人口）
信一一七　郁斯贝克寄磊迭……………………… *278*
　　（旧教与新教对于人口的不同影响）
信一一八　郁斯贝克寄磊迭……………………… *281*
　　（殖民制度使非洲与美洲的人口同样地受损失）
信一一九　郁斯贝克寄磊迭……………………… *282*
　　（某些思想与成见影响人口）
信一二〇　郁斯贝克寄磊迭……………………… *284*
　　（野蛮民族人口衰落的原因）
信一二一　郁斯贝克寄磊迭……………………… *286*
　　（殖民政策不利于人口增殖；西班牙殖民者的残酷）

11

信一二二　郁斯贝克寄磊迭 …………………… *291*
　　（共和仁政最利于繁衍人口）

信一二三　郁斯贝克寄三墓守者毛拉麦哈迈德·
　阿里 …………………………………………… *293*
　　（论奥斯曼帝国两次战败）

信一二四　郁斯贝克寄磊迭 …………………… *295*
　　（国君犒赏过多，人民因而贫困）

信一二五　黎伽寄××× ……………………… *297*
　　（天堂的幸福很难设想；婆罗门年轻寡妇不愿殉夫
　　自焚）

信一二六　黎伽寄郁斯贝克 …………………… *299*
　　（影射时事：塞勒玛尔亲王谋叛案）

信一二七　黎伽寄伊邦 ………………………… *301*
　　（从查理十二之死，论大臣对国君的影响）

信一二八　黎伽寄郁斯贝克 …………………… *303*
　　（几何学家与翻译家）

信一二九　郁斯贝克寄磊迭 …………………… *306*
　　（立法者与立法精神；强调父权）

信一三〇　黎伽寄××× ……………………… *308*
　　（"新闻家"的无聊面目）

信一三一　磊迭寄黎伽 ………………………… *312*
　　（古代各共和国的起源及其历史）

信一三二　黎伽寄××× ……………………… *315*
　　（法国经济生活混乱）

信一三三　黎伽寄××× ……………………… *318*
　　（修道院的图书馆）

信一三四　黎伽寄××× ·········· *319*
　　（讽刺神学的著作）

信一三五　黎伽寄××× ·········· *322*
　　（关于科学与魔术的各种著作）

信一三六　黎伽寄××× ·········· *325*
　　（关于各国历史的著作）

信一三七　黎伽寄××× ·········· *328*
　　（对于诗歌与小说的看法）

信一三八　黎伽寄伊邦 ·········· *330*
　　（批评路易十四的几个大臣；反对约翰·劳）

信一三九　黎伽寄伊邦 ·········· *332*
　　（论瑞典女王自动让位）

信一四〇　黎伽寄郁斯贝克 ·········· *333*
　　（法院所处的困难地位）

信一四一　黎伽寄郁斯贝克 ·········· *334*
　　（伊卜拉欣的故事）

信一四二　黎伽寄郁斯贝克 ·········· *344*
　　（考古学家的怪癖；古神话残稿）

信一四三　黎伽寄里窝那犹太医师纳撒尼尔·雷维 ·········· *350*
　　（反对符箓、魔法、迷信；外省医生给巴黎医生的信）

信一四四　郁斯贝克寄黎伽 ·········· *358*
　　（记两位骄傲的学者）

信一四五　郁斯贝克寄磊迭 ·········· *359*
　　（行为卑鄙的大臣，影响全国人民的道德）

信一四六　阉奴总管寄郁斯贝克 …………………… *362*
　　（报告后房情况混乱，发现许多可疑之处）

信一四七　郁斯贝克寄阉奴总管 …………………… *363*
　　（命令他严厉整顿后房）

信一四八　那尔锡寄郁斯贝克 ……………………… *364*
　　（阉奴总管去世；那尔锡因为年龄最老，暂代总管职务）

信一四九　郁斯贝克寄那尔锡 ……………………… *365*
　　（命令他代替总管，整顿后房）

信一五〇　索林姆寄郁斯贝克 ……………………… *366*
　　（老总管临终留言；那尔锡昏聩，后房大乱）

信一五一　那尔锡寄郁斯贝克 ……………………… *368*
　　（洛克莎娜与塞丽丝到乡间游玩；郁斯贝克的信被遗失）

信一五二　郁斯贝克寄索林姆 ……………………… *369*
　　（给他全权，令他整顿后房）

信一五三　郁斯贝克寄后房妇人 …………………… *370*
　　（命令她们服从索林姆）

信一五四　郁斯贝克寄耐熙 ………………………… *371*
　　（诉述自己在旅中焦急不安的情绪）

信一五五　洛克莎娜寄郁斯贝克 …………………… *373*
　　（新总管在后房肆虐；洛克莎娜透露了不惜一死，反抗到底的决心）

信一五六　莎嬉寄郁斯贝克 ………………………… *374*
　　（她也受到了残酷待遇，但还希望郁斯贝克回心转意）

信一五七　塞丽丝寄郁斯贝克 ………………… *376*
　　("你的灵魂在堕落,你变成了残忍的人。")
信一五八　索林姆寄郁斯贝克 ………………… *377*
　　(发现了洛克莎娜的情人,并将他杀死)
信一五九　索林姆寄郁斯贝克 ………………… *379*
　　(打算进一步残害后房妇女,并且自鸣得意)
信一六〇　洛克莎娜寄郁斯贝克 ………………… *380*
　　(洛克莎娜的绝命书;她毒死了众阉奴之后,仰药自尽)

附录一　信札残稿 ………………… *382*
　郁斯贝克寄×××
　　(论学者与作家处境困难) ………………… *382*
　续穴居人故事
　　(应当发展工商业,但是必须重视道德) ………… *387*

附录二　关于《波斯人信札》 ………………… *390*
　关于《波斯人信札》的几点感想 ………………… *390*
　关于《波斯人信札》 ………………… *393*
　《波斯人信札》解辩 ………………… *394*

译 本 序

《波斯人信札》是法文原书 *Lettres Persanes* 的中译。其实这个译名不见得确切。《波斯人信札》中没有一封信真正是波斯人写的。全部信札都是用法文写的,或者伪装用法文从波斯文翻译过来的。《波斯人信札》(以下简称《信札》)的作者孟德斯鸠是法国西南部大城市波尔多一个贵族家庭的子弟,文化水平很高,但是波斯文他却一字不识。

《信札》的第一封信是一七一一年二月寄发的,那时孟德斯鸠已经化名为郁斯贝克,正在从波斯去法国的路上。他的信上提到一个与他同行的波斯人黎伽。郁斯贝克在他的信中写道:"为求知欲所驱使,我和黎伽宁愿离乡背井,置平静生活的安乐于不顾,辛辛苦苦,出来寻求贤智之道……"这位黎伽在《信札》中只被提到两次。《信札》的作者没有说明他是朋友还是仆人,和他同路去巴黎。到巴黎之后,黎伽的名氏就一直不提了,到一百六十封信全部结束,他的名氏没有再提过一次。这至少说明了黎伽是和郁斯贝克毫无文化关系的人物。他并没有参加编写《信札》的工作。

从《信札》第一封开始,孟德斯鸠已经由法国人乔装为波斯人郁斯贝克。这个郁斯贝克接着就漫游法国,又侨居巴黎几年之久。《信札》共有一百六十封信,全部是郁斯贝克(即孟德斯鸠)在侨居巴黎一年多时间内陆续编写成的。这是侨居巴黎的波斯人郁斯贝克和他留在波斯的家人戚友之间往来的信件。从它们的思想内容看,这一大堆信可以分为三部分:(一)对于政治问题的评论;(二)对于社会生活,包括宗教问题的评论;(三)关于波斯富裕人家深院密室妻妾成群的生活情况。

从这一百六十封信的篇幅统计,我们可以发现评论政治与社会生活的信约占全书篇幅的二分之一。如果再把谈论宗教问题的信统计在内,那么总篇幅占全书的四分之三。由此,读者可以毫不困难地回答这个问题:《信札》这部巨著的内容重点何在?

在政治问题上,《信札》不但联系时事,大胆指摘与批评法国烜赫一时的"太阳王"路易十四的封建专制,又名"绝对独裁",以及他的追求武功,东征西战,弄得国库困乏,民穷财尽。路易十四死后,王室的忠臣们不敢在大白天把国王的灵柩抬出去下葬,只好在月黑星暗的深夜出殡,避免对"太阳王"心有余愤的人民大众出来示威。难怪群众普遍欢迎在这个时刻出现骂"太阳王"暴虐的《信札》。

《信札》集中用十一封信讨论了一个问题:地球上的居民何以日渐稀少?当然,《信札》举出一些人口日渐稀少的现象,并未经过详细确实的调查研究,因而未必完全可靠。《信札》中提出地球上人口日渐稀少的理由也不完全正确。可是《信札》讨论世界人口日渐稀少的理由在当时是有进步意义的。例如《信札》作者认为,君主专制和天主教会干涉政治都不利于社会繁荣与人口增加。反之,共和政体与新教都有利于人口繁衍与社会富裕。《信札》公然反对奴隶制度,反对殖民政策,认为这些都是直接或间接使世界人口日益稀少的原因。至于大力发展工农商业,则有利于人口繁衍。

《信札》在距今二百三十多年以前,已基本上能正确划分正义战争与非正义战争的界限。《信札》作者认为君主为了开拓疆界,满足私欲而进行的战争毫无正义之可言。他痛斥侵略战争。《信札》中有一个乌托邦式的故事:"穴居人的故事"。穴居人是一个原始部族。起初同族人民互不团结,结果被异族侵略,遭受抢掠与大屠杀。后来族人觉醒了,团结互助,没有异族敢侵略他们,穴居人建立繁荣富强的部落,人口也增加了。作者又举了一个人类历史上的实例:西班牙殖民者对于被征服的殖民地人民的骇人听闻的大屠杀。

在社会问题方面,《信札》首先用轻松犀利的笔调,描绘出巴黎上层社会各种人物的脸谱。在大幅的浮世画中读者可以看到在赌场上混日子的巴黎时髦妇女;烧炼黄金的疯癫丹客;终日空谈,言不及义的沙龙才子;无中生有,搬弄是非的"新闻家"。《信札》的目的在于揭露巴黎社会的黑暗与污浊。《信札》的讽刺是大胆的、毫不留情的。其中有一封信,作者通过一个女演员的自述,揭发了一个天主教士的荒淫无耻。《信札》揭发法国妇女在政治舞台上起着很大的幕后作用,搞裙带关系,甚至以色相为代价,掌握当权派。一句话,在《信札》中,你可以见到巴黎男女关系之混乱。

在揭发与描述之后,《信札》的作者一定提出他自己的深刻思考与意见。比方关于妇女问题,作者认为主要原因在于妇女软弱,妇女应当奋发自强起来。男子强加于妇女头上的压迫与统治完全是人为的,非正义的。世俗认为妇女不及男子,那完全是由于长期以来女子被迫处于压制下的地位。如果男女社会地位完全平等,接受同样的教育,同样被社会尊敬与重视,那么女子不但可以和男子一样能干,一样聪明,也许还可以超过男子。

在宗教问题上,《信札》也提出许多深刻大胆的意见。《信札》作者反对迷信,讽刺当时流行的符箓。《信札》作者不相信天堂地狱之说。他认为既然上帝创造了人类,他必然愿意人类幸福,为什么让人类作恶又罚他入地狱呢?

法国历史上旧教(天主教)与新教(基督教)斗争激烈,拖延多年,人民深受其苦,《信札》作者始终拥护新教,他一直认为新教有助于发展工农业生产,有助于国家兴旺,人民幸福。

《信札》的作者不是郁斯贝克,是孟德斯鸠——法国贵族家庭的子弟,受过良好的教育。可是他不认识一个波斯文字,不会说波斯话。他之所以乔装波斯人,漫游法国,侨居巴黎,目的在于以外国人的目光观察法国。旁观者清,孟德斯鸠乔装成外国人之后可以用清醒的目光、清醒的头脑,观察法国的政治,以及人民大众的社会生活,思考如何改革政治,如何端正社会生活,以便使法国繁荣富强,人民幸福,这是他编写《信札》一书的惟一目的。要达到这目的,首先必须让他的《信札》能在法国读者之间通畅流行。他不乔装英国人或德国人,偏选择了波斯人,因为波斯国家的法律和伊斯兰教教规规定,家产富裕的波斯男子可以一个人娶四个妻子。至于婢妾的人数则不加规定,只要你养得起她们,婢妾有几百人或几千人随你便,这个特点对喜欢新奇的法国人非常有吸引力。于是孟德斯鸠决定把自己乔装成妻妾成群的波斯阔人,用波斯贵族深院后房的风流故事,作为他以严肃的爱国爱民思想为主要内容的《信札》的装饰品。

一七二一年孟德斯鸠初次出版他的《信札》(那时他三十二岁),作者用的是化名,因生怕读者误会他的《信札》宣传革命思想。后来此书销路非常好,他就用真实姓名出版这部奇书。到孟德斯鸠一七五五年去世时,此书已再版二十多次(据说不算盗版书在内)。

《信札》在法国文学史上具有相当高的地位。《信札》包括三类文体:第一类,深入浅出、明净澄澈的说理文;第二类,轻松活泼、尖锐微妙的讽刺文;第三类,以义理为骨、情节为肉,朴素简洁、爽利明快的叙事文。

《信札》问世后畅销不衰,孟德斯鸠感觉自己的声望日益扩大,曾经向法兰西学院提出为院士候选人,但未能被接受。二十年后,他再一次申请为院士候选人。这一次他终于被推选为法兰西学院的院士。这是法国文人在本国所能获得的最高荣誉。

从一七二一年到一七五四年,三十多年之间,孟德斯鸠对《信札》的文字不断加以修饰,到一七五四年,他发表了《信札》的订定版本。这部名著之所以成为传世之作,在法国有久远的影响,是来之不易的。

罗 大 冈

一九九六年于北京

作 者 序

我并不是在这里写一篇献词,也不是替这本书请求保护:①如果书是好的,人们一定会去读它;如果书不好,那么人们读与不读,我更不必计较了。

我把第一批信拿出来,试一试公众的口味;在我的文书夹中,还有大量别的信,日后可以发表。②

但是,这得有个条件:我不愿人们知道我是谁;如果人们

---

① 在封建时代的法国,文人学者完成一部著作以后,在一般情况下必须将它献给国君或权贵,在卷首写上一篇阿谀之词,得到贵人的保护和经济上的支援,始能出版。到十八世纪,由于资本主义逐渐发展,文艺与学术著作的出版,逐渐脱离封建势力,而落入商贾的手掌。《波斯人信札》的作者之所以敢不写献词,不求保护,是因为他没有打算在法国发表他的著作,而是不声不响地送到当时欧洲最繁荣的商业城市之一阿姆斯特丹去出版的。

② 这篇初版的序文,本身就是一篇文艺性的虚构作品,和《波斯人信札》集中所有信札的性质与笔调是一致的,和后面"附录二"所收的那三篇解释性的"感想"完全不同。因此序中说作者手头还有大量未发表的"信札",并非事实,而"感想"中说这部书不可能有续篇,倒是事实。在孟德斯鸠后代子孙所珍藏的丰富的遗稿中,学者们只发现了一些为数甚少的"信札"残稿(见本书"附录一"),并没有足以出《波斯人信札》二集的比较完整的材料。也许作者在一七二一年写初版序文时,打算写一部续集(当时并无成稿);可是在一七五八年版的"感想"("附录二")中,作者的经验证明,写《波斯人信札》的续集,完全无此必要。

1

知道了我的姓名,我将从此缄默。我认识一位女子①,她走路的姿态相当好看,可是别人一看她,她就瘸了。无须将我自身的缺点提出来供人批评,这作品本身的缺点已经够多了。如果人们知道我是谁,就会说:"他的著作和他的性格不相称;他应当把时间用在更适当的地方:一个庄重的人犯不着干这样的事。"②批评家们绝不缺少这一类感想,因为作这类感想用不着很多的智慧。

在这本书中提到的那几个写信的波斯人,曾经和我住在一起,朝夕相共。由于他们把我当作另一世界的人看待,他们什么都不瞒着我。的确,从如此辽远的地方迁移来的人,无须再保守什么秘密。他们将大部分的信札给我看,我抄了下来。甚至趁他们不注意,我看了几封别的信,而那些信他们本来决不会向我公开的,因为信的内容使虚荣心与嫉妒心受到很大的损伤。

所以我仅仅做了翻译工作。我的全部困难,在于使这作品适合法国的风俗。我尽可能减轻了读者对于亚洲语言的负担,我把读者从为数无穷的、高雅无比的词句中援救出来,否则这些词句会使读者一直厌倦到云端上去。③

但是,我给读者所做的事还不止这些。我删去了长篇大

---

① 据考据家说,这位"女子"不是别人,就是孟德斯鸠夫人。有些传记家说这位夫人本来是瘸的,她要是发现别人在注意她走路的姿态,心一慌,就会瘸得更厉害。
② 孟德斯鸠发表《波斯人信札》时,还担任着波尔多城法院院长的职务。他认为这样的著作和法院院长的庄严身份是不相称的,所以初时出现的《波斯人信札》的版本不具作者姓名。
③ 这句话在一七二一年的版本上作:"会把读者一直送上云端。"总而言之,意即:会让读者感到莫名其妙,厌倦到不知如何是好。

论的客气话,东方人在这方面的豁达大度,亦不亚于我们。我省略了无数的繁文缛节;那些细节非常经不住光天化日的照耀,它们只应当在两个朋友之间自生自灭。

如果发表书信集的作者,大部分都像我这样办,他们的著作可能会全部消逝。

有一件事常常使我诧异:这些波斯人,对于法国的风俗习惯,有时竟和我一样熟悉;甚至其中细微的情况,他们也都了解;并且我深信,许多游历过法国的德国人所注意不到的事物,他们全都注意到了。我想原因就在于他们在法国居留甚久;更何况一个亚洲人在一年之间熟悉法国人的风俗,比一个法国人用四年工夫熟悉亚洲人的风俗容易,因为法国人性格开朗,喜欢倾吐衷曲,正等于亚洲人沉默寡言、秘而不宣的程度。

按一般习俗,允许翻译者,甚至允许最野蛮的注释家,将原作赞扬一番,指出它的功用、优点和高妙之处,而把这一番话,作为翻译品或注解录的卷首点缀。我并没有这样做,人们很容易猜测我没有这样做的理由。最好的理由之一,就是写这一番话是非常可厌的,何况放在本身已经非常可厌的地方——我的意思是说放在一篇序文中。

信一　郁斯贝克*寄友人吕斯当

（寄伊斯巴汗①）

在高亩②，我们只逗留了一天。朝拜了生过十二位先知的圣母③的坟墓，接着又赶路。昨天，从伊斯巴汗出发以来的第二十五天，我们到达大不里士④。

为求知欲所驱使，我和黎伽宁愿离乡背井，置平静生活的安乐于不顾，辛辛苦苦，出来寻求贤智之道；在这样的波斯人之中，我们可能是最早的两个。

我们出生于一个繁荣的王国，但我们不曾以这王国的疆界作为我们知识的疆界，也不以为东方的光明，是照耀我们的惟一光明。

对于我们的出游，别人有何议论，请你来信见告。光说我爱听的话，那倒大可不必，因为我估计并没多少赞成我的人。来信寄埃塞垅⑤，我在那里将逗留若干天。

---

*　贝克，奥斯曼帝国统治伊斯兰教国家时期的贵族爵位。
①　伊斯巴汗，波斯古都，一七二二年为阿富汗人所毁。
②　高亩，波斯地名。
③　此处指伊斯兰教先知穆罕默德之女法蒂玛。伊斯兰教什叶派尊法蒂玛为"圣母"。
④　大不里士，波斯地名，今伊朗西北部城市。
⑤　埃塞垅，土耳其地名。这是郁斯贝克和黎伽在从波斯到欧洲的旅程中所经过的大城市之一。

1

再见,亲爱的吕斯当!请你放心,无论我到天涯海角,永不失为你的忠实朋友。

一七一一年,赛法尔月①十五日,于大不里士。

---

① 回历二月。回历即伊斯兰教太阴历,一年三百五十四日,十二个月,单月三十日,双月二十九日。

信二　郁斯贝克寄黑阉奴总管

（寄伊斯巴汗，郁斯贝克家内院①）

你是波斯最美丽的女子的忠心看守者；我在这世界上最宝贵的东西②，交托了给你；只能为我而开的那些森严的禁门，钥匙全在你手中。我心爱的宝藏③，由你照管着，因此我的心在充分的安全中，可以高枕无忧。你守卫在黑夜的沉寂里，你守卫在白昼的喧扰中；你不倦地小心谨慎，使摇摇欲坠的贞操与德行，随时得到支援与稳定。在你看守下的妇女，如果想不守本分，你就使她们打消这种妄念。你是恶癖邪行的大敌，忠心耿耿的表率。

妇人们受你管制，而你又服从她们的指挥；你盲目地执行她们的各种意旨，而使她们也盲目地遵守后房内院的法律。你替她们做最卑贱的服役，并且引以为荣；你毕恭毕敬、战战兢兢地顺从她们合法的命令；你伺候她们，就像是她们的奴才的奴才。但是，把权力颠倒过来，当你认为关于贞洁与卑谦的

---

① 在古代的波斯，除了衣食无着的穷人以外，普遍实行一夫多妻制。不但国王的后宫充满嫔妃和看守这些不幸的妇女的太监；一般有钱有势的人家也常有成群的妻妾禁闭在内院后房，由若干相当于太监的阉奴看守着。阉奴大部分是黑种人，也有白种的阉奴。由于白阉奴面貌比较清秀，所以一般情况下，不许他们直接伺候后房妇女。

②③　指后房妇女。

戒律有所弛懈的时候,你就要和我自己一样,以主人的身份发号施令。

你须永远记住,你是从极卑不足道的地位被我提拔起来的;在我的奴才之中,你本来是最微末的一个,我把你放在你现在的地位,将我心头的欢乐①托付给你。在那些和我同床共枕的妇人跟前,你要保持极其卑下的身份;但同时要使她们感觉到,她们是处于绝对服从的地位。各种无邪的乐趣,不妨供她们享受;设法宽慰她们的忧虑;用音乐、舞蹈、美酒娱悦她们;劝她们常常聚会。如果她们要到乡下去,你可以带她们去;可是,在她们面前出现的男子,你必须叫人把他们打跑。② 鼓励她们保持清洁,洁净的身体是洁净的灵魂的形象。你要时常对她们提到我。我愿意在这因为她们而显得更美丽、更迷人的地方,等待将来和她们重聚。

再见。

一七一一年,赛法尔月十八日,于大不里士。

---

① 指后房妇女。
② 按古代波斯的风俗,每逢妇女出行,均须蒙上面幕;有钱人家的妇女,不但蒙面,而且坐在密封的轿里,奴仆持棍棒吆喝开道。街上行人,尤其是男子,必须远远地回避;如有回避不及者,即棍棒交加,格杀勿论。

信三　莎嬉寄郁斯贝克

（寄大不里士）

我们曾经命令阉奴总管带我们下乡。他会告诉你，我们没有遇到任何意外。我们不得不下轿渡河的时候，按照惯例，坐在箱①中；两个奴人用肩扛着我们，这样就躲开了众人的视线。

亲爱的郁斯贝克，在伊斯巴汗你的后房中，我如何能活下去呢？那些地方，不断地令我回想起过去的欢乐，使我的欲望天天受到猛烈的新刺激。我从这几间屋子，徘徊到那几间屋子，不停地寻找你，永远找不到你；而过去的幸福，到处给人留下残酷的回忆。有时，我到了生平第一次将你抱在怀中的那个地方；有时，我走到你解决有名的群芳争艳的地点。那时，我们每人都自以为比别人更美。我们费尽心机，盛装修饰，然后走到你面前。你很高兴看见了我们的美容术所产生的奇迹；你赞美我们争宠之心热烈到如此程度。但是你不久就叫我们去掉人为的艳丽，显出更自然的娇媚；你使我们前功尽弃。我们不得不脱掉使你感觉不便的衣饰，在你眼前显现自然的本相。我丝毫不把羞耻放在心上，一意争取宠爱。幸福

---

① 箱，轿的一种。

的郁斯贝克,多少娇姿媚态展现在你眼前!我们看见你,在无穷欣悦之中,徘徊了许久许久,因为你心中犹豫,久久不能决定;每一种新的娇媚,要求你新的赏赐;一瞬之间,我们各个遍体盖满了你的吻印;你好奇的视线,一直射到最隐秘的角落;片刻之间,你叫我们变换了千种不同的姿势;不断地下新的命令,不断地有新的服从。我对你实说,郁斯贝克,我之所以希望博得你的欢心,因为一片热情比虚荣心更为强烈。不知不觉地我发现自己成了你心中的主宰;你占有了我。你离开我,又回到我身边,而我也懂得如何笼络你。胜利完全属于我了,绝望属于我的那些敌手。我们觉得,仿佛世上除了我们两人以外没有旁人,因为周围的一切,已不值得我们理会。也算是天幸,我的那些敌手竟有勇气留着不走,她们亲眼看见,我如何接受你的百般爱宠!假如她们真看见了我的狂欢极乐,她们就会察觉我的爱情和她们的爱情之间,如何不同;她们会明白,她们虽能和我争妍斗媚,却不能和我比赛感觉的锐敏……可是,我说的是什么!这一篇徒然的叙述又能产生什么影响?从未被爱过固然不幸,始乱终弃却是侮辱。你离开了我们,郁斯贝克,去浪游蛮荒绝域。被人热爱的好处你都看得一文不值?唉,你不知道这是多大的损失!我长吁短叹,谁也听不见;我泪下如雨,而你不能引以为快;爱情好像仍然活在后房内院,但是你越走越远,因为你冷漠无情!啊,亲爱的郁斯贝克,如果你懂得享福该多好啊!

一七一一年,穆哈兰月①二十一日,于法蒂玛后房。

① 回历一月。

信四　赛菲丝寄郁斯贝克

（寄埃塞垅）

终于，这黑魔①下了决心，置我于绝望之境：他用尽方法要抢走我的婢女赛丽得——热情地服侍我、用一双灵巧的手把一切都布置得很美妙的赛丽得。这一分离使我痛苦，但他②不肯就这样满足，还要使我大为丢脸。这奸贼认为我对赛丽得的信任是出于罪恶的动机；又因他经常被我赶出房门外，在门后边呆得腻烦了，所以胆敢瞎说他听见或看见了我自己连想也想不起来的事。我真是倒霉极了！我深居简出的生活，我的品行，都不足以避免他对我嚣张浮夸的猜疑。一个卑贱的奴隶，居然在你面前对你深爱的我大肆攻讦，而且逼我为自己辩护！不，我可不能降低身份，来和他分辩；对于我自己的品行，我所要求的保证，不是别的，而是你自己，是你对我的爱和我对你的爱；此外，亲爱的郁斯贝克，如果必须对你直说，那么就只有我的眼泪了。

一七一一年，穆哈兰月二十九日，于法蒂玛后房。

---

①② 指黑人阉奴总管。

信五　吕斯当寄郁斯贝克

（寄埃塞垅）

你是伊斯巴汗纷纷谈论的对象：人们不开口则已，一开口就谈你的出走。有些人以精神上的轻率，作为你出走的原因；另一些人则说你心中有愁苦之事。只有你的一群朋友在替你辩护，可是谁也没有被他们说服。人们不能了解，你何以能抛开你的那些妇女，离别父母、朋友、祖国，而到波斯人从未到过的风土气候中去。黎伽的母亲简直无法劝慰，她向你索还儿子，她说你把她的儿子抢走了。至于我，亲爱的郁斯贝克，我觉得我自然而然地有这种倾向：赞成你所做的一切，可是我无法原谅你的远别；而且，无论你用什么理由向我辩解，我心里决不会欣赏那些理由。

再见吧，请你永远爱我。

一七一一年，莱比尔·安外鲁月①二十八日，于伊斯巴汗。

---

① 回历三月。

信六　郁斯贝克寄友人耐熙

(寄伊斯巴汗)

从埃里望起,又赶了一天路程,我们就离开了波斯,进入土耳其人管辖的地界。十二天之后,我们到了埃塞垅,在这儿将要逗留三四个月。

耐熙,我必须对你实说:置身于狡猾的奥斯曼人①中间,举目不见波斯,使我心头隐隐作痛。我越进入这异教徒的国土,越觉得自己仿佛也成了异教徒。

祖国、家庭、朋友一一涌现在我心头。我的温情苏醒了过来。某种不安的情绪使我更加慌乱,并且使我明白,为了安逸起见,我又何苦这样多所营求呢?

可是使我最心痛的,却是我那些女人。一想起她们,我不禁万分忧伤。

耐熙,这倒并不是说我爱她们。在这方面,我已麻木不仁,因而失掉了任何欲望。生活在群雌粥粥的后房内院,我曾经预先防范,不使爱情发生;即使发生了爱情,也要用新的爱情抵消旧的。但是,我的态度虽冷淡,却还产生了一种暗暗的

---

① 奥斯曼人,即土耳其人,因土耳其昔称奥斯曼帝国。波斯人和奥斯曼人皆信奉伊斯兰教,但宗派不同,因而此地称奥斯曼人为"异教徒"。

嫉妒,并吞噬我的身心。眼看一群女人留在那里,几乎由她们自己在做主;替我负责看守的,只是一些卑怯的灵魂①。即使我的奴隶们忠于职守,我已经不容易高枕无忧。万一奴隶们不忠,那还了得?我远游他方,什么可悲可忧的消息都可能接到!对这种祸患,我的朋友们束手无策,因为可悲的后房隐秘不能使他们知道,而且他们也无能为力。与其严刑重罚,致使家丑外扬,不如装聋作哑,秘而不宣,这岂不更是我万分欢迎的办法吗?亲爱的耐熙,我把满肚子的愁闷都寄托在你心上了。在我目前的情况下,这是惟一的安慰。

一七一一年,莱比尔·阿赫鲁月②十日,于埃塞垅。

---

① 此处指阉奴,也就是下边一句中所谓"我的奴隶们"。
② 回历四月。

信七 法蒂玛寄郁斯贝克

（寄埃塞垅）

亲爱的郁斯贝克，你走了已经两个月，我在心灰意懒之中，还不能相信你已去了这么久。我跑遍后房，就像你没有离开，我的迷梦一点也没有打破。一个妇人将你抱在怀中，已经成为习惯。除了专心给你一些温柔的证据以外，她不干别的事。就出身而论，她是自由的人，由于爱情的炽烈，她却成了奴隶——这样一个妇人，她爱你，你说叫她怎么办呢？

和你成为夫妻以前，我的眼睛从未见过男子的面孔。我能看见的男子，你还是第一个。因为我并不把那些丑怪的阉奴算作男子，他们身上最起码的缺点，就是他们不是男子。把你端正的面目和他们残缺不全的嘴脸相比较的时候，我不能不感到幸福；尽我想象所及，没有任何事物，比你身上惑人的魅力更能使我欣喜了。我对你起誓，郁斯贝克，假如能允许我离开这里——离开这因为我的身份关系而必须把我禁闭的地方，假如我能摆脱周围的看守者，假如能允许我，在这万邦之都①的众多男子之中，任意挑选一个，郁斯贝克，我对你起誓，我挑选的一定是你，而不是别人。世界上值得爱的人，除你以

---

① 指伊斯巴汗。

外,不可能还有别人。

请勿以为你在远方,我就不注意修饰你所珍爱的美丽容貌。虽然我不应当被任何人看见,虽然我的修饰目前无助于你的幸福,我却仍然设法维持献媚取宠的习惯。每晚就寝,我决不会不先用最诱人的香液洒在身上。我回想到过去的幸福日子,那时你常常到我怀中。这是使我欣幸的幻梦,它诱惑我,使我看见亲爱的意中人。我的想象力在欲念中迷了路,同时却又因为不断的希望而怡然自得。有时我想,你艰苦的旅程使你厌倦,不久你会回到我们这里来。这样的幻梦既不出现于睡眠中,也不出现于神志清醒的状态,长夜漫漫,就这样消磨过去。我在身边找你,仿佛你在躲避我。最后,在我身上焚烧着的火焰,终于将这些迷人的魔影消除,使我清醒过来。那时,我觉得自己真是兴奋……郁斯贝克,你也许不信,我不可能再在这种情况下过日子。火焰在我的血管里燃烧。我所深深感觉到的一切,有什么不能对你表白!而一言难尽的情感,为什么偏又使我有这样深刻的感受呢!郁斯贝克,在那些时候,我宁愿以世界帝国作为代价,交换你的一吻。一个女人有如此强烈的欲望,可是又不能和可以满足她这种欲望的惟一的人在一起,这是何等不幸!她孤立无援,又没有任何使她转移心思的事物,于是不得不生活在长吁短叹和如怒如狂的热情之中,并且习以为常。她自己固然远远谈不到幸福,就连为另一个人的快乐而服务,也没有这样的优越条件。因为,她在后房是无用的装饰品,她之所以被保存,是为了她丈夫的体面,而不是为了她丈夫的幸福!

你们男子汉心肠真狠!我们有热情而自己无法满足,你们却对此大为快意。你们拿我们当作麻木不仁的人来对付,然而我们要是真的麻木不仁,你们就又会大发雷霆了。你们以为我们的欲望经过长期压抑之后,一看见男子就会受到剧烈的刺激。要使自己见爱于他人并非易事。你们不敢期待凭自己的长处能获得一切,却先使我们的官能处于绝望的境地,作为你们达到目的的捷径。

再见,亲爱的郁斯贝克,再见。你可以相信,我这一生不为别的,就只为爱慕你。你占有了我整个心灵,而你我别离,不但绝不至于使我遗忘你,反倒加强了我的爱情,如果我的爱情还能百尺竿头更进一步的话。

一七一一年,莱比尔·阿赫鲁月十二日,于伊斯巴汗内院。

信八　郁斯贝克寄友人吕斯当

（寄伊斯巴汗）

　　我在埃塞垅，来信已收到。我这次出行,会引起大家议论纷纷,这是早在我意料之中的,然而我毫不因此而感到不快。我有我谨慎的打算,敌人有敌人谨慎的打算,你说叫我听谁好?

　　我从极年轻的时候开始,已经出入宫廷。可以说,我的心并未受宫廷生活腐蚀,甚至曾经作了伟大的计划:我敢在宫廷之间,保持我的良好品德。看见邪恶所在,我必远而避之;但是稍后我又接近邪恶,因为要加以揭露。我将真情实理,一直呈到国王御座之前,因为我在御前所说的是一种闻所未闻的语言;我使谄媚者张皇失措,同时使偶像及其崇拜者惊奇不已。

　　但是,我发现我的真诚惹起了他人的敌视,我招致各部大臣的嫉妒,而并未邀得君王的青睐,在这腐化的宫廷里,支持我的仅仅是薄弱的德行。于是我决定离开宫廷。我假装对于科学感到极大的兴趣,并且,弄假终于成真,兴趣确实发生了。从此我百事不管,隐居在乡下的别墅中。可是这一态度,也有不便之处:我的敌人们随时可以欺弄我,而我几乎失却一切自卫的办法。根据一些秘密的通风报信,我严肃地考虑到自身的问题。我决定出国远游,反正我早已离开宫廷,这也可以算我出国的好借口之一。我去见了王上,陈述我学习西方科学的愿望;我向他委婉解释,我的旅行对他可能有用。我博得他的好感,总算走成了。我从敌人手中挽救了自己。

吕斯当,这就是我出游的真正缘由。让伊斯巴汗去议论纷纷吧,但在那些爱我的人之前,请不要替我辩护。我的敌人们作种种恶意的解释,你可置之不理。这是他们目前对我所能作的惟一的危害,我真是太有福气了。

现在大家都在议论我。久而久之,人们不免完全将我忘却,并且我的友人们……不,吕斯当,我不愿作此伤心的想法。友人们一定永远爱重我,我相信他们对我永远忠实,正如我相信你一样。

一七一一年,主马达·阿赫鲁月[①]二十日,于埃塞垅。

---

① 回历六月。

信九　阉奴总管寄伊璧

（寄埃塞垅）

你跟随旧主人到处旅行，走遍各行省、各王国。忧愁悒郁的情绪，不可能在你身上落下痕迹。因为你无时无刻不看见新鲜事物，所见的一切，都使你心旷神怡，时间过去了，而你毫不觉得。

我的情况却大不相同。我被关在可怕的监牢中，周围的一切天天如此，心上的忧郁永远不变。五十年来，战战兢兢、提心吊胆的日子重重地压在我身上，使我呻吟不已。我这一生，去日虽多，却不能说曾经有过一刻清静、一天安心。

当初，我的第一个主人打定了残酷的计划，要将他的那些妇人交给我看管，并且百般威胁利诱，强迫我从此以后永成残缺不全的人。那时，我对最艰苦的差役发生了厌倦，打算牺牲我的情欲，借以换取安逸和富裕的生活。我真倒霉！在我分神的脑海中，我只看见补偿，没有看见损失。因为我当初希望，由于无力满足爱情，正好借此挣脱情网。唉！人家在我身上灭绝了情欲之果，而没有消除情欲之因。于是，远远不曾使我减轻情欲的负荷，周围的一切，反而不断地刺激我的情欲。一进后房，一切都引起我对于我所丧失的事物的悔恨：我觉得无时无刻不在兴奋中，千娇百媚，好像为了使我懊丧，才故意出现在我眼前。我的不幸真是到了极点,因为在我眼前,永远有一个幸福的男子存在。在那心烦意乱的时期,我每次将妇人领到主人床上,每次替妇人脱掉衣裳,回来的时候,心中必定燃烧着无可奈何的狂怒,灵魂充满可怕的绝望。

我悲惨的青春就是这样度过的。除我自己以外,我没有一个心腹,我满怀苦闷和忧郁,不得不忍气吞声,以前我企图用那么温柔的眼光观看女人,那时只好用严厉的眼光去看她们。如果被她们看穿,我就完了。她们利用我的弱点,什么便宜不想占?

记得有一天,我伺候一个妇人洗澡。我情不自禁到失却了全部理智,竟敢用手接触某一可怕的地方。当时我的第一个念头,认为我生命的末日到临了。幸亏我还算运气,避免了酷刑和惨死。可是那个美人,手中掌握了我的弱点作为把柄,使我付出很高的代价,来换取她的缄默;对于她,我的权威完全丧失;从此她强迫我冒了千百次生命危险,去做委曲求全的事。

最后,青春的火焰熄灭了:我老了,在这方面进入平静的境界;我用漠不关心的眼光看那些女人;过去她们鄙视我、折磨我、使我痛苦,现在我以同样待遇好生回敬她们。我永远记得,我是为了指挥她们而生在世上的,遇到对她们发号施令的机会,我仿佛觉得自己重新成了男子汉。自从我用冷静的头脑观察她们,并且通过我的理智发现她们的全部弱点以后,她们就成了我憎恨的对象。虽然我替别人看守她们,但是她们唯唯听命,对于我不但是一种乐趣,而且是暗暗的欢喜。我剥夺她们的一切,仿佛她们为我而受罪,因而我总能得到间接的满足。我在后房内院好比在我的小小帝国中一样,于是我的野心——我身上所剩的惟一热情,也稍稍满足。我看见周围的一切都依靠我来进行,无时无刻不需要我,心中很高兴。我甘心情愿,负担全体妇人对我的憎恨,这憎恨巩固了我在后房内院的职位。因此,她们并不是和一个忘恩负义之人打交道,她们最天真无邪的乐趣,我总是先意承志地满足她们。我在她们面前,永远像一座不可动摇的栅栏:她们出主意、订计划,我突然间出来拦阻。我以"拒绝"武装自己;我满腹顾虑,好比刺猬遍身是刺;我三句不离口的无非天职、德行、廉耻、谦虚等字眼。我不断地对她们谈女性的软弱和主人的威权,使她们懊丧绝望。接着,我又自怨自艾,说我如此严厉,实在出于无奈,好像我要她们了解,我除了她们的利益,除了对她们十分关心之外,没有别的动机。

我并非没有数不清的不顺心的事,这些喜欢报复的妇人,并非不设法夸张我给她们受的气:她们的反击是可怖的。我和她们相互间的优势与劣势,一涨一落,如同潮水一般。她们经常把最令人感觉羞辱的差使派到我头上,她们对我装出无比的鄙视,并且不管我年老,为了毫不重要的事,一夜之间,叫我起来十次。我不停地被命令、差遣、役使、摆布,累得喘不过气来,好像她们在轮班训练我,好像她们的花招层出不穷。她们常常喜欢使我加倍地干活。她们叫人向我透露一些假秘密:时而有人来说,在墙外发现了一个年轻男子,时而有人听见了可疑的声音,或拾到了一封信。这一切使我手忙脚乱,她们反而引为笑乐:见我如此庸人自扰,她们高兴之至。又有一次,她们将我拴在房门外,昼夜不放。她们善于伪装害病,伪装不省人事、惊慌恐怖。她们并不缺少借口,使我服服帖帖,让她们牵着走。在这种情况下,必须盲目服从,百依百顺:像我这样的人敢说一个"不"字,那才是闻所未闻;而且如果我迟疑不决,不服从她们,她们就有权力惩罚我。亲爱的伊璧,我宁愿不要老命,也不甘心受此屈辱。

　　上述种种,尚非全部情况。我从来没有把握,如何博得主人片刻欢心。在主人心中,有许多妇人都是我的仇敌,她们一心想要置我于绝境。她们和主人亲密的片刻,主人决不会听信我的话;在那些时刻,她们要什么就获得什么;在那些时刻,理亏的反正总是我。我把对我怀着怒意的妇人领到主人床上去。你以为女人会在那里替我说话吗?你以为我的利益会占优势吗?她们的眼泪,她们的婉转呻吟,她们的拥抱接吻,甚至她们的欢乐,都使我提心吊胆,因为她们正处于耀武扬威的地位,她们的妖媚对于我是可怕的。我过去的服务劳绩,被她们当前的服务,在片刻之间,一笔勾销。对于这神魂颠倒、身不由己的主人,我无法通过任何事物保证他对我的信任。

　　晚上就寝时,还保持着主人对我的好感;早上一起床,已经失宠了——这样的事,我已经遭遇不知多少次!那一天,我在后房附近受了鞭笞,丢尽了脸,究竟为了什么事?原来我把一个妇人送入主人怀抱,那妇人等主人情焰上升,马上就泪如泉涌,诉述怨愤,并且很巧妙地配以间隙,使得怨愤的严重性随着她所激发的情欲的增长而更加严重。在这千钧一发的时候,我如何招架得住呢?在我最不提防的时候,我掉入了陷阱,成了热情缠绵和婉转呻吟中所订条约的牺牲品。亲爱的伊璧,我一直生活在这种残酷的情况下。

　　你多么幸福!你伺候的对象,限于郁斯贝克一个人。讨他的欢心在你并不是难事，你也不难将他对你的好感保持到你生命的末日。

一七一一年，赛法尔月最后一日，于伊斯巴汗内院。

信十　米尔扎*寄友人郁斯贝克

（寄埃塞垅）

只有你,当黎伽和我远离的时候,能使我的损失得到补偿;也只有黎伽,能够安慰我对于你的遥念。我们很想念你,郁斯贝克,因为你在这儿是我们交游场中的灵魂。心投意惬的交谊,除非用暴力,否则是决不会破裂的!

我们正在这儿纷纷争辩,所争论的经常是道德方面的问题。昨天,有人提出:人之所以幸福,是否由于官能的满足与快感,还是由于道德实践? 我常听你说,人生在世,本应道德高尚,而正义之感,乃是与生俱来的人特有的品质。尊意如何,务请指教。

我曾和几位毛拉①谈过,他们引经据典,满口《古兰经》,使我失望。因我并非以真正信徒的身份和他们交谈,而是作为人,作为公民,作为人父,去和他们谈的。

再见。

一七一一年,赛法尔月最后一日,于伊斯巴汗。

---

* 米尔扎,波斯对官吏、王族、学者的尊称。君主用此尊称时,放在本名后边,文人学士用此尊称时,放在本名前面。但是在这封信里,米尔扎却借作私人专名。

① 毛拉,伊斯兰教职称谓,有时亦指一般博学通经之士。

信十一　郁斯贝克寄米尔扎

（寄伊斯巴汗）

你放弃自己的理智，而要试试我的理智；你卑躬屈节，和我商讨，以为我能教你。亲爱的米尔扎，你对我的友谊，比你对我的良好看法，更使我感觉欣幸。

为了不辱尊命，我以为毋须用极抽象的理论。有些真理，仅用劝说不足以服人，还须令人有所感触。道德真理就是如此。下列一段历史，也许比精微的哲学更能使你感动。

从前，阿拉伯有一小小民族，名叫穴居人。他们的远祖是古代的穴居人，如果相信历史学家的话，据说三分像人，七分像兽。我所说的穴居人却并不如此丑怪。他们并不像熊一般遍体长毛，他们并不尖声呼啸，他们也有两只眼睛。可是他们如此恶劣，如此残暴，乃至彼此之间，没有丝毫公平与正义的原则。

他们的国王系出外族，他想纠正他们恶劣的根性，对待他们十分严厉。但是他们发动叛乱，杀死了国王，灭绝了王室。

事变之后，他们会合在一起，推举政府。经过无数分歧与争执，建立了一些官职。但是，官员刚刚选定，大家立刻觉得他们令人不能忍受，于是又把他们统统杀死。

人们摆脱了新的束缚，一味按照他们的野蛮本性行事。

各人认为再也不必服从任何人,各人关怀的只是自身利益,无须过问别人的利益。

众口一词,作出这样的决定,使大家感到极度欣幸。他们都说:"我干什么去给漠不相关的人拼命劳动?我光替自己想,这样就可以过幸福日子。别人是否幸福,与我有什么相干?我设法获得所需要的一切,并且只要我应有尽有,所有别的穴居人艰难贫困,毫不放在我心上。"

那时正是播种的月份。人人说:"我只耕自己的地,地上长麦子,够我吃就行;更多的产量,对于我没有用处;我决不自讨苦吃,劳而无益。"

在这小小的王国里,土地的质量并不一致。有些地区多山,土质贫瘠;另一些地区低洼,有溪流灌溉。这一年,天气十分干旱,以致高地一无收成。同时,可以灌溉的土地却大大丰收。这样一来,山区居民几乎全部饿死,因为洼地居民冷酷无情,不肯分给他们粮食。

第二年,雨水特别多,高地异常丰饶,而低地被水淹没。于是又有一半人大闹饥荒,可是这些倒霉家伙发现别人也和他们以前一样:冷酷无情。

在主要的居民之中,有一个人的妻子非常美丽。他的邻人爱上了她,并且把她抢走。两人吵得很凶,在大骂大打之后,他们同意去找另一个穴居人,请他决断。那人在共和国存在的时期,曾经多少有点威信。两人跑去找他,各有一番理由,打算向他陈述。那人对他们说:"这女子属于你,或属于他,跟我有什么关系?我有我的地要耕。我不能疏忽了自己的事,糟蹋我的时间,而替你们排难解纷,为你们的事卖力气。我请求你们让我安静一点,别再拿你们吵架的事来麻烦我。"

23

话一说完,他就和吵架的两人分手,去种自己的地。两人之中,掠夺人妻的那个比较强壮,他发誓宁死不肯交还妇人。另外那个,眼看邻人如此不顾正义,仲裁者如此冷酷,心中深为难受,满怀懊丧,走向归途。在路上,他发现一个妇人,年轻貌美,正从泉边汲水回来。他这时已经没有妻室,路上的女子很中他的意。等到他听说这女子就是他打算请为仲裁,而对他的不幸如此无动于衷的那人的妻子,他就觉得这女子更加合他的心意。他把那女子抢了就走,带到他家中去了。

有一个人拥有一块相当肥沃的地,他非常仔细地耕种着。他有两个邻人,勾结在一起,将他从住宅中驱逐出去,强占了他的田地。两人之间缔结了联盟,谁要是来抢夺那块地,他们一同抵御。于是,确确实实,他们彼此支援,并且继续了数月之久。可是两人中的一个,觉得一切本可独占,老是与人均分,实在不胜其烦,他就杀死另一个,成了田地的惟一主人。他的天下并不久长:另外有两个穴居人,前来袭击,欺他势孤力弱、不能抵御,把他杀死。

一个穴居人,身上几乎一丝不挂,看见有羊毛待售,他打听什么价钱。商人心中盘算:"当然,我的羊毛,也就只能希望卖到两斗①玉米的钱。可是我要抬价四倍,借此获得八斗玉米。"购者无可奈何,只好听他要价,照价付钱。"我很高兴,"商人说,"现在我可以得到麦子了。""你说什么?"购者问道,"你需要麦子吗?我有麦子出售。就怕价钱会使你吃惊。因为你明白,现下几乎到处饥荒,麦子贵到极点。可是,还我

---

① 此处仅指一种量器,姑且译为斗,取其广义,而其容量并不恰恰等于一斗。

钱来,我给你一斗麦子。否则,哪怕你饿死我也不愿脱手。"

就在同时,一种凶恶的疾病在地方上肆虐。从邻国来了一位医生,本领很好。他对症下药,病人一经他手,无不霍然而愈。疾病停止以后,他到经他医治过的病人家中,向他们索取酬金,然而他到处碰钉子。他回国去了。回国之后,由于长途跋涉,他感觉劳顿不堪。可是不久以后,他听说同样的疾病又在那里出现,并且变本加厉,危害那忘恩负义的国土。这一回,那儿的居民不等医生前去,倒先跑来找他。医生说:"滚吧,不义的人们!你们的灵魂中有一种毒素,比你们想治疗的病毒更能致命。你们不配在大地上占一位置,因为你们毫无人道精神,你们不知道什么是公道的规则。神祇责罚你们,如果我反对神祇正义的愤怒,我认为那就是触犯神祇。"

一七一一年,主马达·阿赫鲁月三日,于埃塞垅。

信十二　郁斯贝克寄米尔扎

（寄伊斯巴汗）

你明白了，亲爱的米尔扎，穴居人如何由于自己的恶劣根性遭受灭亡，如何成了他们自己背信弃义的行为的牺牲品。那许多家庭之中，只有两家未罹民族的灾难。原来在那地方，有两个很奇特的人。他们有人道精神，认识正义，崇尚道德。两人以正直之心互相结合，同时也因鉴于别人的心太腐化而更加亲密。他们眼看满地悲惨的景象，直觉得可怜可悯，于是这又成了他们加强团结的理由。两人以同样的勤勉，为他们的共同利益而操劳。他们之间的分歧，只是温和、亲爱的友谊所产生的分歧。这样，他们两人远离了不配与他们为伍的同胞，在国内最偏僻的角落度着平静幸福的生活。田地被那两双道德高尚的手耕种着，好像自然而然地生产了庄稼。

他们爱他们的妻子，同时也被妻子温柔地热爱着。他们集中注意力，用德行教养他们的子女。不断地给他们指出本国同胞的重重苦难，使孩子们正视这一可悲的覆辙，他们尤其使孩子感觉到：个人的利益永远包括在公共利益之中；要想和公共利益分离，等于自取灭亡；德行对于我们不应当成为一种负担；不应当把德行看成畏途；并且，以正义待人，等于以仁慈待己。

不久,他们得到了有德行的父亲应得的快慰,那就是有了和他们自己相像的子女。在他们注视之下长成的年轻一代,通过幸福的婚姻,繁衍了起来。人数不断增加,团结却是照旧。至于德行,丝毫不因人数众多而衰落。正相反,由于更多的范例,所以加强了德行。

谁能在此设想这些穴居人的幸福呢？这样公正的人民,必定见宠于神祇。他们张开眼睛认识了神祇,也就学会了敬畏。"自然"在风俗习惯中原来留下了一些过于粗糙的事物,于是宗教就来使之柔和。

他们制礼作乐,以娱神祇。节日一到,男女青年,戴着鲜花,用舞蹈和田园音乐,来歌颂神祇。接着就摆开庆筵,酒肴虽然俭素,欢乐并不因此稍减。就在这种集会上,天真的"自然"开始发言;在这些场合,人们学习着以真心真情,互相授受;在这些场合,羞红了的天真面孔,倾吐着爱情的衷曲,可巧又被人听见,不过立刻获得尊长的首肯;在这些场合,慈母们乐于预料那些未来的夫妇如何恩爱、如何忠贞。

大家到庙中去,向神祇求福。所求的并不是发财致富,也不是优裕阔绰——这种愿望和幸福的穴居人的身份不相称——他们只希望他们的同胞都富裕。他们跪在祭坛下边,只是为了祈求尊长健康,兄弟团结,妻子多情,子女孝顺。姑娘们来到神前,贡献她们温柔的祭品:她们的心。而她们所求的只是一种神恩,那就是能使一个穴居人的男子因为她们而获得幸福。

傍晚,羊群离开草地,倦耕的牛已经拖着犁归来。这时候,人们聚集在一起,一边吃清淡的晚餐,一边歌唱当初的穴居人,行为如何不义,遭遇如何悲惨;又歌唱懿行美德,如何随着新的一代而复兴,并且带来了幸福;他们颂扬神祇的伟大,神降恩惠给祈求的人;如果对神不知敬畏,必定触犯神怒;然后他们又描述田园生活的乐趣,永远纯洁的生活如何幸福。不久以后,他们沉沉入睡,他们的睡眠从未被操心和忧郁所打断。

大自然不但满足他们必需的一切,也同样满足他们的欲望。在这幸福的地方,贪婪是从来没有的。人们互相馈赠,赠者却总以为自己在占便宜。穴居族人民把自己看成一家人,牛羊几乎永久混在一起,把各人的牛羊分开是他们认为惟一不必多此一举的事。

一七一一年,主马达·阿赫鲁月六日,于埃塞垅。

信十三　郁斯贝克寄米尔扎

对你谈穴居人的德行,我想永远是谈不完的。有一天,一个穴居人说:"我父亲明天得去耕地,我要比他早起两小时。等他下地,就会发现他的地已经耕过了。"

另有一人心中寻思道:"我仿佛觉得,我妹妹看中了一个年轻的穴居人——我们的亲戚。我得向父亲提出,玉成这段姻缘。"

有人跑来告诉另一个穴居人,说他的牛羊被一伙贼人偷走了。那人说:"好不气人!因为其中有一头通身洁白的小母牛,我本打算将它献给神祇。"

另有一个人说:"我得上庙去谢神,因为我弟弟健康恢复了,父亲那么钟爱弟弟,我也十分疼他。"

还有人说:"有一块地和我父亲的地邻接,种那块地的人们天天让猛太阳烤着。我得上那儿种两株树,使那些可怜朋友有时可以到树荫下休息。"

有一天,几个穴居人聚集在一起,一位老人在说一个年轻人,怀疑他干了件坏事,并且在责备他。另一些青年穴居人说:"我们不信他犯了这罪行。可是,如果真有那回事,让他在他全家人之中最后一个死去!"

有人来对一个穴居人说,他家里遭一群外邦人抢劫,把什么都抢走了。这人答道:"如果他们合乎正义,愿神衹让他们能享用那些财物,比我更久。"

穴居族那么繁荣,不能不引起别人眼红。邻近各民族啸聚成群,找了个无聊的借口,决定掠夺穴居族的牛羊。穴居人一知道这消息,就派遣使者,跑去向他们这样说:"穴居族有什么对不起你们?难道他们抢了你们的妇女,偷了你们的牛羊,蹂躏了你们的田地吗?没有的事。我们是公正的,并且我们敬畏神衹。你们到底想要我们的什么?你们要羊毛做衣裳吗?你们要牛羊乳喂养羔犊,要我们地上出产的果子吗?放下你们的武器,到我们这边来,我们把这些都给你们。可是,如果你们怀着敌意,进入我们的国土,那么我们就指天为誓,必定以不义之民看待你们,必定用对付野兽的手段对付你们。"

对方以鄙夷的态度,拒绝了这一番言语。这些野蛮的外族人,全副武装,侵入穴居族的地域。他们以为穴居人除了天真纯朴之外,束手无策。

但是穴居人决心保卫自己,他们将妇女和儿童围在当中。使他们惊奇的是敌人的凶狠寡义,而不是敌人人数众多。一股新的热血充满了他们的心:这一个愿意为父亲而战死;另一个愿意为老婆子女去牺牲;也有的为兄弟;也有的为朋友;总之,大家都为了穴居族的人民。一个人牺牲了,先由他亲近的人上去接替,接替者除了为公共事业之外,同时也有私仇要报。

非正义与德行之间的战斗,就如上述。那些卑怯的族类,所求的无非赃物,并不以逃亡为可耻,面对穴居人的勇敢,尚未接触,就大败而去。

一七一一年,主马达·阿赫鲁月九日,于埃塞堍。

信十四　郁斯贝克寄米尔扎

穴居人鉴于族中人口一天比一天增加，认为推选国王的时机已经成熟。他们一致认为，必须将王冠戴在最公正的人头上，大家的眼光集中在一位年高德劭的可敬的老者身上。他不愿参加那次集会，躲在自己家中，满心忧愁。

大家派代表去通知他已经被选为国王，他说："使我对穴居族犯此过错，使大家相信在他们之间没有一个人比我更公正，必定拂逆天意！你们给我这顶王冠，如果非如此不可，我也只好接受。但是你们可以预料，我必悲痛而死。因为，当我来到世上，看见穴居人都是自由的，今日却眼看他们作了顺民。"说到这里，他泪如泉涌。他又说道："倒霉的日子，我为什么活得这么久？"接着，他用严厉的声音喊道："我明白是怎么回事，啊，穴居人！你们的德行，开始对于你们成为沉重的包袱。在现况之下，你们既无首领，必然是在不知不觉中具有美好的品德，否则不能生存下去，否则可能重蹈祖先的覆辙。可是道德的束缚对于你们也许太严峻了，你们宁愿拜倒在君主之前，服从他的法律，这比你们严肃的风俗反而灵活一些。你们知道到了那时，你们大可以满足奢望，发财致富，在卑鄙的享乐中懒洋洋地打发日子；你们也知道，那时你们将以不犯重大罪行为满足，至于美德，就根本不谈了。"老人停顿了一下,他的眼泪比以前流得更汹涌了。他说:"唉!你们打算叫我干什么?我怎么能命令一个穴居人,让他去做一件什么事?难道你们愿意他因为我的命令而去完成一桩道德高尚的举动?即使没有我,单凭他自然的倾向,他本来也能这样做。啊,穴居人!我年寿已尽,脉管中血液冰凉,不久就要和你们的列祖列宗重新见面。为什么你们愿意我使祖辈难过,非让我告诉他们,说我留在你们颈上的枷锁并非美德。"

一七一一年,主马达·阿赫鲁月十日,于埃塞垅。

信十五　黑阉奴总管寄黑阉奴亚隆

（寄埃塞垅）

我祷告老天，请它把你带回到这儿，并且使你避免种种危难。

虽然所谓友谊这种关系，我几乎从未经验过；虽然我彻头彻尾闭塞在自己的小天地中，而你却曾经使我感觉到，在我胸膛中还有一颗火热的心。对于受我管辖的那群奴隶，我是个铁石心肠的人，但是我以喜悦的心情看你从儿童长大成人。

当年，时间一到，主人的视线投射在你身上了。刀子将你和"自然"分割开的时候，"自然"的热力在你身上尚远未抬头。① 我姑且不说，当时我是否替你抱不平，还是见你升到我的地位而感觉高兴。我平息了你的哭喊。我认为你开始了新生命，你从永远听命于人的奴隶地位，进入了将要使人听命于你的奴隶地位。② 我经心着意地教育你。教导总难免严厉，因而在很长的时期内，你竟不知道我多么爱你。可是，你确乎被我热爱，我不妨告诉你，我爱你，犹如父亲爱儿子，假如父子之称，能适用于你我的命运。

---

① 意谓亚隆受阉割时，身为童子，人情未通，不知自身遭受的残酷到什么程度。
② 当了阉奴，可以指挥奴婢，甚至管束后房妇女。

你将周游基督教徒所居住的各国,他们从未有所信仰①;你在那些地方不可能不受许多玷污。先知的目光,在千百万敌人之间,如何能注视你呢?我愿我们的主人在回来时,到麦加②去朝真:在那天使的圣土上,你们各位都要净化一番。

再见。

一七一一年,主马达·阿赫鲁月十日,于伊斯巴汗内院。

---

① 指伊斯兰教的信仰。
② 穆罕默德诞生地,靠近红海。

信十六　郁斯贝克寄三墓*守者毛拉麦哈迈德·阿里

（寄高亩）

你何以生活在坟墓中，神圣的毛拉？按你的身份，本当以星辰为栖息之所。你深自隐匿，想必恐怕遮天蔽日。和太阳一般，你纯洁无瑕；然而，也正和太阳相似，你以云霞自蔽。

你的法术深邃无底，赛过海洋；你智慧敏锐，赛过阿里①的双锋宝剑朱化卡；九天之上，诸神之间，发生种种事情，你都知道；你在我们神圣先知的胸前，辨认古兰经文，遇有费解的章句，天使一名，奉命离开宝座，展开翼翅，飞翔而下，替你讲解经文，阐明奥义。

通过你的帮助，我可能和舍拉芳②发生亲密的来往。因为，说到最后，十三伊玛目③，你岂不是天地交界的中心，地狱

---

* 三墓，指圣女法蒂玛，以及波斯古君塞斐一世与阿拔斯二世之墓。
① 阿里（600—661），伊斯兰教史上第四任哈里发，穆罕默德的堂弟和女婿，圣女法蒂玛是他的妻子。
② 这里指的是穆罕默德的后裔。
③ 伊玛目，伊斯兰教职称谓，系阿拉伯语音译，意为"领袖"、"权威"等。此处指伊斯兰教什叶派的主要支派之一，十二伊玛目派，此派尊奉阿里及其直系后裔中的十二人为穆斯林的伊玛目，所以文中称"十三伊玛目"。

与天堂之间的交通枢纽？

我的周围是一群尘俗的人民。请允许我和你一起净化；请准我抬头向往你所居住的圣地；把我从恶人之间区别开来，正如我们在朝阳初升时，将黑线和白线分开一样；请你帮助我，给我指导；请你照顾我的灵魂；请以先知们的精神，使我灵魂陶醉；以天堂的法术，使它得获滋养；并请允许我，将灵魂的伤痕，呈奉在你脚边。

请将你神圣的手谕，寄到埃塞垅，我在此地将作数月逗留。

一七一一年，主马达·阿赫鲁月十一日，于埃塞垅。

信十七　郁斯贝克寄麦哈迈德·阿里

　　神圣的毛拉，我不能平息我的急躁情绪，等不及你崇高的手谕。我心中有些疑问，必须加以澄清。我感觉自己的理智迷失了方向，请你把它引入正途吧。光明的源泉，请你来照耀我；用你神圣之笔，击碎我向你提出的困难；使我对自己发生怜悯，同时对我将要向你提出的问题感到惭愧。

　　根据什么，我们的立法者不让我们吃猪肉，不让我们吃一切他所谓"污秽"的肉类呢？根据什么，他不准我们接触任何尸体，并且，为了净化我们的灵魂，他为什么命令我们不停地沐浴？物件本身，仿佛无所谓纯洁与不纯洁。我不能设想，物件有任何特质与纯洁或不纯洁的理由是不可分离的。污泥显得肮脏，无非因为它妨害我们的视觉，或其他一种官能；可是在污泥本身，它并不比黄金或钻石肮脏。认为接触尸体就是玷污自己，无非由于我们对于尸体具有自然的反感。倘如不沐浴的人身体并不妨害别人的嗅觉与视觉，别人如何能设想他们身体不洁？

　　神圣的毛拉，物体纯洁与否，惟一的判断者，应当是官能感觉。然而，同样的物件可能给人不同的感觉。使这些人发生快感的东西，可能引起另一些人的反感。因此，官能的见证，在此地不能作为定则，除非你说关于这点，各人不妨随意乱想,任便决定,把与自己有关之物,加以洁与不洁的区别。

圣洁的毛拉,这样说来,岂非推翻了神圣的先知所划分的种种区别,推翻了天使们手写的法律的一切基本要点?

一七一一年,主马达·阿赫鲁月二十日,于埃塞堍。

信十八　先知的侍者麦哈迈德·阿里寄郁斯贝克

（寄埃塞垅）

你总是向我们提出一些别人已向神圣的先知询问过千百遍的问题。何以你不读博士们的《传习录》①？何以你不汲取这一切智慧的纯洁源泉？否则你的种种疑问都可以得到解决。

不幸的人们，你们永为尘世的事物所纠缠，从未定神注视天上的事物。你们尊敬毛拉的身份，却不敢自己做毛拉，又不敢跟随他们！

秽浊的人们，你们绝不能深入永恒的奥秘，你们的光明和地狱的阴暗近似，你们思想中的各种理辩，犹如在炎热的舍尔邦月②，赤日当午，你们双足扬起的尘灰。

因此，你思想的最高点，还够不上一个最小的伊玛目③的起码程度。你的徒然的哲学是预告雷雨和黑暗的一道闪光，而你在暴风雨中随风飘荡。

答复你的难题，容易得很，只要对你叙述我们神圣的先知

---

① 《传习录》，补充与注释《古兰经》的经典著作。
② 回历八月。
③ 伊斯兰寺院的阿訇。——作者注

某日所遇到的事就行。那时,他被基督徒所诱惑,被犹太人所折磨,将这两种人混淆在一起。

犹太人阿勃底亚斯·伊勃沙龙问他,何以上帝不准人们吃猪肉。穆罕默德答道:"这不是没有理由的,猪是肮脏的畜生,待我说来,令你信服。"他用污泥捏成人形,掷在地上,对它喝道:"起来!"立刻有一人站立起来,并且说:"我乃雅弗,挪亚①之子是也。"圣先知问道:"你死的时候,头发就这样白吗?"他答道:"不,但你喊醒我时,我以为最后审判之日来到,大为惊慌,以致头发顿时变白。"

上帝②的使者③对他说道:"好吧,你把挪亚方舟的故事,从头到尾对我讲来。"雅弗遵命,将头几个月所发生的种种,详详细细,如实叙述。接着,他这样说:

"我们将各种牲畜的粪秽,堆在方舟的一边;这就使方舟大为倾斜,我们害怕得要命,尤其是妇女们,哭哭啼啼,闹得不亦乐乎。我父挪亚求教于上帝,上帝命令他牵来大象一匹,使象面对着倾斜的那边。这庞大的牲畜,排泄秽物,如此之多,乃至生下了一头猪。"

你相信吗,郁斯贝克,从那时起,我们就忌猪肉,并且视猪为污秽的牲畜?

可是,由于猪天天在秽物堆中乱搅,方舟之中,掀起了令人难忍的臭味,以致猪自己也禁不住大打喷嚏,于是从它的鼻子里出来了一只老鼠。老鼠碰到什么就咬什么,使挪亚不能忍受,他想又该求上帝指教了。上帝命令他重重地打一下狮

---

① 详见《旧约·创世记》洪水故事。
② 这里指的是伊斯兰教所信奉的安拉。
③ 指穆罕默德。

子的前额,狮子一个喷嚏,从鼻孔里喷出一只猫儿。这些牲畜也仍然是肮脏的,你信不信?你以为如何?

某些事物不纯洁,而你不能察觉其理由,这是因为你对于许多别的事物一概无知,并且你不知道在上帝、天使和世人之间发生一些什么事情。你对永恒的历史是无知的。天上所写的书,你一本也没有念。你所知道的,无非天上书库中极小部分。像我们这样的人,活在世上的时候,虽然已经非常接近天书,但也仍然只能说是在黑暗与阴影里。

再见,但愿穆罕默德在你心中。

一七一一年,舍尔邦月最后一日,于高亩。

信十九　郁斯贝克寄友人吕斯当

（寄伊斯巴汗）

我们在多珈只停留了八天。赶了三十五天路程以后，我们到达士麦那①。

从多珈到士麦那，其间没有一座值得挂齿的城市。我看见奥斯曼帝国②的弱点，不胜诧异。这一病体，它自己支持的方法，不是温和适度的控制，而是强烈的药剂，因而日益精疲力竭，外强中干。

那些巴夏③，他们的官职全仗金钱赂买，他们倾家荡产，始到任所，对于治下的州县，蹂躏掠夺，有如对付被征服的国土。军队横蛮无礼，胡作非为，无人过问。要塞毁败，雉堞崩坍；城市荒凉，乡村凋敝；农商各业，完全废弃。

政府虽然严峻，有罪不罚，却也甚为普遍。种地的基督徒，征税的犹太人，随时可以遭受强暴欺凌。

土地所有权不确定，因此之故，耕种经营，热情大减。任

---

① 亦作伊兹密尔，土耳其海港，在爱琴海之滨。
② 亦称奥托曼帝国，即土耳其帝国。
③ 伊斯兰教国家高级官吏称谓。奥斯曼帝国时期，用于称呼帝国高级文武官员，只属个人，不世袭。一九三四年土耳其宣布废除此称。这里指的是土耳其省长或州督。

何产权,任何契约执照,经不起当政者恣肆妄为,皆成为一纸空文。

这些野蛮人,荒废百艺到此程度,乃至行军作战之术亦漫不经意。欧洲各国正在精益求精,而他们愚昧无知,依然如故。新的发明,必须在给他们千百次危害以后,他们方知采用。

海上航行,他们毫无经验;驾船操舵,也笨拙不灵。听说有一小撮基督徒从岩石中跳出来,①使所有的奥托曼人都急得满头大汗,使奥托曼帝国陷于疲惫不堪之境。

他们自己没有能力经营商业,只好勉强让永远勤劳进取的欧洲人前来经营。他们靠这些外国人发财致富,还以为给外国人以莫大的恩惠。

我穿越了这广阔的国土,所见城市,只有士麦那堪称富强,而它的富强是由欧洲人一手造成的。此城与众不同,决非土耳其人之功。

亲爱的吕斯当,关于这一帝国,确实的概念即如上述。不出两个世纪,此地将成为某一争城掠地者耀武扬威的战场。②

一七一一年,莱麦丹月③二日,于士麦那。

---

① 指一五六五年奥托曼帝国在围困马耳他岛战役中的失败。
② 孟德斯鸠的预言恰好应验了:一九一一年至一九一三年之间,巴尔干半岛各国联军向土耳其进攻,使土耳其丧失一部分疆土。
③ 回历九月。

信二十　郁斯贝克寄妻莎嬉

（寄伊斯巴汗后房）

你冒犯了我，莎嬉，我觉得胸中怒气滂渤，假如你不趁我远出未归，及时端正操守，平息我猛烈的妒火，使我不再因此深感不安，那么你就应当留神你的骨头。

我听说有人见你独自一人，和白阉奴那底在一起。那底将用他的脑袋，作为不忠不信的代价。按照老规矩，你不许在房中接见一个白种阉奴，有的是黑种阉奴供你使唤，你何以连这点都忘记了？你说阉奴并不是人，你说你守身如玉，不至于因阉奴外形与人酷似，引起你的邪念：你这是空口说白话。这些话，对你对我都不足够。对你不够，因你所干的事乃是后房法律所禁止的；对我不够，因为你给我丢脸，你抛头露面，让人看见……我说什么？让人看见？也许让狡诈的人，用罪行玷辱了你，甚至因他心有余而力不足，于是用遗憾与绝望玷污了你。

也许你会对我说，你始终是对我忠诚的。呸！你能对我不忠吗？你如何能瞒过这些黑阉奴的警惕？他们见你如此生活，已经很惊异。你如何能粉碎那幽禁你的重门深院？你吹嘘你的德行，但这是不自由的德行；而且也许你的邪念，已经将你自夸不休的忠贞，不止千百次地减损了价值。

我有理由猜疑你的一切,但愿你并没有这样做;但愿那奸人并未将他亵渎神明的手,放在你身上;但愿你拒绝了在他眼前展陈出他主人喜爱的一切①;但愿由于你衣裳在身,他与你之间,总算还隔着一道薄薄的屏障;但愿他在你面前忽然产生神圣的敬意,因此不敢仰视;但愿他胆子不够大,想到自找惩罚,不禁发抖。即使上述种种都是事实,他也仍然做了一件违反天职的事。你这次破坏了天职,一无所获,并未实现你荒唐的意图。万一为了满足此种意图,你可能再干出什么事来?万一你能逃出这神圣的地方,你又将干些什么?神圣的后房,对你是无情的监狱,而对于你的女伴们,这是适宜于躲避一切邪行的安身处,这是神圣的庙宇,女性在此庙中,不复软弱无力;即使自然给你们各种不利条件,你们也成为不可征服的了。万一听你自作自为,仅仅用你对于我的、已经受了玷辱的爱情,以及你已经如此丢脸地背弃了的天职,作为你的防御,你又将干些什么?在你生活着的国度中,风俗何等圣洁,它将你从最卑贱的奴隶们的狂妄行为中抢救出来!你应当感激我使你的生活受到拘束,因为只能用此方式,你才配再活下去。

你不能忍受阉奴总管,因为他经常注意你的一举一动,又因他给你贤明的劝告。你说他丑陋到如此程度,以致你一看见他,不能不感觉难受;仿佛在这种职位上,应当安插最漂亮的人物似的。真正使你痛心的是,那令你丢脸的白阉奴已不在总管的职位上。

但是,你的第一女奴,对你干了什么事?她告诉你,你和

---

① 指莎嬉的身体。

年轻的赛丽得①这样狎昵是很不体面的。这便是你怀恨的理由。

　　我本应当是个严厉的审判官,莎嬉。而现在,我只是在设法发现你清白无辜,我只是这样一个丈夫。我对于我的新夫人洛克莎娜的爱情,并没有占尽我对于你的一份温柔,你的美丽,也不亚于她。我把我的爱情,分给你们两人,而洛克莎娜不但貌美,德行也好,这是她惟一的优点。

　　　　一七一一年,助勒·盖尔德月②十二日,于士麦那。

---

① 见前"信四"。
② 回历十一月。

信二十一　郁斯贝克寄白阉奴总管

你一拆开此信应当发抖，或不如说，你在允许那底狡黠欺主的时候，就应当发抖了。你，在你冷清无聊的老年，假如敢抬眼一看我那些惹不起的爱情对象①，就算你犯罪；你，你亵渎神明的脚本决不准走到那可怕的门口②，因为里边隐藏着不许任何人瞧见的、我的爱情对象；你居然允许你治下的人，干你自己所不敢胆大妄为的事，而你却看不见雷霆霹雳就快要落在你自己和你那些人的头上？

而且，你们是什么人？无非我手中随意可以捏碎的卑贱器物。懂得唯唯听命，你们始能存在。你们在世上，仅仅为了生活在我的法律之下，或者为了我命令你们死的时候，立刻就死。你们一息尚存，无非因为我的幸福、爱情和嫉妒，用得着你们卑鄙的手脚。总之，除了顺从，你们不可能有别的命运；除了我的意志，你们不可能有别的灵魂；除了使我快乐，你们不可能有别的希望。

我知道在我的妇人之中，有几个不安心忍受与她们天职有关的那些严肃的法律，并且以此为苦；她们因为经常有个黑

---

① 指后房妻妾。
② 指后房内院。

阉奴在她们跟前而感觉烦闷；她们厌倦这些丑怪的人物，这些人物的责任就是使她们不背离丈夫；这些我全知道。但是你，你助成了这种混乱，必将受到令一切辜负我的信任者发抖的惩罚。

面对天上各位先知，面对其中最伟大的先知阿里，我起誓：如果你放弃责任，我必将你的生命，和我脚底下的昆虫一样看待。

一七一一年，助勒·盖尔德月十二日，于士麦那。

信二十二　亚隆寄阉奴总管

（寄伊斯巴汗内院）

郁斯贝克离开后房越远，他越回头向着他那些神圣不可侵犯的女人；他叹息、流泪；他的痛苦越来越尖锐，他的猜疑越来越厉害。他要增加看守的人数。他要派我回去，跟他同来的黑人一齐回去。他不再替自己担心，他替比他自己宝贵一千倍的东西担心。

因此我将生活在你的法律之下，替你分操一份心。天老爷！为了一个人的幸福，要费多少人力物力！

"自然"仿佛将妇女置于附属地位，然后又将她们从附属地位挽救出来。两性的关系发生扰乱，因为双方的权利本来是相互的。我们的作用是在男女之间造成新的和谐，因为我们将憎恨放在妇女与我们之间；而在妇女与男子之间，我们安放了爱情。

我的面孔将变得很严厉。我将用阴森森的眼光，射向四周。我嘴唇上，将不再有快乐的表情。外表平静，精神不宁。我无须等老年的皱纹，就将显出老人的忧郁。

跟随主人在西方，我本可以很高兴，可是我的意志以主人的利益为定。他要我给他看守女人，我将忠心耿耿地去看守。我知道我当如何对付女性；如果不使女性成为空虚无聊，她们就开始变得十分高明;侮辱女性,并不比毁灭她们容易。

我投身于你的目光注视的范围。

一七一一年,助勒·盖尔德月十二日,于士麦那。

信二十三　郁斯贝克寄友人伊邦

（寄士麦那）

经过四十天航程，我们到达了里窝那。这是一座新的城市，它见证了托斯坎纳①地方公爵们的天才，他们将一片池沼地上的乡村变为意大利最繁荣的城市。

此地妇女享受着很大的自由。她们可以隔着一种名为"妒忌"②的窗子观看男子；她们天天可以出门，由老妇人陪伴着；她们只戴一层面幕③。她们的姐夫妹夫、舅父伯父、侄儿外甥，都可以去见她们，丈夫几乎决不因此而表示不满。

一个伊斯兰教徒初次看见基督教城市，真觉得洋洋大观。姑且不提一看便知、触目皆是的事物，比方建筑物、服装以及主要的风俗习惯的区别。甚至在最微不足道的事物中，我也感到奇特，但是不能用言语表达。

我们明天就动身去马赛，但并不打算久住。黎伽和我的计划是即刻到巴黎去，那是欧洲帝国④的首府。旅行者总是

---

① 今意大利中部地区，昔为大公国，以佛罗伦萨为首府，一八六〇年并入意大利。
② 一种百叶窗。
③ 此处指古代的意大利，今日意大利妇女并不戴面幕。至于波斯古代妇女，出门时须戴四层面幕。
④ 这是广义的说法，其实就是指全欧洲。

寻找大城市,大城市乃是外国人公有的祖国。

再见,请你深信勿疑,我永远爱你。

一七一二年,赛法尔月十二日,于里窝那。

信二十四　黎伽寄伊邦

（寄士麦那）

我们来到巴黎已经一个月了,可是整日忙碌,始终未停。费尽周折,我们才定居下来,而且找到联系的人,置备了初时件件皆缺的必需品。

巴黎之大,实不下于伊斯巴汗。房屋如此之高,几乎令人认为屋内居民都是星相家。这一高耸入云的城市,房舍彼此重叠,有六七层之多,你可想见,城中人口必然极端稠密;也可想见,如果大家都到街上,必然拥挤得不亦乐乎。①

你也许不相信,我到此地已经一个月,尚未见过一个安步缓行的人。世界上没有任何人比法国人更善于利用他们的机器②:他们不但奔跑,简直是飞。我们亚洲的缓慢的车乘,步履安详的骆驼,会使法国人急得气闭倒地,不省人事。至于我,天生不适宜于这种气派,常常从容缓步,不改常态。可是有时气得我满腔冒火,像一个基督教徒;有时被人从头到脚,溅一身泥水,那倒也罢了,但是我最不能原谅的是别人定时、规则地经常用肘撞我。一个人从我后面走来,超过我,撞得我

---

① 在一七一三年,巴黎有七十万人口,九百条大小街巷,两万四千所房屋。
② 此处指人的身体。

向后转；又有一人，从对面走来，一下撞得我复了原位；我走了不到百步，已经腰酸背驼，比走了几十里还疲乏。

请勿以为我目下已经能够将欧洲的人情风俗向你彻底谈论一番；这一切，我自己尚只能有浅薄的概念，我在此经过的时间，只够勉强使我对于一切惊奇不已。

法国国王①是欧洲最强大的君主。他并不和他的邻人西班牙王一般拥有金矿，但他却比西班牙王更富，因为他的财富以臣民的虚荣心为来源，而这一富源比起金矿来更是取之无穷、用之不竭。人家曾经见他从事或支持大规模的战争，除了卖官鬻爵之外，并无别的基金，而由于人们骄傲到出奇，②法王居然军队薪饷照发、要塞防范周密、水师装备齐全。

而且这位国王是个大魔法师：他的势力，甚至在臣民精神生活上，也能起作用，他随心所欲，左右臣民的思想。倘若国库中只有一百万埃居③，而他需用两百万，他只要说服臣民，一块埃居实值两块，大家也就相信。倘若有艰巨的战争需要支持，但当时国库一空如洗，他只要使臣民脑中有一个概念，拿一张纸片当银子，大家立刻深信不疑。他甚至使人相信，只要他用手一碰，各种病痛均可消除。他在人们精神上所能发挥的威力，竟大到如此地步。

关于这国王的种种，上面所说的不应当使你诧异，因为另外有个魔法师，比他更强有力。那人左右国王的精神，实不下

---

① 指法王路易十四。
② 新兴资产阶级的暴发户，腰缠万贯，遍身铜臭，但在封建社会地位不高；因此他们不惜巨款，捐官买爵，装点门楣，并以此自傲；法王也乐得利用他们的弱点，大事搜刮聚敛。
③ 法国古代银币，上铸盾形，故又名盾币。

于国王左右臣民的精神。这魔法师名为教皇。有时他令国王相信,三等于一,人们所吃的面包并非面包,所饮的酒并非酒,诸如此类,不胜枚举。

为了使国王永不懈怠,毫不抛弃信教的习惯,他不时给他某些加强信仰的佐证,借此训练他。两年前,他给国王送来了一篇大文章,他称之为《宪章》①,并且要想强迫国王和他的臣民相信其中所包含的一切,否则就受重罚。在国王方面,教皇成功了:国王立刻顺从,并且以身作则,表率臣民。但臣民之中,有一些人起来抗拒,声言他们丝毫不愿相信那文件中的一切。这一次抗拒运动的策动者是一些妇女,这一抗拒分裂了整个朝廷、整个王国和所有的家庭。那《宪章》禁止她们读一本所有基督徒自称从天上带来的书②:确切地说,就是他们的《古兰经》。妇女们见女性受了侮辱,大为气愤,鼓动一切,起而反对《宪章》。她们争取了男子,和她们站在一起。男子在这问题上,倒并不要求什么优先权。不过人们也应当承认,那伟大的穆夫提③理论不差;而且,伟大的阿里在上,④他⑤想必知道我们神圣法律上的各条原则。因为,既然妇女天生比我们低微,而且众位先知曾经说过,妇女不能入天堂,那么她们何必多事,非读这本专门指点天堂之路的书不可?

关于国王,我听人讲起种种事实,简直出于奇迹,我信你一定犹豫,难以置信。

---

① 罗马教皇格来蒙十一于一七一三年颁布了《宪章》,谴责法国冉森派教士关于《新约》的著作。
② 指基督教《圣经》。
③ 穆夫提,本为伊斯兰教领袖之意,此处隐射罗马教皇。
④ 此为惊叹句,相当于:皇天在上!
⑤ 指罗马教皇。

据说他由于邻邦皆缔结同盟,与他为敌,因而与邻邦交兵构战时,在国内被无数无形的敌人包围。又据说他搜索这些敌人,已有三十年之久,而且即便他所信任的某些托钵僧①不辞辛苦、悉心搜索,结果还是一无所获。这些敌人和他生活在一起:他们就在他的朝廷上,都城里,军队中,法庭上。然而据说他终将无法破获他们,抱憾而死。这些敌人,在一般情况之下,可以说是存在的。个别地说,却又并不存在,因为这是一个团体,然而没有固定的成员。无疑地,这位君主对待降服之敌不够宽宏,因而上苍降罚,使他有看不见的敌人,而且敌人的天才与命运都比他强。

我将继续写信给你,告诉你一些与波斯人性格及天才相去甚远的事物。负载你我二人的确乎是同一个地球,但我所在国的人民和你所在国的人民却大不相同。

一七一二年,莱比尔·阿赫鲁月四日,于巴黎。

---

① 托钵僧,音译为达尔维什,本为伊斯兰教苏菲派教职称谓,此处指当时得宠于法国国王的耶稣会派天主教士,他们和上述冉森派天主教士是敌对的,而信中所谓无形的敌人,即指冉森派。

信二十五　郁斯贝克寄伊邦

（寄士麦那）

我接到你侄儿磊迭来信。他对我说他要离开士麦那,游历意大利;他说他旅行的惟一目的在于求知,借此能更进一步,不愧为你的侄子。我祝贺你有这样的侄子,日后必将成为你老年的安慰。

黎伽在给你写长信,他对我说他在信中大讲这个国度①。他精神活泼,故而见闻明快。至于我,思想较慢,尚不知从何说起,所以无可奉告。

我们常以充满友情的谈话提到你:承你在士麦那盛意款待,并承你经常予以友谊的协助,凡此种种,都使我们说也说不完。

但愿你,慷慨的伊邦,到处遇到像我们一样忠实和知心的朋友!我盼望不久和你再见,和你在一起重度欢快的日子,韶光在两个好友之间流逝得何等轻快!再见。

一七一二年,莱比尔·阿赫鲁月四日,于巴黎。

---

① 指法国。

信二十六　郁斯贝克寄洛克莎娜

（寄伊斯巴汗内院）

你多么幸福，洛克莎娜，能生活在波斯这样和美的家乡，而不是置身于蛊毒的风土气候中，和那里不识羞耻、不重美德的居民为伍！你多么幸福！你生活在我的后房，等于居住在天真无邪之境，任何人不能侵犯你。你要想失足，亦不可能，这是你的幸福，因此你很快乐。从来没有人，用放浪的目光玷辱过你；即使你的公公，在筵席上虽说比较自由，亦从未见过你的樱口，因为你总用神圣的带子，掩在口上，决不疏忽。幸福的洛克莎娜！你在乡间时，总有阉奴走在你前面，如有大胆狂徒，敢不迅速回避，一概格杀勿论。我自己，虽然天将你赐给我，玉成我的幸福，但你捍卫你的珍宝，毫不松懈；为了占有这珍宝，我费尽千辛万苦！① 新婚之初，见不了你一面，令我惆怅欲绝！见面之后，又使我不胜焦急！可是你并不满足我的焦心，正相反，你为你受了威胁的贞操进行固执的抗拒，这就更刺激我的急躁情绪，因你把我和你不能见面的一般男子混淆起来。有一天，我在奴婢群中找不到你了，她们也欺弄

---

① 在封建时代的波斯，妇女们受"贞操教育"的愚弄，即使结婚之后，亦不肯让丈夫亲近，必须经过长期挣扎，始肯让步。其实此种"挣扎"，仍然是封建社会的男性对于女性的玩弄手段。

我,将你隐藏起来,使我没法找你,你还记得吗?又有一天,你眼看自己的眼泪不发生效力,就借了你母亲的权威,要想遏制我的爱情热狂,你还记得吗?你用尽一切方法之后,只好铤而走险,你还记得吗?你手执匕首,吓唬你的多情夫君,如果他再强求你献出你认为比丈夫更珍贵的东西,那么你就要把他刺死。这场爱情与贞操的斗争延续了两个月之久。贞洁的顾虑,你未免过分加以夸张了,甚至你被屈服之后,还不甘心投降。你将摇摇欲坠的处女之宝,一直捍卫到山穷水尽。在你目中,我是侮辱你的敌人,而不是你的多情夫君。你有三个多月之久,见了我就满面羞红。你那无地自容的神情,仿佛在谴责我占了你的便宜。我甚至不能从容不迫地占有你,因为你将美妙之处一概对我隐藏起来,于是我只陶醉于大恩,而不能获得小惠。

如果你是长大在此地①的,早就不至于如此慌乱。在此地,妇女摒弃了一切拘谨的态度;她们当着男子抛头露面,好像在自寻失身之道;她们眼波流盼,寻求男子;她们在寺院中、散步的路上以及她们自己的住处和男子见面;役使阉奴的习俗,此地向来没有听说过。你们之间,存在着高贵的纯朴和可爱的贞洁,这都是此地所没有的,此地只有粗鲁厚颜的态度,对此情况,令人无法习惯。

是的,洛克莎娜,如果你在此地,眼看此间女性下贱无耻到可怕的地步,你不免会感到和自己受了侮辱一样,你不免对于这恶俗可憎的地方避之不及,并且你将后悔不该离开你现在的温暖的安身处。在这安身处,一切都纯洁无瑕,你可以对

---

① 指法国。

自己放心,没有任何使你战栗的危害,总之你可以安心爱我,不必害怕一旦失却你对我应有的爱情。

你施最艳丽的脂粉使容颜更为焕发,你以最珍贵的香露洒遍全身,你穿上最华丽的衣裳,你用舞姿的曼妙和歌喉的婉转压倒后房佳丽,你用姿色、温柔与愉悦的心情和她们作富有风韵的战斗——在那些时候,我不能设想,你除了讨我欢心之外,还有其他目的。并且,我见你粉颊绯红,低声下气,或美目顾盼,博我青睐,或甜言蜜语,渗我心肺——在那些时候,洛克莎娜,我如何能怀疑你的爱情!

可对于欧洲妇女,我又能作何感想呢?她们涂脂抹粉的艺术,全身的衣装,细心的修饰,专心致志和经常不懈的讨人欢心的愿望,都不外乎是她们品德上留下的污点,同时,也是对于她们丈夫的侮辱。

洛克莎娜,这并不是说,我认为她们胡作非为,已经到不可收拾的地步,虽然她们的举止使人如此设想。我也并不以为她们放荡到可怕的程度,绝对破坏了夫妇间的守则,因而令人不寒而栗。堕落至此的妇女,为数极少,因为,妇女们都在心中铭刻着某种性质的贞操观念,这是和她们的家世与身份分不开的,教育虽然削弱了这种观念,但并未加以摧毁。她们不妨放松外表上非有不可的贞洁的义务,可是一到最后关头,就会发生自然的反抗①。因此,我们将你们紧紧地禁闭着,派这许多奴隶去看守,你们的欲望如果飞得太远了,我们就大力加以约束。这种种,并非我们怕你们彻底不忠,却因为我们知道,纯洁不嫌过分,而小小的污点却可以破坏纯洁。

---

① 生理上的反抗。

我替你抱怨,洛克莎娜。你的贞洁,久经考验,应当有一个永不别离,而且能满足你的仅仅用德行压抑着的欲望的丈夫,才不辜负你。

一七一二年,赖哲卜月①七日,于巴黎。

① 回历七月。

信二十七　郁斯贝克寄耐熙

(寄伊斯巴汗)

我们此刻在巴黎,这是太阳城①傲慢的敌手。

从士麦那启程时,我托友人伊邦给你寄去盒子一只,里面有几件薄礼,此信亦由伊邦转上。我和他虽相距五六百里②,我常给他去信,而我接到他来信也很方便,就如他在伊斯巴汗,我在高亩。我的信件先寄马赛,从马赛不断有船开往士麦那。寄往波斯的信,由每天前往伊斯巴汗的亚美尼亚骆驼队带走。

黎伽身体十分健康。体格强壮、年纪轻、天性的快乐心情,使他战胜一切考验。

可是,我自己呢,身体却不佳。我身心俱敝,忧思郁积,日甚一日。由于健康减退,我远望祖国,益觉身在异邦,举目皆非。

不过,亲爱的耐熙,我请求你,设法使我的女人们不知道我的现况。因为,假如她们爱我,免得她们落泪;假如她们不爱我,我绝不愿意她们得此消息,益发胆大妄为。

---

① 指伊斯巴汗,意谓只有巴黎能与波斯的京城伊斯巴汗相比。
② 此地所谓一"里",约当今的四公里。

倘如我那些阉奴以为我情况危急,他们和女人狼狈为奸也可以逃避惩罚,那么他们对于能使顽石点头、死者复苏的女性的甜言蜜语,立刻会失去抵抗。

再见,耐熙,我乐于对你表示信任。

一七一二年,舍尔邦月五日,于巴黎。

信二十八　黎伽寄×××

我昨天见到一件事，相当奇特，虽然在巴黎这种事情天天发生。

傍晚时分，居民集合起来去表现一种戏剧场面，听说名为"话剧"①。大的活动在高台上进行，名为"舞台"。在两旁，称为"包厢"的那些小角落里，可以看见男男女女，一起表演各种哑剧，和我们波斯通行的哑剧大致相仿佛。

这边，一个情场失意的伤心女人在表现她的惆怅；另一女子，神情比较活泼，目光注视她的情人，恨不得将他一口吞下，那男人也用同样目光盯她。各种热情全刻画在人们脸上，而各种表情，虽然哑口无言，却更有声有色。在包厢里，女演员②只露出半身，通常都携有袖筒，将手臂掩藏起来，态度端方。在下边，一大队人站着，他们嘲笑舞台上的人，台上的人也笑台下站着的人。

然而最辛苦的却是另外几个人，他们年纪都不算很大，经

---

① 原文Comédie，此处译为"话剧"系针对歌剧而言。巴黎原有（现在仍有）国立的话剧院（一六八〇年创立）和歌剧院（首创于一六七一年）之别；而话剧院并非专演喜剧，亦常演古典悲剧，不过无音乐与歌舞而已。因此，通常所谓巴黎"喜剧院"，应当译为"话剧院"，更切合实际情况。
② 广义的说法，其实是指观众。观众一边听戏，一边与人眉来目去，大演哑剧，故亦为"演员"。

得住劳累,所以被雇专干这一行。他们不得不到处乱跑。他们从只有他们自己知道的角落里钻来钻去,以惊人的矫捷,奔上若干层楼,他们出现在楼上、楼下、各处包厢中,简直可以说与泅水一样忽而不见、忽又出现,他们时常离开这一剧场赶到另一剧场去表演。甚至有些带拐棒的人,敏捷到令人不敢置信的地步,来往一如常人。最后,人们到另一些客厅里,那里在演一出特殊的喜剧:一开始互相鞠躬行礼,接着互相抱吻。据说泛泛之交,也可以允许互相紧抱,使人喘不过气来。似乎在那地点,能启发人们温爱的柔情。确实,据说在其中实行统治的公主们,并不粗暴;每天除了在两三小时之内,她们相当难以接近,别的时间,她们是平易近人的,据说那是一种容易消除的狂醉。①

上述种种,在另一场所也大致相同地发生,那场所名为"歌剧院"。所不同者,无非在前一场所,人们在说话,而在这一场所,人们在唱歌。前些天,一位友人领我到某位主要女演员的化妆室中。我和她相见甚欢,以致次日,我就收到她这样一封信:

先生:

> 我是世界上最不幸的女子。以前我一直是歌剧院中最有品行的女演员。在七八个月之前,我在你昨日所见的化妆室中。我正在上妆,扮为狄安娜②的女祭司,一个

---

① 这里所谓"另一些客厅",是剧院为演员们招待宾客预备的,在当时这些地方也成了有名的社交场合。这里所谓"公主们",是指出名的女演员,她们除了每天两三小时在台上演剧时十分紧张、脾气难惹外,其余的时间也都平易近人,而舞台上的一阵狂醉一下台就消除了。

② 罗马神话中之月亮和狩猎女神。

年轻的神甫来找我。他毫不尊重我的白袍、白纱和束发带,竟玷污了我清白之身。我竭力向他说,我为他作了重大牺牲,但也枉然。他笑了起来,他说他觉得我非常尘俗。可是现在我身体已这样粗大,简直不敢再上舞台。因为在面子问题上,我是想象不到地多心的。我始终以为,对于一个出身清白的姑娘,使她失掉体面比使她失掉贞操更不容易。我既然有这样的顾忌,你想那年轻神甫,如果不先应允和我结婚,如何能随心所欲呢?他这冠冕堂皇的动机使我不拘通常小节,一开头就干了本该最后进行的事。但是,既然他的背信弃义叫我丢尽了人,我不愿再在歌剧院生活下去。说句不足为外人道的话,剧院的薪水也不大够我生活。因为眼下我年纪渐大,风韵不如从前,我的薪水虽然一直仍旧,倒好似一天比一天减少了。从您的一个随从人员口中,我听说贵国十分重视女舞蹈家;又说如果我在伊斯巴汗,马上可以发财。如果您肯提拔,带我上贵国去,那么您的善举绝不会落空,凭我的德性与品行,我决不辜负您的仁慈。

  谨启。

    一七一二年,沙瓦鲁月①二日,于巴黎。

---

① 回历十月。

信二十九　黎伽寄伊邦

（寄士麦那）

教皇是基督徒的首领。这是个古老的偶像，人们给他焚香，无非习惯使然。他在往昔，甚至令各国君主望而生畏，因那时他能随时摘下他们的王冠；并且不下于我们正大堂皇的各位苏丹，轻而易举摘下伊里梅特与格鲁吉亚各国国王的王冠。但是现在已经无人怕他。他自称最早的基督徒之一，即所谓圣保罗的继承者，而且他所承袭的财产无疑是极为富足，因为他拥有无量的宝藏，并且统治着很大的地方。

主教们是法律工作者，他们隶属于教皇，在教皇的权威之下，从事两种不相同的职务：当他们聚在一起的时候，他们和教皇一样制订教规与戒律；当他们单独行动的时候，除了使人如何设法免遵教规以外，没有别的事可做。你一定会知道，基督教负担着无数清规戒律，非常难于实践。人们认为，实践教规太困难，不如由主教们来使人免除此种实践。为了公益，大家决定这样办。如此一来，倘或有人不愿实行莱麦丹①，或不愿办理关于婚姻的各种手续，或要打消许下的愿心，或想违反

---

① 莱麦丹是回历九月，也叫斋月，本月全体穆斯林须斋戒。此处为借用，指的是基督教的斋戒。

教律而缔结婚姻,有时甚至愿意翻悔立下的誓言,大家只要去找主教或教皇,他们立刻会下令许你免除。

主教们自己却不主动制订什么信条。有数不清的博士,其中大部分是修道士,他们之间引起了关于宗教的几千条新问题。人们先让他们去争辩,许久以后,才下一个决定来结束他们的战争。

因此,我可向你保证,从来没有任何王国,内战之多能和基督王国相比。

首先提出某一个新倡议的人,开始时被指为"异端邪说"。每种"异端"各有名称,对于参加的人,仿佛是一种盟号。可是,不愿成为"异端",亦听尊便,只要将争端平分为两派,对于控诉别人为异端的原告提出一种分辩。并且无论如何分辩,无论这种分辩能否使人听懂,它可以使一个人洁净如白雪,于是这人不妨自称为"正统派"。

上述情况,仅适用于法国与德国。因为我听说在西班牙与葡萄牙,有某些教士,丝毫不理会什么是开玩笑,他们烧死一个活人和烧稻草一般轻易。如果落在这种人手中,你要是曾经到过珈里斯①省,要是一向手执数珠,口中祷告上帝,身披两块毡毯,用两条带子系着,那就算你运气!如果没有这一切,仅仅是一个穷苦小百姓,那可就很不好办了。他和异教徒似的发誓,说他是个正统派,那时,对方很可以不同意他的"正统"的质量,仍将他作为异端活活烧死。他即使能分辩,也没有用处。毫无分辩的余地!等人们想起听他分辩,他早已成了灰烬。

---

① 珈里斯,西班牙省名,为当时欧洲基督徒巡礼的著名圣地。

别的裁判者推测被告可能无罪,而上述的裁判者总推想被告有罪。如遇疑难,他们的准则就是从严处理,显然因为他们认为人都是恶劣的。可是在另一方面,他们对于人又有很好的看法,认为人们永不会说谎,因而他们接受十恶不赦的人、下流娼妇或操无耻贱业的人作证明。在他们的宣判书中,他们先对那穿硫磺衬衣的罪人①作小小的赞扬,并且说看见罪人穿得那么破烂而不胜气愤,说他们心肠很软、怕看流血,说他们作此判决、万分无奈。然而,为了安慰自己,他们将那些受难者的财产充公,从中自肥。

众先知的子孙们所居住的地方何等幸福!上述各种凄惨现象,在我们幸福的土地上从未有过。众天使给我们送来的神圣宗教②,以真理捍卫自己,而不需要上述各种残暴手段,借以维持自身。

一七一二年,沙瓦鲁月四日,于巴黎。

---

① 被宗教法庭判处火刑(活活焚毙)的人,身涂硫磺,以利燃烧。
② 指伊斯兰教。在这一段里,作者原注说:"波斯人是伊斯兰教徒中最宽宏大量的。"

信三十　黎伽寄伊邦

（寄士麦那）

巴黎居民好奇到荒诞不经的程度。我初到巴黎,大家把我看成天上派来的人一样,男女老幼,无不以目睹为快。我一出门,大家都到窗口来看;我一到杜伊勒里①,四周立刻围上一圈人;妇女们以千百种不同的服装颜色排成一条彩虹,围绕着我;我一到戏院,劈头就发现百十对眼镜②瞄准我的面孔;总之,从来没有人像我这样被人观看过。有时我不禁微笑,听那些几乎向来足不出户的人纷纷议论:"说句实话,他可是十足的波斯神气。"我到处发现自己的肖像:所有的铺子里,所有的壁炉架上,到处是我的化身。人家就怕不能畅快地看我。可真了不起!

这么大的荣誉不能不令我为难:我不信自己是个稀奇古怪的人;况且,即使我自命不凡,却也决想不到一个对我说是完全人地生疏的大城市会因为我闹得鸡犬不宁。于是我决定脱下波斯服,改穿欧洲装,且看改装之后,我容貌上是否还剩下什么令人赞美之处。这一尝试,使我认识了自己的真实价

---

① 杜伊勒里王宫前的广场与花坛,为当时巴黎时髦的散步场所。花园今仍在,王宫早已在大革命期间拆除。
② 此处指有小柄、用手执的眼镜;看远处时往鼻梁上一架,看毕随手取下。

值。我脱下了全身的外国打扮之后,人们对我的估价再正确没有了。我真该抱怨裁缝,他使我在一刹那间失去了公众对我的注意与重视,因为服装一换,我突然进入了骇人的虚空。有时我与众人相处一小时之久,别人竟不看我一眼,也不让我有开口的机会。然而,假如有人偶然告诉大伙我是波斯人,我马上听见周围乱喳喳地说:"啊!啊!先生是波斯人吗?这真是不可思议!怎么会有波斯人呢?"

一七一二年,沙瓦鲁月六日,于巴黎。

信三十一　磊迭寄郁斯贝克

（寄巴黎）

亲爱的郁斯贝克，我目前在威尼斯。人们不妨游遍天下城市，而一到威尼斯仍然大吃一惊。看到这座城市，看到它的教堂和高塔，全从水中钻出来，看到熙熙攘攘的男女在这本来只合水族聚居的地方，人们总不免称奇。

然而这十丈红尘的城市，缺少世上最珍贵的宝物，那就是活水。① 在那里不可能进行一次合乎教规的沐浴。我们神圣的先知憎恶这城市，他从天上看下来，一见这城，不免怒容满面。

否则，亲爱的郁斯贝克，我很高兴在这城中生活，我的心智在此日渐成熟。我学习经商的诀窍；明白君主们的利益所在，认识了他们政府的形式；甚至欧洲的迷信，我也不肯疏忽；我钻研医学、物理、天文；我研究各种艺术。总之，我在故乡有乌云蔽日之感，如今则恍然从云中钻出来了。

　　　　　　　一七一二年，沙瓦鲁月十六日，于威尼斯。

---

① 意大利的威尼斯是建筑在海滨的美丽城市，那儿缺乏淡水，须从远处运去。

信三十二　黎伽寄×××

日前我去参观一所房子,其中大约有三百人,在里边获得相当简陋的食宿。我一转眼就参观完了,因为里边的教堂和屋舍都不值得一看。里边的人倒是相当愉快:有些人在玩纸牌和别的我不认识的游戏。我出来时,上述人中的一个也出来了,他听我打听去玛莱的道路,那是巴黎最僻远的市区,他说:"我正往那儿去,我给你带路,跟我来吧。"他带我行走,非常巧妙,使我解除种种困难,把我从车马丛中敏捷地救援出来。快要走到时,我忽然为好奇心所驱使,向他问道:"好朋友,我能否知道你是谁?"他答道:"我是盲人,先生。""怎么!"我说,"你是盲人!你为何不请刚才和你玩牌的那位好心人领我们来呢?"他答道:"那位也是盲人。在你碰见我的那所大宅中,四百年以来,一直有三百个盲人。①可是,我得和你告别了,这就是你打听的那条街。我要钻到人丛中去,我要走进这教堂,我敢保证,在里边,我将妨碍大家更甚于大家对我的妨碍。"

一七一二年,沙瓦鲁月十七日,于巴黎。

---

① 巴黎盲人收容院,创立于一二五四年,院名"十五二十收容所",当初圣路易创设此院时,原为收容在战争中失明的三百名骑士。

信三十三　郁斯贝克寄磊迭

（寄威尼斯）

巴黎酒价极昂,因为酒税甚重。法国人好像是想寓禁于征,借此执行神圣《古兰经》中禁饮的戒律。

一想到这种饮料所能发生的悲惨后果,不禁令我把它看成自然给人类的最可怕的赠品。倘有什么东西能腐蚀我们君主的生命与声誉,那就是他们的狂饮无度:这是他们不义与残暴举动的最毒的源泉。

即使羞辱了人类,我亦必须说出:教规禁止我们的君主饮酒,而他们如此狂饮无度,甚至对于人类说,也算是堕落。与此相反,基督教规并不禁止君主饮酒,却不见得因此而造成他们任何过错。人的精神本身就是矛盾的:在放怀痛饮、肆无忌惮的时候,人们对戒律作暴怒的反叛,而宗教律令,本为端正人的品行而设,却时常只能使人增加罪过。

但是,我反对饮用使人失去理性的酒浆,却不谴责那些能使人快乐的饮料。东方的人们①寻求医治忧愁的方剂,与医治最危险的疾病同样地经心着意,这是他们贤智之处。一个

---

① 法国文学中,所谓"东方",通常是指近东与中东,包括波斯在内。

欧洲人倘遇不幸之事,除了拿起一个名叫塞纳克①的哲人的著作阅读一番,没有别的办法。而亚洲人比欧洲人更合乎情理,而且在这方面更通晓医道,他们采用饮料②,令人怡然自得,忘记痛苦的往事。

使人痛苦的事莫过于自解自慰,以病痛为不可避免、药物为无用、命运为不可更改、天意为不可违背,并且以为人生本来是不幸的。这就是用人生本来就可怜这种想法来嘲笑减轻痛苦的意愿。不如令心智脱离思索,不从人的理性,却从人的感性方面去医治。

精神与身体结合之后,不断受身体的虐待。倘如血液运行太缓,呼吸不够洁净,或其量不足,人即陷于消沉忧郁。但如服用饮料,使身体改变上述状态,精神恢复接受欢乐印象的能力,它看见自己的机器可以说是恢复了动作与生命,就暗暗欣喜。

一七一三年,助勒·盖尔德月二十五日,于巴黎。

---

① 古罗马哲人,生于公元前一世纪。
② 比如咖啡。

信三十四　黎伽寄伊邦

(寄士麦那)

波斯妇女比法国妇女美丽,而法国妇女却比波斯妇女妖娆。人们不可能不爱前者,也不可能不喜欢后者;前者比较温柔纯朴,后者比较使人愉快。

波斯女子之所以气色如此红润,是由于她们在波斯过着有规则的生活:她们既不赌博,也不熬夜;酒不沾唇,足不出户。应当承认,后房内院,与其说宜于行乐,不如说宜于养生。因为后房生活平静,毫无刺激,充满服从与尽职的气氛;即使是乐趣,也是庄重的;即使是欢喜,也是严肃的;这种欢乐,永远只是作为权威或服从的标志而被寻味着。

至于男子,在波斯也没有在法国这样愉快。在这里,我看到不同阶层和不同处境的人都精神自由、意态畅适,而波斯男子们却没有这种情况。

在土耳其更糟,那儿有些家庭,自从帝政奠基以来,世代相传,谁也不曾笑过一次。

亚洲人这种庄重态度,在于他们相互往来太少:他们谁也不找谁,除非拘于礼节,不得不见面。友谊,这种心心相交的关系,在此地使生活甜蜜,而亚洲人几乎不知道有这回事。他们深居简出,家中总有一群人等待着他们;这样一来,各人的家庭几乎都是孤立的。

一天,我和此地某人谈起这问题,他对我说:"在你们的风俗中,我最看不顺眼的是这点:你们不得不与奴隶们一起生活,那种人在思想上、在心中,永远感觉自己身份卑贱。这种卑怯的人削弱你们得之于自然的道德感,从你们童年时代起,他们纠缠着你们,消灭你们的道德感。归根结底,你们应当摆脱成见。替别人看管妇女,引以为荣;执行人间最卑贱的役使,引以为傲;正因他们忠心耿耿(这是他惟一的品德),所以益发可鄙,因为他们之所以忠心,实乃出于羡慕、嫉妒与绝望;身为两性之渣滓,向两性报复之心急如烈火;低头受强者虐待,但愿有弱者供他欺弄;以残缺不全、丑陋畸形,作为自身的特殊光彩;正因根本不值得重视,才为人另眼相看。总而言之,他固守在门口,片刻不远离,比门臼和门闩更为坚固;守在这可耻的职位上五十年之久,反而洋洋自得,负担着主人的嫉妒,施尽卑贱的伎俩——这样一个可鄙可怜的人,从他那里能得到什么教育呢?"

一七一三年,助勒·希哲月①十四日,于巴黎。

---

① 回历十二月。

信三十五　郁斯贝克寄大不里士宏明修道院托钵僧仁希德表兄

崇高的托钵僧,你对基督教徒作何感想?你是否以为到了最后裁判的日子,他们将与不忠不信的土耳其人相同,给犹太人当驴子骑,驮着他们大步奔向地狱?我很明白,他们绝不能到众先知所住的地方去,而伟大的阿里之所以来到人间,也绝不是为了他们。然而,由于他们福薄,在本地没有礼拜寺,你以为他们就因此要受永恒的惩罚吗?由于他们未奉行上帝不曾启示给他们的一种宗教,你以为他们就因此要受上帝的责罚吗?我可以告诉你:我时常观察这些基督徒,我曾经询问他们,看他们对于伟大的阿里——人间最壮美的阿里——是否有点概念,我发现他们从未听说过。

他们和从前我们的众位圣先知用宝剑砍杀的那些不忠不信之徒毫无相似之处。那些人之所以被斩,因为他们拒不肯信上天的奇迹,而基督教徒却类乎生活在偶像崇拜的黑暗世界中的那些人,因为那时,神圣的光明尚未照亮我们伟大先知的面孔。

况且,倘若仔细考察他们的宗教,即可发现其中某些成分,类乎我们各种教条的种子。我常常钦佩天意的奥妙,好似天上愿意给基督徒作准备,以便日后大家改变信仰。我听人提到他们的博士所著的书,名为《胜利了的多妻制》①。在那本书中,关于基督徒应当奉行多妻制,已经得到证明。他们的洗礼乃是我们的法定沐浴的一种形象,而基督徒的错误无非他们以为初次沐浴有很大的效能,因此从此不必再沐浴了。他们的神甫和修道士一天祈祷七次,和我们一样。他们希望能享天堂之福,在天堂上,通过人身复活,他们可以尝到千种乐趣。和我们一样,他们也有固定的斋戒期,也有苦修,希望通过苦修邀得上天怜悯。他们崇敬善良的天使,提防凶恶的天使。对于上帝通过他的服务者②的工作而显示的奇迹,他们非常轻信。和我们一样,他们承认自己功德不够,在上帝左右,必须有人替他们斡旋。我到处看见穆罕默德教义,虽然我并未看见穆罕默德。任便你说什么,真理总要穿破周遭的黑暗,夺围而出。有朝一日,"永恒"③将要看到大地上所有的人全是真正的信徒。时间消磨一切,也必定连错误一起消灭,所有的人必将惊奇地发现自己全站在一面大旗之下。一切将归于消灭,即使是圣法④也不例外,因为神圣的范例将从地上送到天上,存入天上的档案。

一七一三年,助勒·希哲月二十日,于巴黎。

---

① 此书为路德派的神学博士李塞所著,发表于一六八二年。
② 指教士们。
③ 指上帝的精神,万化之主。
④ 指宗教的经典。

信三十六　郁斯贝克寄磊迭

(寄威尼斯)

饮用咖啡在巴黎极为普遍,有许多公共场所出售咖啡。这些场所,有的供人谈论新闻,有的供人弈棋。其中有一家善于调治咖啡,以致喝咖啡的人机智大增;至少顾客从那儿出来,没有一人不自以为比进去时机智增加了四倍。

可是,这些风雅之士最令我感觉不顺眼的地方,在于他们专在幼稚可笑的事情上玩弄才智,而不贡献给祖国。例如,我刚到巴黎,看见他们正在进行热烈的争论,题目之细小微末几乎令人不能想象:希腊某位古老诗人①的名誉。两千年来,无人知道诗人的故乡,也不知道他逝世的年月。双方承认这是个极好的诗人,问题无非在于他的功绩大小,大家意见不一致。各人都想给诗人规定一个价格,可是在这些分配名誉的人之间,有的占了上风。于是就争吵起来!争吵得很凶,因为双方用和气的态度,互相如此粗暴地谩骂,开如此辛辣的玩笑,以致我不但赞美争辩的题目,而且也佩服争辩的方式。我心里想:"倘如有人,轻率冒昧,到一个希腊诗人的辩护者面前,诽谤某正直公民的名誉,他势必大受反攻。我相信,替死

---

① 指希腊大诗人荷马。

人名誉辩护的那番微妙的热心,为了辩护活人,势必更将炽烈起来!"我又想:"可是无论如何,上帝保佑我,千万不要招致那些希腊诗人鉴定者的恶感,两千年来的墓中生活,仍不能保证那位诗人免受这些人的深切憎恨!他们目下向空挥拳。万一面临敌人,他们怒火炽烈,又将如何得了?"

上述的人是用通俗语言①辩论的。必须将他们和另一类争辩者加以区别,后者使用一种野蛮的语言②,因此那些舌战者似乎更加猛烈,更加执拗。在某些市区③,这类人黑鸦鸦地挤成一团,他们以"分辨"为食粮,以"理辩"与错误的结论为生活。这一种饿死人的职业却也有它的出息:曾经见到整个民族,从本国被驱逐出来,渡海到法国定居;④为了应付生活上的需要,他们随身所带的只是令人生畏的争吵本领。

一七一三年,助勒·希哲月最后一日,于巴黎。

---

① 指普通法文。
② 指拉丁文。
③ 指巴黎拉丁区,学校集中之区。
④ 指爱尔兰神甫在英国君主迫害之下曾出亡到法国。

信三十七　郁斯贝克寄伊邦

（寄士麦那）

法国国王①已经很老。在我们的历史上,一个君主在位这样久,从无此例。据说他有极高的本领,能令大家惟命是从;他用一贯的天才,治理家庭、朝廷和国家。人家常听他说,全世界的政府之中,土耳其人的政府和我们尊严的苏丹的政府最合他的心意,可见他对于东方的政治是何等重视。

我研究了他的性格,发现其中若干矛盾为我所不能索解。比如,他有一个大臣年方十八,又有一嬖爱的妇人,年已八十;②他爱自己的宗教,但谁要是说必须严格遵守教规,却又使他不能忍受;他虽然逃避城市的喧扰,很少与人交谈,但是从早到晚致力于一件事:使大家都谈论他。他喜欢打胜仗,喜欢战利品,但是他怕见自己的军队由很好的将军率领,正如这将军所率领的是敌兵那样使他担心。我想从来没有人像他那样:极度的富有,决非任何君王所敢希冀,同时穷困的程度亦

---

① 指法王路易十四,生于一六三八年,在位共七十二年(1643—1715)。
② 此处作者故作讽刺性的夸张,事实上法国一七一三年并无十八岁的大臣,只有在一六九一年,巴勒希欧男爵二十三岁任枢密院秘书。至于八十岁的宠妇,是指曼德依夫人(1635—1719),本为诗人司卡龙的寡妇,替路易十四教育子女。路易十四在王后死了以后,和曼德依夫人秘密结婚。

非普通人所能忍受。

对于替他服务的人，他喜欢有所赏赐。但是他酬劳左右侍奉之臣的殷勤——或者不如说酬劳他们的饱食终日、无所事事，和酬劳坚苦作战的将领们，却是同样地大方。他常常喜欢一个替他解衣脱靴或进餐时捧奉食巾的人，甚于一个替他攻城夺地或替他打胜仗的人。他不以为君王的伟大就在于恩赐得当；并且，不考察他所赏赐有加的人有何长处，而认为既然他看中那人，即使没有长处，也就变成有长处了。因此，他曾经以一笔小小的年金赏给一个败退二十里的人，又以都督的美缺赏给另一个败退四十里的人。

他讲究豪华，尤其在经营宫室方面。御苑中的雕像，多于大城市的居民。御林军之强大，无愧于无敌国王的御林军。他的军队多至无数，他的富源大到无穷，他的国库取之不竭。

一七一三年，穆哈兰月七日，于巴黎。

信三十八　黎伽寄伊邦

（寄士麦那）

在男子之间,这是个大问题:不给妇女自由,是否比给她们自由更有益处。我觉得,反对与赞成,双方都有许多理由。欧洲人说,使心爱的女人不幸,这不能算厚道。我们亚洲人却回答说,制裁女子是"自然"给予男子的特权,如果加以放弃,那才有点卑贱。如果有人对亚洲人说,将许多妇女禁闭起来是件麻烦的事,亚洲人回答说,十个听话的女子比一个不听话的女子要少麻烦些。他们也提出相反的意见,说欧洲女子既不忠贞,她们的丈夫就不见得幸福。欧洲人却回答说,亚洲人如此夸耀女子的忠贞,但在情欲畅足之后,总不免令人发生厌腻之感。又说我们①的女人过分地专属于我们,这样高枕无忧的占有使我们毫不能再有所希求与恐惧。又说妇女略带风骚,正如食盐一般,可以刺激口味,防止腐化。一个比我更贤智的人,恐怕也不免难于作出决定。因为,亚洲人固然善于设法平静自己的挂虑,欧洲人却也善于使自己不发生任何挂虑。

欧洲人说:"总之,万一我们成了倒霉的丈夫,我们总有办法以情人的资格在别处补偿损失。一个男子若要有理由抱

---

① 指波斯男子。

怨妻子不忠,除非世上只剩了三个人。只要有四个人,他总能达到目的。"

自然的法则是否要女子顺从男子,这是另一问题。日前有一个对妇女很殷勤的哲学家对我说:"不,自然从未规定这样一条法则。我们加于妇女头上的威力是真正的暴虐。妇女任我们肆行暴虐,无非因为她们比男子温和,由此之故,比男子更富于人道与理性。这些优点,如果男子通理性的话,本应使妇女得到优越的地位;男子却不通理性,所以妇女失掉了优越地位。可是,男子施于妇女的仅仅是暴虐的权力,这是真实的;妇女在男子方面具有自然的威力,这点却也是真实的;她们的权威就是美丽,那是不可抗拒的。我们男子的权威并非各国都有,而美丽的权威则四海皆同。为什么我们有特权?难道我们比谁都强?但这是真正不公道的事。我们用各种办法毁伤妇女的勇气,如果男女教育平等,力量亦必相等。不妨考验妇女们未经教育削弱的各种才能,就可知道究竟我们男子是否比她们强。"

虽然和我们的风俗习惯大相抵触,但是应当如此承认:在最文明的民族中,妇女对于丈夫一直是有权威的。在埃及,这种权威由法律规定,作为对于伊希丝①的尊敬;在巴比伦,则为了尊敬塞弥拉弥施②。人们说罗马人号令列国,而俯首于他们的妇人之前。我不提索洛马德人③,他们真正被女性奴役;但他们过于野蛮,因此不足为训。

﹏﹏﹏﹏﹏﹏﹏
① 伊希丝,埃及女神,司医药、庄稼与婚姻。
② 塞弥拉弥施,古代传说中亚述与巴比伦的王后,巴比伦城及其悬圃的创立者。传说她的战功与勋业,远出她丈夫尼纳士王之上。
③ 古代北欧民族,三世纪为哥特族所灭,一部分并入斯拉夫族。

你看,亲爱的伊邦,我沾染了此地的风尚。此地人们喜欢发表奇特的意见,并且利用一切机会故作惊人之论。先知解决了这问题,并规定男女两性的权利,他说:"妻子应当尊重丈夫的荣誉,丈夫亦应重视妻子的体面,然而丈夫优于妻子一等。"

一七一三年,主马达·阿赫鲁月二十六日,于巴黎。

信三十九　哈奇·易毕寄改信伊斯兰教的犹太人彭·约如哀

（寄士麦那）

彭·约如哀，我觉得大凡非常之人快要降生的时候，必定有显赫的迹象，形成预兆，仿佛"自然"痛苦骤然发作，而万能的上苍产彼巨人也很费力。

奇妙的事情无过于穆罕默德的诞生。上帝用天上法令，开始即已决定，派遣这位伟大的先知来到人间擒缚撒旦。所以早在亚当之前两千年，上帝创此光明，并在穆罕默德祖先之间，令首选人物①世代相传，彼此承袭，一直到穆罕默德本身，借以确实证明，他是历代族长的后裔。

也由于这位先知，上帝不愿妇人不洁不净，男子不经割礼②而生男育女。

他③一到人世，已经割治；呱呱坠地之后，就已满面笑容。那时地震三次，就像大地自己在分娩；众多神祇，匍匐不起；列

～～～～～～～～～～

① 宗教与政治上的领袖。
② 伊斯兰教（以及犹太教）规矩：男子行将成年，必先割去性器官的包头外皮，谓之"割礼"。
③ 指先知穆罕默德。据传说，这位先知和他的继承人阿里，初生之时，身上洁净如同已经受了"割礼"一般，所以不需要再举行割礼。

87

国君主,倾覆失位。路西法①被投入海底,他泅泳四十天之久,始出深渊,逃上加拜司山巅,在彼处以可怖之声大呼众天使。

那天晚上,上帝在男女之间隔以鸿沟,男女双方莫能逾越。巫师魔士之术均失效应。人闻天上有声,这样说道:"我派遣我的忠实友人降生人间。"

据阿拉伯历史学家伊思本·阿本证明,当时百鸟成群,云涌风起,队队天使,簇集团聚,皆以抚养此儿为己任,并且彼此争这权利。众鸟啁啾,说它们易于采集四方果品,所以哺育小儿,实较方便。风声喃喃,也在发言:"抚育之责,非我辈莫属,因为我辈能从各处吹送最爽快的气息,使这小儿舒适高兴。"云说:"不,不,小儿将由我们照顾,我们随时使小儿不忘清新的水。"说到此处,众天使愤然大呼:"我等尚有何事可做?"这时天上有声朗朗入耳,一场纷争才告结束,天上的声音说:"此儿绝不可从世人手中抢夺过来,因为哺养他的乳房,抚摸他的手,他居住的屋,憩息的床,凡有助于他的一切,都将获得幸福。"

亲爱的约如哀,既然有这些显著的证明,除非铁石心肠,方能不信先知的神圣法则。上苍还能用什么办法表示告知的神圣使命是天定的?莫非必须颠倒自然,使需要说服的人统统灭亡不成?

　　　　　一七一三年,赖哲卜月二十日,于巴黎。

---

① 路西法,原为地位最高的天使,后堕落成魔鬼。

信四十　郁斯贝克寄伊邦

（寄士麦那）

一个大人物死了之后，人们聚集在礼拜堂内，有人致追悼词赞扬死者。但在演说中，关于死者的功德，很难作正确的评断。

我很想禁止丧仪，因为替人洒几滴眼泪，应当在那人出生的时候，而不该在他逝世的那天。对于行将死亡的人，在他弥留的时候，铺陈一切仪式，摆出一套阴惨的排场，①即便家人的悲泣，朋友的哀痛，除了向临危者夸张地表示，他这一死将造成何等损失，此外又有什么用处？

我们盲目到这地步，以致不知道何时应当悲痛，何时应该高兴：我们悲，几乎永远是假悲；我们乐，几乎永远是假乐。

我见那莫卧儿②蠢头蠢脑，每年坐在大盘秤上，像公牛似的让人称他的体重；我看见人民因为这位王爷日益笨重而高

---

① 西俗，在人将断气时，点燃素烛，放在床前；如系教徒，则去请教士，来替将死者作最后忏悔。
② 莫卧儿，古时印度斯坦北部某国国王。关于这逸闻，作者显然受到一六八二年在法国出版的《土耳其、波斯、印度，六次旅行记》的影响，此书作者是达维尼哀。

兴,也就是说他日渐失却统治能力——当我看见这些情形时,伊邦,我对于人类的荒唐觉得可怜。

一七一三年,赖哲卜月二十日,于巴黎。

信四十一　黑阉奴总管寄郁斯贝克

尊荣的大人，黑阉奴伊斯麦尔最近死掉了，我不能不另找一个人接替他。由于目前阉奴极端稀少，我曾想利用您在乡间的黑奴中的一人，可是直到目前，我尚未劝服他，令他情愿献身于这职位。由于我认为归根到底，这是于他有利的，所以日前我想对他用点严厉手段，于是协同您的花园总管，我下令不问他自己愿意与否，必须使他就范，以便他能替你办最贴心的差使，并且能和我一样，生活在他连看也不敢看的可怕的后房内院。但他大声号咷起来，好像谁要剥他的皮。他闹得那样凶，以致挣脱了我们的手，躲避了决定命运的刀子。我刚听说，他打算写信向您求饶，声称我之所以作此打算，是出于无餍足的报复欲望，因为他自己说曾经对我开过尖刻的玩笑。但是，我对您起誓，面对十万位先知：我的举动，完全为您的利益服务，这是我最重视的事，除此以外，我丝毫没有其他考虑。

我匍匐在您脚边。

一七一三年，穆哈兰月七日，于法蒂玛后房。

信四十二　法仑寄尊严的主人郁斯贝克

尊荣的大人，要是您在这儿，我将遍体披着白纸出现在您眼前。即使这样，恐怕也写不尽您那黑阉奴总管——人群中最恶劣的一个——自从您启程以后对我的种种凌辱。

他妄称我对于他的不幸身份曾经加以嘲笑，以此为借口，他在我头上施行无穷无尽的报复。他嗾使您那残酷的花园总管来和我作对，此人自从您走以后，强迫我执行不堪其苦的劳役，不止千次，我想我的命要断送了，然而我片刻也未失却替您效劳的热诚。不知有多少次，我心里想："我有一位满怀慈祥的主人，为什么我却是世上最不幸的奴隶？"

我应当实说，尊荣的大人，我本来没有想到还会遭遇更大的悲运。可是那奸诈的阉奴总管，愿将他的恶行发展到登峰造极的程度。前几天，他自作主张，命令我献身于看守您那些神圣女人的工作，也就是要我遭受对于我比死亡还残酷千倍的腐刑。有些人一生下来即遭不幸，从他们残酷的父母手中受到此种待遇，他们也许还能自慰，因他们除自己的情况以外，根本不知道有别的情况。可是，有人要把我从人的地位排挤出去，要剥夺我的人性，如果我不死于这野蛮举动，亦不免悲痛而死。

崇高的大人，我以万分自卑的心情，吻您的脚。您的德行向来为人所敬重,请您设法令我身受恩德,不要让别人说,在您的命令之下,世上又增加了一个不幸的人。

一七一三年,穆哈兰月七日,于法蒂玛花园。

信四十三　郁斯贝克寄法仑

（寄法蒂玛花园）

　　见到这神圣的字迹，你可以从心里领受快乐了。你嘱总阉奴和花园总管二人，吻此手谕。我不准他们对你采取任何行动。通知他们购买阉奴一名，补充缺额。你必须克尽厥职，犹如永远在我跟前，因为，你必须知道：我愈仁慈，你若借此胡作乱为，惩罚亦必愈重。

　　　　　　　　　一七一三年，赖哲卜月二十五日，于巴黎。

信四十四　郁斯贝克寄磊迭

（寄威尼斯）

法国有三种身份不同的人：教士、军人、法官。每一种人都极端瞧不起另一种人。例如某人因太愚蠢受人鄙视，实际上，往往无非他是个法官而已。

即使最卑不足道的手艺人，无不争夸自己所选择的手艺。他把自己的行业看得比别的行业高多少，也就把隔行的人看成比自己低多少。

埃里望省有一妇人，受到某君主一点恩泽以后，在她给君主祝福时，不下千遍地请求老天，使那君主做埃里望省总督。世上的人，或多或少，全像埃里望省的那个妇人。

我曾在一篇笔记中，读到有一条法国船在几内亚海岸抛锚，船上几个执事的人想上岸去买绵羊。他们被领去见当地的国王，国王那时正坐在树下，给他的子民审理讼案。他坐在宝座上，也就是说坐在一段木头上，顾盼自雄，不下于坐在伟大的莫卧儿皇帝的宝座上；左右有三四名手执木头标枪的卫兵，一顶万民伞式的阳伞给他遮住烈日；他和他的御妻——那位王后，除了他们的黑皮肤以及几个指环以外，身上别无装饰。这位王爷，不但可怜得很，而且非常虚荣，他问这几个外国人，在法国人们是否时常谈论他。他以为他的大名，必已从南极传到北极。他和古时有一位霸主①不同,那位霸主,据说曾经使全世界噤若寒蝉,而他却以为应当使全宇宙都谈起他。

每当鞑靼的可汗进膳以后,传令官大呼全世界的君主可以去吃饭了,如果他们愿意。这野蛮人吃的无非乳类,居住并无房屋,谋生手段仅仅是抢掠,而他居然把世界各国国王看作他的奴隶,并且每天辱骂他们两次,习以为常。

一七一三年,赖哲卜月二十八日,于巴黎。

---

① 指亚历山大大帝。

信四十五　黎伽寄郁斯贝克

（寄××）

　　昨天早晨,我尚未起床,听见有人打门,其势汹汹。忽然门被推开,闯进来一个人。我和那人曾经略有往还,这时,他神色十分仓皇。

　　他的衣服连简素都远远够不上,假发歪戴,①不梳不理,黑色上衣的破绽也来不及找人补缀。平时,他惯以谨慎老成的态度,设法遮掩他服装的破旧,这一天可就顾不得了。

　　"起来吧,"他对我说,"今天这一整天,我需要你。我有千百样东西要买,而且很乐意请你同去。首先,我们应当去圣道诺雷街去找一个公证人,和他商谈,他正在代人出售一块土地,价值五十万利勿尔②,我要他优先卖给我。到这儿来的时候,我顺便在圣日耳曼郊区稍停,在那里我租了一所两千埃居的公馆③,我希望今天签订租约。"

　　我一穿好衣服——几乎尚未完全穿好,那人就叫我匆忙

---

① 古代欧洲,男子戴假发,好比戴帽。在法国,假发一直保持到十八世纪末叶。但假发亦非人人能戴,没有钱的穷人与毫无社会地位的平民就不能戴。
② 利勿尔,法国古代的记账货币。
③ 比较讲究的私人大宅。

下楼。"我们先去买一辆车,配备马夫和马。"他说。果然,不到一小时,我们不但买了马车,还买了价值十万法郎的用品。一切进行迅速,因为那人毫不论价,从不计算,所以他不需要更换地方。这一切使我如在梦中。我细看那人时,发现他身上又贫又富,复杂错综,非常奇特。这样一来,使我不知如何理会。可是到了最后,我打破沉寂,把他拉到一旁,向他问道:"先生,这许多东西谁来付钱?""我呀,"他说,"请到我房中来,我给你看无量的宝藏,可以令最大的君主也会羡慕的财富。但是不至于使你徒然生羡,我将永远和你同享。"我跟他去。我们上了他的六层楼①,又架起梯子,爬到第七层,那是一间四边通风的小室,其中只有两三打土盆,满盛各种溶液。"我起了个大早,"他说,"先做了二十五年来天天做的事,就是去看我的作品。我看见了不起的日子终于来到,这一天我将比地球上任何人更富有。你瞧见这朱红的溶液吗?它目前已具有哲学家们②所要求的一切性能,可以使金属变质。我从里边掏出这些你看见的小粒,按色泽,这已经是真金,虽然按分量说,还不算十全十美。这个秘密,尼古拉·弗拉美③找到了,可是雷蒙·吕尔④和一百万别的人却一直没有找到,现在可落在我手中了,我今天成了幸福的得道之人。但愿老天使我专为老天的荣光而享用天赐的财富!"

我转身就走出来,下楼,或不如说从楼梯上跳下来,气得

---

① 原文作五楼,但按中国习惯系指六楼,因法国平地那一层不算在内。
② 指兼营炼丹的古代"哲人"。
③ 尼古拉·弗拉美(1330—1418),本为巴黎文人,兼事投机营业,奇富,传说为点金石之发明者。
④ 雷蒙·吕尔(1235—1315),"圣芳济派"僧侣。

我快发疯了,我把那个富到这程度的人撇下在他的病院里①。

再见,亲爱的郁斯贝克。我明天去看你,而且,倘若你愿意,我们一同回巴黎。

一七一三年,赖哲卜月最后一日,于巴黎。

---

① 此地所谓病院,系泛指一般贫苦人的栖身之处。这封信描述当时法国(其实不仅法国)某种奇特的人:神经错乱,疯疯癫癫的丹客(炼丹家)。在黄金万能的社会里,这种人往往以毕生精力、时间和物力,追求制造黄金的秘诀,结果难免破产发疯。

信四十六　郁斯贝克寄磊迭

（寄威尼斯）

我看见这里有些人在宗教问题上争吵不休,然而我觉得他们所争执的,实际上也就是谁最不信奉宗教。

他们不仅不是较优秀的基督徒,甚至也不是较好的公民,而使我有所感触的也就是这一点。因为,无论你生活在何种宗教中,遵守法律,热爱人类,孝顺父母,永远是首先第一的宗教行为。

在事实上,信教者第一个目标,岂不是在于取得他所宣扬的那宗教的创立者——那位神祇的欢心？欲达此目的,最有把握的办法,无疑是遵守社会的规矩,尽人类的义务。因为,无论你生活在何种宗教中,只要你假定有一种宗教,你也就完全应当假定上帝热爱人类,既然上帝为了人类幸福,建立了这宗教。如果上帝爱人类,我们也爱人类,必能使上帝高兴。就是说,对于人类,要尽人道与仁善的义务,不要破坏保障他们生活的法律。

这样做比奉行这种那种仪式可以有更大把握使上帝高兴,因为各种仪式本身并不包含丝毫仁慈,仪式之所以好,无非假设上帝命令如此,并且不能不重视这命令。然而这一点就引起了大大的争论。在这方面,我们极容易搞错,因为必须在两千种宗教仪式之中,选择某种宗教仪式。

有一个人,天天向上帝这样祷告:"主啊,关于你,人们作吵闹不休的争执,我一点也不懂。我愿意按照你的意志为你服务,可是我所请教的每一个人,都要我按照他的样子为你服务。我向你祈祷时,不知道应当用何种语言。我也不知道应该采取何种姿势:有人说我应当站着向你祷告;另一人叫我坐下;又一人非让我跪着不可。不仅如此,有些人认为我必须每晨以冷水沐浴;按另一些人的意见,如果我不把身上皮肉割去一小块①,你就会用憎恶的目光看我。有一天,我偶尔在一家商贩客栈②里吃了兔肉。旁边有三个人,他们把我吓得发抖。他们三个全对我表示,说我严重冒犯了你。其中一个人说,因为兔子是肮脏的畜生;另一个说,因为那兔子是被窒息而死的;最后那个人③说,因为我吃的不是鱼。有一婆罗门教徒从旁走过,我请他判断,他对我说:'他们都错了,因为显然你没有亲手杀死兔子。''那倒的确是我亲手杀的。'我对他说。'啊!你干了件上帝决不饶恕、可憎可鄙的举动。'他用严厉的声音说,'你如何知道你父亲的灵魂不附在这动物身上呢?'凡此种种,主啊,置我于不可思议的困惑之中。我连头都不能动一下,否则就怕冒犯你。然而我愿意取得你的欢心,并将你给我的生命用于此。我不知道我对不对,可是我相信为了达此目的,最好的办法就是在你令我出生的社会中,我应当过善

---

① 指割礼,见"信三十九"第87页注②。
② 结队旅行的商贩们歇脚的客店。也泛指一般外国人聚居的旅店。
③ 这三个人,第一个是犹太人,第二个是土耳其人,第三个是亚美尼亚人。——作者注

良公民的生活；在你赐给我的家庭中，我应当过善良父亲的生活。"

一七一三年，舍尔邦月八日，于巴黎。

信四十七　莎嬉寄郁斯贝克

（寄巴黎）

我有一件重大的消息告诉你：我和赛菲丝言归于好了。因我们两人不和而形成分裂的后房重新团结。在这些充满着安宁的处所，缺少的就是你一个人。来吧，亲爱的郁斯贝克，到这儿来使爱情高奏凯歌。

我敬了赛菲丝一席盛宴。你母亲、你的各位妻子和你的几位主要的妾都应邀出席，你的舅母们、表姊妹们也到了；她们是骑马来的，身上盖着面幕和衣服组成的黑色云层。

次日，我们启程到乡间去，希望在那边更自由些。我们骑上骆驼，我们四人合成一小间①。由于这次出游是突然决定的，我们没有时间派人到附近去喝"古鲁克"②。可是，永远勤快多谋的阉奴总管，采取了另一种谨慎的措施：他在隐蔽我们的布幔上面又加了一层帘子，厚到使我们绝对看不见任何人。

到了必须过渡的河边，我们每人按照习惯，进入一只箱笼，由人抬到船上，因为据说河上到处是人。有一个好奇的人，过分走近我们被关闭之处，受到了致命的一击，使他从此

---

① 用布幔围成的小间。
② 高呼"回避"，就是所谓"喝道"。

永远不见天日。另外有一个人，被人发现一丝不挂，在河边洗浴，亦遭受相同的命运。你那些忠心的阉奴，为了你和我们的体面，牺牲了那两个不幸的人。

但是请听我们惊险故事的下文吧。我们到达河水中流时，狂飙骤起，密云蔽空，情况如此可怕，以致舟子们开始绝望。面临这一危机，我们妇女，几乎全都吓昏，不省人事。我记得听到阉奴们的争吵声，其中有人说应当将危险的情况通知我们，并将我们从囚笼中放出。可是他们的头子，始终主张宁死不肯使主人受此耻辱；又说有谁再敢作此狂妄建议，他将以匕首直穿其胸。我有一个奴婢，惊慌失措，完全不能自制，不穿衣服，向我奔来，打算救我，可是一个黑阉奴粗暴地将她抓住，把她赶回原处。这时我就昏晕不省人事，等到危险过去以后，我才苏醒过来。

对于妇女，旅行是何等不方便！男子可能遭遇的只是生命危险，而我们却无时无刻不提心吊胆，既怕失节，又怕丧命。

再见，亲爱的郁斯贝克。我永远仰慕你。

一七一三年，莱麦丹月二日，于法蒂玛内院。

信四十八　郁斯贝克寄磊迭

（寄威尼斯）

勇于求知的人决不至于空闲无事，虽然我并不担负任何重要职务，却总是忙个不停。我以观察为生，白天所见、所闻、所注意的一切，到了晚上，一一记录下来。什么都引起我的兴趣，什么都使我惊讶。我和儿童一般，官能还很娇嫩，最细小的事物，也能给我大大的刺激。

你也许不相信，在各种社交场合和人们聚集的所在，我们到处受到和悦的款待。我想我沾黎伽的光不少，因为他精神勃勃，天性愉快，喜欢往人多的地方去，大家也同样地喜欢找他。我们的异国状貌已经不再令人感觉唐突，甚至大家发现我们多少有点礼貌，因而大为惊奇，这使我们高兴。因为法国人想象不到，在我国的风土气候之中也会产生像样的人。然而，说句实话，他们的错误想法值得加以纠正。

我在巴黎附近一所别墅中住了几天，主人是一个有声望的人，家中来了客人，使他非常高兴。他的妻子十分可爱，她不但很谦虚，并且有快乐的心情。深居简出的生活使我们波斯妇女失去了这种心情。

身为外国人，我所能做的最好的事，无过于按照我的习惯，对于不停来到别墅中的成群宾客加以观察，在他们身上，我不断发现新鲜事物。首先,我注意到一个人,简单朴素,合我心意。我就和他亲近,他也和我亲近,因而我们两人成了形影不离的伴侣。

有一天,在大庭广众之间,我和他两人单独交谈,对一般人的谈话不理不睬。我对他说:"在我身上,你也许发现好奇心胜于礼貌,但是,请允许我对你提出若干问题,因为我情况毫不明了,周围的人也分辨不清,实在无聊。我左思右想已经有两天了,在这些人之中,没有一个不令我苦思力索而不得其解,如同身受拷问,已经二百次。叫我猜度一千年也猜不出他们的究竟,他们比我们君王的后宫佳丽更令我莫测真相。"他回答道:"你尽管问,你想知道什么,我全可以告诉你。况且我认为你为人谨慎,不至于随便泄漏我的言语。"

我问道:"这人是谁?他滔滔不绝,对我们讲他如何邀宴权贵。他和你们那些公爵如此熟悉,和你们各部大臣的攀谈机会如此之多,我听说大臣们是很难接近的。按理这样的人非具有优秀品质不可,但是他的尊容如此猥琐,简直不能给优秀人物增光。况且,我看他毫无教养。我是外国人,可是我觉得各民族间,一般地说,好像有一种共同的礼貌,我在那人身上却丝毫没有找到。你们的优秀人物是否都比一般人缺少教养?"

他笑着答道:"这是个包税商①。比有钱,他在众人之上;比出身,他在众人之下。如果他下决心永不在家吃饭,他可以到巴黎饭菜最讲究的人家去吃。他傲慢无礼,你也看出来了,

---

① 法国大革命以前,替君主政府包征全国某些赋税的代办人。这种人不但作专制政府的爪牙,残酷压榨人民,并且从中自肥,富甲全国,是当时人民最憎恨的对象之一。

可是他家里有个极好的厨子。所以他倒不是毫无良心的,你听他今天夸奖厨子,夸了一天。"

我问道:"这穿黑衣的胖汉,那位太太特地叫他坐在她身边,何以他的服装如此凄惨①,可是神气如此欢欣,面色如此红润?别人一和他说话,他就殷勤微笑。他衣饰比较简素,然而你们妇女的衣饰,还不如他收拾得整齐。"他答道:"这是个宣教的法师,更糟的是,他同时又是导师②。就像你现在所看见的样子,关于妇女们的事,他比丈夫们知道得更详细。他认识妇女们的弱点,妇女们也知道他有他的弱点。"我说:"什么?他嘴上老离不了一件事,就是他所谓'天恩'。"他答道:"他并不老说那个。在漂亮女子的耳边,他更愿意说他如何动了凡心。当众说法,他咆哮如雷;个别接触,他温顺如羔羊。"我说:"好像大家对他另眼看待,照顾十分周到。""怎么?对他另眼看待?这是个不可缺少的人。他使深居简出的生活过得更甜蜜些:他给人们出些零碎主意,待人殷勤仔细,或者做一些引人注意的拜访;他比交际场上的老手更善于给人治愈头痛症。这是个非常好的人。"

"可是,倘你不嫌我啰嗦,请你告诉我,我们对面那个衣服如此不整齐的人是谁?这人有时扮装鬼脸,所用的语言也和别人不同。他说话并无风趣,可是为了卖弄风趣,故意说东说西。"他答道:"这是个诗人,也就是人类中的滑稽角色。这路人自称一生下来就是如此。这倒是真的。而且他们一生几乎永远如此,也就是说,在千万人中,几乎永远是最可笑的人。

---

① 黑色是西欧各国丧服的颜色。
② 天主教神甫给富贵之人充任所谓"良心导师",指导他们的宗教生活。

所以大家对他们毫不留情,对于他们,尽量表示轻蔑。我们对面这位,肚子饿急了,才到这里来。这一家的主人与主妇待他都很好,因为主人主妇的好心与礼貌,对谁也不缺少。他们成婚那日,这诗人替他们编写祝婚之歌。那是他生平最好的作品,因为碰巧婚姻美满,正如他所预祝。"

他又说道:"你深于东方的成见,也许不会相信:在我们法国,也有美满的婚姻,也有德行严肃、贞洁自持的妇女。我们正谈到的这两位,他们夫妇之间享受和平生活,谁也不能扰乱。大家都爱戴他们,尊敬他们。只有一个问题:他们仁善的天性使各种各样的人都到他们家中,受他们款待,因此他们往还的人,有时竟是坏人。并不是我不赞成他们的行径,因为我们必须和各式各样的人在一起生活。世上所谓值得来往的人,往往只是具有更精细、更讲究的不良癖好的人。而这种不良癖好犹如毒药,最精细的也就是最富于危险性的。"

我轻轻问他:"这个神色这样悒郁的老人又是谁呢?我起先把他当做外国人,因为除了服装与众不同之外,他对于法国发生的大小事件均加指责,连你们的政府也不满意。"他对我说:"这是个老军人,他使听众不易忘却,因为他讲起自己的战绩总是冗长无比。法国打了些胜仗,而他没有参加,这是他所不能忍受的;或者有人夸耀一次围城之战,而没有提他如何飞壕越堑,他也不能忍受。他自以为对于我们的历史如此不可缺少,以致他设想他的故事完结之处,我们的历史也该结束了。他身上受过几处创伤,他认为那是君主专制政权解体的标志。有些哲学家说,我们只能享受现在,过去不值什么;而他恰好相反,他享受的只是过去,他只生存在以前参加过的几次战役中。英雄应当活在他们身后的时代中,而他却呼吸在早经流逝的光阴里。"我问道:"为什么他离开了军役?"我的朋友回答道:"他并未离开军役,却是军役离开了他。人们给了他小小的职位,在那职位上,他将对人讲他过去的冒险故事,以终其余年。可是他绝不会有所进展,功名禄位,对于他说,此路已经不通。"我问他:"那又为什么呢?"他答道:"我们法国有句格言,意思说,在低级职位上志气消磨尽了的军官,决不应再提升。我们把他们看作精神拘束于细节的人,他们习惯于微小的事物,较大的事反而不能胜任。我们认为,人生三十,倘不具备作为将军的各项品质,此生就不能再有。假如不能突然之间凭借一目了然的眼力,掌握方圆数十里曲折起伏的地形,假如不能随机应变,打胜仗时充分利用优势,受挫折时尽量设法挽救,那么这些才干,他以后也绝不能再得。正是因此,我们以显要的职位,给那些不但具有英雄胆略而且具有英雄才能的伟大、高超、得天独厚的人物;我们也以卑下的职位,给那些才浅智短的人。在这些人之中,包括那些把青春断送在一场默默无闻的战争中的人,他们所能完成的至多是他们毕生所做的一套,很不应当在他们衰老的时候,开始给他们重大的任务。"

过了一阵,好奇心重新支使我向他询问:"如果你肯再忍受一次,我保证以后不再问你。这个头发很多、机智短绌而举止如此傲慢无礼的高大青年是什么人?为什么他说话嗓门比谁都大?为什么他活在世上,如此洋洋自得?"他回答道:"这是个深得妇女们欢心的幸运儿。"说到这儿,进来了一批宾客,另一批则告辞而去,大家都站了起来。有一个人过来和我认识的那位绅士交谈,于是我又和以前一样,停留在茫然无知的境界。可是,过了片刻,不知由于何种巧遇,那位青年在我身边出现,并且和我攀谈:"天气很好。先生,您愿意到花坛边走一遭吗?"我尽最大可能,彬彬有礼地回答了他,于是我们一同出去。他对我说:"我这次下乡,为的是讨女居停的欢心,我和她关系不坏。当然世上会有另一个女子因此而发脾气,可是这有什么办法呢?我和巴黎最漂亮的女子都有来往,然而决不固定于任何一个,她们被我哄骗了个够;因为,说句不足为外人道的话,我无非是个没有什么了不起的人。"我对他说:"很显然,先生,您有某种任务,或某种职位,因此不能有更多的时间,经常消磨在她们身边。""不,先生,我并无别的职务,除了使某某丈夫气得发疯,或使某某父亲伤心绝望,她们自以为我是她们掌中之物,我乐意叫她们惊魂不定,使她们觉得差一点点就会失掉我。我们有几个年轻人把全巴黎这样分配了,我们一举一动引起全巴黎的兴趣。"我对他说:"据我了解,您比一个勇敢的战士闹得更其锣鼓喧天,比一个严肃的官员更其受人重视。如果您在波斯,就不可能占这些便宜。您可能变为适宜于看守我们的妇女,而不适于讨她们欢心。①"我脸上怒火上升,倘使再说下去,就难免冲撞了他。

在这里,人们容忍这样的人物,人们让一个操这种职业的人活下去,你对这国度作何感想?在这里,不贞、私通、拐逃、奸诈、不义,这种种反而引起别人的重视;在这里,大家看得起这种人,就因他从父亲手中抢走女儿,从丈夫手中抢走妻子,而且搅乱最和爱、最神圣的伦常关系。阿里的子孙是何等幸福!他们捍卫自己的家庭,使它不受污辱,不受诱惑。白日的光明,并不比我们妇女心中燃烧着的火焰更为纯洁。我们的

---

① 意谓像这样的人,在波斯可能就被阉割了充当太监或阉奴。

姑娘一想到有一天她们将失去贞洁,不觉浑身战栗,因为贞洁使她们近似天使,近似无形的神力。亲爱的故乡,太阳出来首先将视线投射于它身上,可憎的罪行迫使太阳在黑暗的西方一出现,立刻就躲藏起来!而你丝毫没有被那些罪所玷污。

一七一三年,莱麦丹月五日,于巴黎。

信四十九　黎伽寄郁斯贝克

（寄×××）

有一天，我正在房中，看见一个服装非常奇特的僧人走了进来。他须长及腰，腰间系着一条绳子，代替带子，双脚光赤，身穿灰褐色粗衣，好几处尖尖耸起。他全副神情使我感到如此古怪，所以我第一个念头就是想去找个画师来，作一幅写怪图。

他首先大大恭维我一番，顺便告诉我，他自己是个有价值的人，并且又是个托钵修道士[1]。他接着又说："听说，先生，你不久要回波斯朝廷，你在那边身居要津。我来求你庇护，请你向国王替我们恳求一所小小的住处，在加斯班[2]附近，以便安顿两三个修道士。""神甫，"我问他，"那么你想到波斯去吗？""我吗？先生，我决不作此打算！我在此算是外省人，我决不与世上任何托钵修道士交换我的境遇。""啊！那么你向我要求什么鬼？"他说："因为，如果我们有那栖身所，我们意大利的神甫们，可以将他们的修道士送两三名到那边去。"我说："你显然认识那些修道士？""不，先生，我不认识他们。"

---

[1] 天主教圣芳济派修道士，其中有些流派，在古时以募化为生。这封信主要是反对传教士的殖民主义。

[2] 加斯班，波斯古都。

"真该死！既不相识，他们去不去波斯与你何干？教两个托钵僧去呼吸加斯班的空气，计划倒是极妙。对于欧亚二洲，定必十分有用，十分有必要引起君主们的兴趣。这就是所谓地道的殖民地！算了吧！你和你的同类是不适宜移植的，你们不如在你们出生的地方继续爬行吧。"

一七一三年，莱麦丹月十五日，于巴黎。

信五十　黎伽寄×××

我见过一些人，德行美好，而态度自然，使人不感觉到他们身怀美德。因为他们恪尽天职，毫不勉强，一切表现如出本能。他们决不至于长篇大论，指出自己稀世的优点，因为他们自己仿佛根本不知道有这回事。上述的人是我所喜爱的。我不喜爱那种对于自己的德行似乎不胜惊叹的人，他们拿自己的善举作为奇迹讲给人听，非让人大吃一惊不可。

如果说对于得天独厚、才具极大的人，谦虚是不可缺少的品德，然则有些昆虫却胆敢傲态毕露，以至于最伟大的人物也因此丧失体面，大家对此又有什么可说呢？

我发现四面八方都有人在谈论自己，喋喋不休。他们的言谈就是一面明镜，永远照出他们的厚脸。他们最小的遭遇，也要向你夸夸其谈，使细小的事物在你眼中化成大事。他们什么都经手过、见过、说过、想过。他们是全天下的模范，他们是无穷无尽的比喻的对象，滔滔不绝的例子的源泉。啊！夸奖的话出于自己口中，那是多么乏味！

前些天，一个具有上述性格的人，大谈自己，谈他的价值、他的才能，谈了两小时之久，使我们厌倦欲死。可是，由于世上决无永远不停的运动，他终于住了口。而谈话的机会又落在我们手中，我们就接着谈下去。

有一神情相当阴郁的人,开始抱怨在一般谈话中所散播的沉闷无聊的空气。"怎么!老是有些蠢人,自描自绘,自吹自擂,而且将一切都归结到他们自身?""你说得对,"那长篇大论的家伙突然又接过来说,"大家跟我学就是:我从不歌颂自己。我有财产、有家世,我花钱慷慨,朋友们说我有风趣,可是我绝口不提这些。固然我有某些优点,而我自己最重视的优点却是我的谦虚。"

我真佩服这厚脸家伙。于是,在他高声谈话的时候,我一边轻轻说道:"顾惜颜面,决不自夸自捧的人真幸福!他对于听众不敢放肆,决不触犯别人的骄傲,反而损害自己的价值。"

一七一三年,莱麦丹月二十日,于巴黎。

信五十一　波斯驻莫斯科维亚*使臣纳拱寄郁斯贝克

（寄巴黎）

有人从伊斯巴汗来信，说你早已离开波斯，目前正在巴黎。何以你的消息，我必须从别人处得悉，而不能直接得自你处？

众王之王①命令我留驻此地，已经五年，我在此地完成了几件重要谈判。

你知道，在信基督教的君王之中，利益与波斯的利益相结合的，只有沙皇，因他和我们一样，和土耳其势不两立。

他的帝国比波斯更大，因为从莫斯科算起，一直到接近中国境界、他那些属地的最后驻守点，相距不下数千里。

对臣民的生命财产，他是绝对的主宰。除了四家以外，大家全是他的奴隶。众先知的全权大臣②，众王之王，他以天为梯阶，而对权力的执行，情况并不比这更可怕。

鉴于莫斯科维亚气候恶劣，谁也不可能相信，从此地放逐到别处去是一种惩罚。然而，每逢权贵大员有失上宠者，常被

---

* 古称莫斯科附近地区为莫斯科维亚，有时亦作全俄国的统称。
① 波斯王尊号。
② 指波斯王。

遣往西伯利亚。

正如我们先知的律令禁止我们饮酒,此间君主的法律亦禁止莫斯科维亚人饮酒。

他们款待客人,和我们波斯的方式迥乎不同。外来的人,一入家室,丈夫即将妻子介绍给他,他和主妇亲吻,而这算是对于丈夫的礼貌。

父亲们在女儿出嫁时,虽然通常总在婚约上声明,婚后女儿不得受丈夫鞭打,但是,莫斯科维亚妇女多么爱受鞭打,简直令人难以置信。① 倘如丈夫不切实鞭打她们,她们无从体会是否占有了丈夫的心。丈夫对妻子采取相反的态度,那就标志着无可饶恕的冷淡。

兹将莫斯科维亚某女子最近寄给她母亲的信,抄录如下:

亲爱的母亲:

我是世界上最不幸的女子!为了使丈夫爱我,我用尽一切方法,而始终不能收效。昨天,我家有千百件事该做,可是我出门了,而且在外逗留一整天。回家时,我以为他将重重打我一顿,但是他却一言不发。我姐姐的待遇很不一样,她的丈夫天天打她。只要她看一下别的男子,她丈夫就突如其来地打将过去。他俩也非常相爱,共同生活再和睦不过。

她之所以如此骄傲,原因就在这里。可是我不会永远让她有看不起我的理由。我已下决心,定要博得丈夫宠爱,出任何代价,在所不惜。我要好好地激起他的怒火,使他不能不给我一些友谊的表示。日后谁也不能说

---

① 此种风俗,今已改变。——作者注

我没有挨打,不能说我生活在家中谁也不把我放在心上。只要我丈夫用指头轻轻弹我一下,我要立刻竭力喊叫,使旁人信以为真,说我丈夫打了我。而且我相信,倘如邻居某人前来救援,我会把他掐死。我请求你,亲爱的母亲,请你务必指责我丈夫,说他对待我的方式实在令人难堪。我父亲为人如此忠厚老实,从前却不采取这等行动。并且我记得我还是小姑娘的时候,好像有时我父亲爱你太甚了。

我吻你,亲爱的母亲。

莫斯科维亚人绝不能离开国境,即使为了旅行。因此,由于本国的法律使他们与别的国家隔绝,所以他们保存了古旧的风俗习惯。尤其因为他们不信有其他风俗习惯之可能,所以对自己的风俗更坚持。

然而当朝君主却想要把一切都加以改变。关于胡须问题,他和国人曾经大起纠纷。教会与僧侣为了坚持他们的无知,进行斗争也不比别人少。

这君主一意设法使工艺昌盛,并且不遗余力,欲令本国的荣誉远扬于欧亚二洲。直到目前,那是一个被遗忘的国度,知道它的几乎仅仅是它自己。

君主心神不宁,并且经常坐立不安。他在他的辽阔的领域之内彷徨,到处留下他的天性严厉的烙印。

他离别自己的国土,仿佛国内容不下他,而到欧洲去寻求别的行省,新的王国。

我吻你,亲爱的郁斯贝克。你近况如何,来信吧,我请求你。

一七一三年,沙瓦鲁月二日,于莫斯科。

信五十二　黎伽寄郁斯贝克

（寄×××）

日前在某交际场所，我玩得相当高兴。当时在场的有各种年龄的妇女：一个八十岁，一个六十岁，一个四十岁。四十岁的那位带着一个外甥女，年纪在二十与二十二之间。由于某种本能作用，我靠近了那位外甥女，于是她在我耳边说道："我姨母这么大年纪，还打扮得那么俏丽，一心想找几个外遇，你对她作何感想？"我说："她错了，要是你用那番心计，那才合适。"过了一会儿，我到了那位姨母身旁，她向我说："你对那个女子作何感想？她至少也有六十岁了，可是今天梳洗打扮足费了一个多钟头。"我回答她说："这真是白糟蹋时间，有你这样的风韵，那才值得。"我走向那六十岁的不幸的女子，心里正替她感到委屈，她在我耳边说道："还有比这更可笑的吗？你瞧那个女子，年已八十，还戴着火红的缎带。她想装得年轻些，倒是成功了，因为她返老还童了。"

"啊呀！老天爷，"我心里说，"难道我们永远只能觉得别人可笑吗？"接着，我又想："我们在别人的弱点上找到安慰，这也许是一种幸福。"然而我正在以此为笑乐，我对自己说："刚才从年轻升到年老，这已够了。现在要从上到下，先拿那个年纪顶大的女子开始。"

"夫人,您和刚才跟我说话的那位,你们两人如此酷肖,以致我觉得你们两人仿佛是两姊妹,而且我相信二位年纪不相上下。""真的,先生,"她对我说,"两人中有一个死了,那一个势必大为惊恐,因为我不相信她与我之间会有两天的差别。"

那老耄的女子已经落入我的掌中,我就走向六十岁的那个。"夫人,我和别人打了赌,必须请您决定:我敢保您和那位太太——我一边用手指着那四十岁的女子——你们二位年龄相同。""说实话,"她说,"我不信能相差半年。"我心想:"好哇,我入门了,接着干吧。"

我又下降一级,走到四十岁那女子身边。"夫人,请您行个方便,告诉我,坐在那边桌旁的那位小姐,您称她外甥女,是否说着玩的?您和她一般年轻,甚至她脸上有某些苍老的痕迹,而您决没有,您气色这么鲜艳……""且慢,"她对我说,"我是她的姨母,可是她母亲至少比我大二十五岁。我们不是同一个母亲,我听亡姐说过,她女儿和我是在同一年生的。""我早就那么说,夫人,并且我刚才觉得惊异是有道理的。"

亲爱的郁斯贝克,妇女们失了姿色,有山穷水尽之感,因而想重新倒退,回到青春。唉!她们如何能不设法骗人呢?她们努力欺骗自己,努力逃避一切念头之中最令人悲痛的念头。

一七一三年,沙瓦鲁月三日,于巴黎。

信五十三 塞丽丝寄郁斯贝克

(寄巴黎)

世上的感情,绝不能比白阉奴斯禄爱我婢女赛丽得的感情,更为顽强与热烈;他要求和赛丽得结婚,坚执若狂,以致我不能不将赛丽得给他。况且赛丽得本人,对这虚张声势的婚姻,对那虚有其表的男方,似乎是满意的。她母亲也不出来阻挠,那么我又何必阻挠呢?

那倒运的家伙,除了会吃醋,别的丝毫不像个丈夫。一离开冷淡的态度,就进入无用的绝望境地。他将永远记得他原先是什么模样,为了使女方不忘记他已今非昔比。他无时无刻不准备献身于枕席,然而因为办不到,他就自己欺骗自己,同时不断地欺骗女方,时时刻刻使她尝受他的处境中所有的不幸。这么一个倒运的家伙,赛丽得要他做什么?

况且,那算怎么回事?一天到晚画饼充饥,咄咄书空!只靠想象过活!经常挨近乐趣,却永远不能进入乐趣之中!置身于倒霉家伙的怀抱,令人悢悢欲绝,不能以快乐的气息互相和唱,只能陪他抱恨终身!

他只适合于看守女人,永不能占有女人。对于这样的一个人,应当表示何等轻蔑?我寻求爱情,而看不见爱情何在。

我对你说话毫没遮拦,因为你爱我的天真,也因为你比较喜欢我的神态自如，对于欢乐敏感，而不喜欢我那些女伴的假装害羞。

我听你说过一千次，阉奴们在女人身上尝到我们所不知道的另一种欢乐。"自然"自己设法弥补它的损失，它有办法挽救阉奴处境的不利。一个人可以被阉割，但不会失去他对于性的感觉。而在这情况下，人就好比进入第三种官能，在那里边，可以说人们无非换了一种快感。

如果这是真的，我觉得赛丽得就不至于过分冤屈，因为能和比较不算最倒霉的人生活在一起，这已经不简单。

此事如何处理，请指示。婚礼应否在内院举行，亦祈见告。

再见。

一七一三年，沙瓦鲁月五日，于伊斯巴汗内院。

信五十四　黎伽寄郁斯贝克

（寄×××）

今天早晨，我在自己房里。正如你所知道，我的房间和别的房间分隔之处只是一道极薄的墙，墙上还有几处洞孔，因而邻室的谈话全能听清。有一个人，一边大步踱来踱去，一边对另一个人说："我不知道怎么回事，可是一切都和我作对。三天多以来，我没有说过一句给自己增光的话，我到处夹杂在别人谈话中，胡乱插嘴，并不引起别人丝毫注意，也不使人再一次和我攀谈。我事先准备了几句警句，借以提高我的议论，而别人总也不容许我引出警句来。我有个很漂亮的故事要讲，可是，一等我渐渐逼近话题，别人就闪避过去，仿佛故意如此。我有几句妙语，四天以来，搁在脑中，愈等愈陈旧，还丝毫没有能使用。长此以往，我相信，到末了我一定变成傻子。似乎我头上有这样的星宿高照，无法逃避。昨天，我原希望在三四个老妇人跟前显一番身手，因为老太太们定然不会对我摆架子的，我本打算讲世上最漂亮的话。用了一刻钟以上的时间，我在引导我的谈话，然而老太太们从来不说有头有尾的话，她们像司命女神①，剪断我长篇大论的线

---

① 希腊神话，有阴间司命女神三人，一边纺线，一边剪断线头，以示剪断人的生命。

索。你愿意我告诉你吗？风雅之士①的称誉是很不易维持的。你居然达此目的,我不知道你用什么办法。"

另一个人接着说:"我有一种想法:你我二人,配合行事,使我们谈笑风生;我们为此结成同伙吧。每天要谈什么,我们先互相说定。我们要竭力振作,如果有人打岔,中断我们的思路,我们就把他引导过来,万一他不甘心就范,我们就用粗暴手段。我们商定哪些地方应当表示赞同,哪些地方应当微笑,哪些场合应当哈哈大笑。你看着吧,我们定将使一切谈话增加声色,别人必将赞叹我们风趣横生、对答美妙。我们将以点头为号,互相袒护。今天你先露锋芒,明天你再做我的助手。我和你一同走进一家人家,于是我将指着你大声说:'我得告诉你们,这位先生向一个在街上碰见的人,回答了一句很逗趣的话。'于是转身向你:'那人可真没有料到这一着,他不胜惊异。'我把我的诗背诵几行,于是你就说:'他写这些诗的时候我正和他在一起,那是在晚餐桌上,他可真不费思索。'你我二人,甚至常常可以互相讥笑,那么人们就会说:'瞧他们如何互相攻击,如何自卫！他们自己刀下并不留情。且看他如何脱身。妙不可言！多么善于随机应变！这才是真刀真枪来干一仗呢。'可是谁也不会说我们头一天预先小小接触过一次。我们还得购买某些书籍,那些专为缺乏风趣而又想假充有风趣的人准备的妙语集锦之类,因为一切全仗有范本。我要求在六个月之内,我们有畅谈一小时之久的条件,并且可以

---

① 指说话很有风趣的人。法国自从十七世纪以来,贵族人士,往往在沙龙中清谈终日,不着边际。这种巧舌的人,往往是极无聊的家伙,他们不但贫嘴薄舌,言不及义,而且并没有什么真实学问、高尚理想与深邃智慧。所以真智慧的人,反而不愿被人看作"风雅之士"。

有通篇妙语。然而必须注意一点：要使妙语走运。仅仅说出一句妙语,这是不够的,必须将那句话公布于世,必须将它到处推广、到处散播,否则说了等于白说。说句真心话,把一句漂亮话说给蠢人听,一入他的耳朵就等于进了坟墓,再没有比这更令人懊丧了。凡有一弊,常常必有一利,这倒是真的。我们也说些蠢话,神不知鬼不觉地混了过去。这一点,可以说是在这场合惟一令人差堪自慰的事。亲爱的朋友,以上所说的,就是我们应当采取的态度。我对你说什么,你就照办,那么我应允你在六个月之内,在学士院中占一席。这就是对你说,用不着劳苦很久,因为到了那时,你可以不再从事此道,你将被认为风雅之士,即使你真有隽智。在法国,人们可以看到,凡人一入团体,他先采取所谓'团体的精神'。你也将如此,而我替你担心的,倒是那些不胜其烦的鼓掌喝彩之声。"

一七一四年,助勒·盖尔德月六日,于巴黎。

信五十五　黎伽寄伊邦[*]

（寄士麦那）

按照欧洲各国人民的习俗，新婚之夜开头的十五分钟，可以解决所有的困难：恩爱的最高限度，总是在举行婚礼的当天达到的。欧洲女子在这方面的行动，丝毫不像我们波斯的妇女那样，坚守阵地，寸土必争，有时延长到数月之久。再没有比欧洲女子新婚之夕更容易对付的了，她们之所以毫无损失，就因为她们没有什么可损失的。但是，她们什么时候吃了败仗，别人总是知道的，这真是丢人的事！并且，不必占卦问卜，人们也能预言她们准在什么时候生孩子。

法国人几乎绝口不提他们的妻室，因为他们怕听众之间可能有人比自己更熟悉自己的妻子。

在法国，有些人非常不幸，可是大家也不去劝慰他们。那些人就是好吃醋的丈夫。有些人为大家所憎恨，那就是好吃醋的丈夫。有些人为大家所蔑视，还是那些好吃醋的丈夫。

因此，吃醋的丈夫在法国为数极少，在这点上，没有别的国家能和法国比。法国人对妻子放心，并非根据他们对自己

---

[*] 这封信，许多版本作"郁斯贝克寄伊邦"，例如美文版和伽尼叶版。兹根据亨利·巴克豪林版以及七星文库版，作"黎伽寄伊邦"。

妻子的信任,正相反,是根据他们对女人的不良看法。亚洲人各种贤明的防范:用面幕遮蔽妇女、用深院囚禁她们、用阉奴看守她们,在法国人看来,这些办法更适合于女性的计谋与活动,而不能使她们对那种活动感到厌倦。在此地,丈夫们采取漂亮的态度,将妻子的不忠视为恶星照临,劫数难逃。某一丈夫如果愿意独占自己的妻子,则将被视为公众快乐的搅乱者,被视为只许自己享受阳光而不许任何人分享的荒唐鬼。

在此地,爱自己妻子的人是一个本身不具备什么长处足以见爱于另一个女子的人。他滥用法律的必要性,弥补他所缺少的优点。他利用自己全部有利条件,不顾整个社会因此而受损。他把无非在约言上规定给他的东西据为己有,并且竭尽自己这方面的一切可能,设法推翻两性间一种互相造福的默契。美妇之夫这一称号,在亚洲,惟恐被人知道;在这儿,泰然不怕别人知道,因为人们觉得到处都有条件采取东边损失西边补偿的办法。一个君主失去某一要塞,可以夺取另一要塞,聊以自慰。当土耳其人从我们手中夺去巴格达①城的时候,难道我们没有从蒙古人手中抢来了坎大哈②堡垒吗?

在一般情况下,一个苦于妻子不忠的人毫不被别人非难,相反地,别人还会夸奖他谨慎。只有一些特殊情况,才有损体面。

法国并非没有品德很好的太太,而且可以说,她们是很出类拔萃的。我的向导者一直使我注意这一点。可是那些太太

---

① 巴格达,今伊拉克首都。一六三八年,此城曾由土耳其人从波斯人手中夺去。
② 此城今在阿富汗境内。一六四九年波斯人曾从蒙古人手中抢占此要塞。

都丑陋不堪,以致必须是个圣人才能够不憎恨品德。

　　我把这国家的风俗对你讲了以后,你很容易想见,法国人在这儿是不大在乎操守的。他们认为,向一个女子发誓,说永远爱她,这和声称自己将永远健康或永远幸福同样可笑。当他们答应某一女人,说永远爱她,他们假设在女人方面也答应永远令人感觉可爱。那么,如果女方失信,男子们也就认为没有再遵守诺言的必要。

　　　　　　一七一四年,助勒·盖尔德月七日,于巴黎。

信五十六　郁斯贝克寄伊邦

（寄士麦那）

赌博在欧洲非常流行，而且也算一种职业。仅凭赌徒这称号，就可以代替门第身世，代替财产和廉洁。任何人，一戴上这称号，就可以不经查考，被提升到正直人的行列，虽然没有人不知道如此判断人十有九失，但大家知过不改却已成为通习。

妇女们尤其沉湎于赌博。这是真的，她们年轻时从事赌博，无非便于发挥另一种更心爱的热情。但是，等到她们年纪渐老，她们赌博的热狂，仿佛青春逐渐恢复。而且这一热狂，在其他热狂消逝之后，填塞了所剩下的空虚。

她们要想使丈夫破产。为了达到这目的，她们有适用于种种不同年岁的种种不同办法：从最娇嫩的青春时期起，直到龙钟的暮年。青年妇女在衣饰车马上开始挥霍无度；中年妇女风流浪荡，增加了生活的混乱；老妇人出入赌场，终于倾家荡产。

我时常看见九或十个妇女——毋宁说九或十个世纪——围绕在赌桌边。我在她们的希望中、恐惧中、快乐中，尤其是在她们的狂乱愤激中看见了她们。你也许会说，她们将永无时间趋于平静，而且等不到她们感到绝望，她们的生命将先离开她们。你也许会怀疑,接受她们付款的那些人是不是她们的债主,还是她们的遗产承继者。

我们神圣的预言者的主要意图,似乎在于令我们脱离一切足以扰乱我们理智的事物。他禁止我们饮酒,因为酒能淹没理智;他特地订立一条清规,不许我们赌博。并且,当他认为某些情欲的原因不可能根除,他就抑制了这些情欲。在我们之间,爱情既不激起纷扰,也激不起狂乱。那是一种瘫软的情欲,它让我们的心灵处于安静之中,因为多妻制使我们免受女人的控制,并且使我们猛烈的欲望得到缓和。

一七一四年,助勒·希哲月十八日,于巴黎。

信五十七　郁斯贝克寄磊迭

（寄威尼斯）

此地的浪荡子们维持着为数无穷的娼妓，而此地的虔诚信徒们维持着数不胜数的教士。这些教士立下三愿：一愿服从，二愿贫穷，三愿贞洁。据说第一愿被遵守的情况算最好；至于第二愿，我敢说丝毫未被遵守；第三愿如何，我让你自己去掂量吧。

但是，不管这些教士多么富有，他们决不放弃贫穷的资格。倒是我们光荣的苏丹，在这种情况下，可能放弃他那些至大至尊的称号。那些教士不是没有道理的，因为这贫穷的称号阻止他们成为穷人。

医师以及上述教士中被称为"忏悔师"的一些人，在此地或被过分重视，或被过分藐视。不过据说继承遗产的人，对于医师比对于忏悔师更为满意。

有一天，我到了这些教士的修道院里。他们之中有一人，由于发白，令人起敬。他很诚实地招待我，让我参观全院。我们走进了花园，开始谈论。我问他："神甫，您在团体之中，所司何职？""先生，"他用非常满意我这问题的神气回答，"我是罪业审辨师。""罪业审辨师？"我又说，"自从我来到法国，没有听说过这种职务。""什么！您不知道什么是罪业审辨师？

好吧！且请听我说来，待我给您一个概念，必定使您心满意足。大凡业障，分为两类：一为致命业，犯者绝对不能进天堂；二为可恕业，犯者触犯上帝倒是真的，不过并不触怒上帝，以至于褫夺犯者天上的洪福。哦，我们全副本领，就在于仔细辨别这两类罪业。因为，除了几个放浪之士①以外，所有的基督徒都愿进天堂，但是几乎什么人都愿意用尽可能低廉的代价开启天堂之门。人们认清了哪一些是致命业，竭力避免犯这类罪业，此外不妨放手干去。有的人并不企求达到最大的完美，并且因为他们毫无雄心大志，他们并不操心于名列前茅。所以他们尽量办到刚刚够进天堂，一分都不宽裕。只要能进去，他们就满足了，因为他们的目的在于不多不少，恰好及格。这类人，与其说他们获得天国，不如说他们窃取天国。他们对上帝说：'主呵，我严格执行了各项条件，您自己也要遵守诺言：我所做的并未超过您的要求，您也只要把允诺的一切给我，其他都免了吧。'所以我们是不可缺少的人，先生。然而这并不是一切，您且听下文。行动本身不成罪业，罪业决定于犯罪者的认识程度。这人做了恶事，只要他能够相信这并不是件恶事，良心是泰然的。又因模棱两可的行动多到无穷无尽，罪业审辨师可以宣布这些都是善行，给它们添上本来没有的善的成分。而且，只要他能说服别人，认为那些行动并无毒素，他就将毒素从那些行动中完全消除。我干这门行业，已经干到头发都白了，现在把其中的秘密告诉你。我让你明白其中的奥妙，这说明对于一切都可以耍一套手法，即使是看来不适宜耍花样的事物。""神甫，"我对他说，"这一切都很好，但是

---

① 所谓"放浪之士"，在十八世纪以前的法文中，意义是双关的：主要指思想自由、没有宗教信仰的人，同时也指风流儇薄、玩弄女性的人。在这封信中，着重第一个意义。在今天的法语中，一般仅用第二个意义。

对老天如何交代呢？如果索非①朝廷中有这样一个人，他对付索非，像你欺瞒上帝一样，他把索非的命令加以区别，并且告诉臣民，在何种情况下，他们应当执行命令；在何种情况下，他们不妨破坏命令，索非一定立刻将那人处以坐锥②的极刑。"我不等那教士答话，即向他行礼告别。

一七一四年，穆哈兰月二十三日，于巴黎。

---

① 索非，一五〇二到一七三五年的波斯王朝，尊称君主为索非。
② 坐锥，酷刑的一种，以尖锥形的木棍通入犯人的肛门。

信五十八　黎伽寄磊迭

（寄威尼斯）

亲爱的磊迭,在巴黎有多种多样的行业。

这儿来了一位殷勤的人,他来将人造黄金的秘密贡献给你,只向你要很少一点钱作为代价。

另一个人答应设法使你和空中的仙女同床,只要你仅仅在三十年内不和凡界的女人见面。

你还可以找到占卜之士,他们如此能干,甚至你的生平经历都可以告诉你,只要他们先和你的仆人进行一刻钟谈话。

有些伶俐的女人,将她们的处女之宝当作一朵花,每天凋谢了又重开,而且第一百次被采摘时,比第一次更痛得厉害。

另有一些女人,依靠她们的巧技,挽救岁月无情的损毁,懂得如何在一张面孔上,重整岌岌可危的艳色,甚至重新叫一个女人走下老耄的高峰,回返最娇嫩的青春。

所有这些人在这城市中生活,或设法生活。这城市是一切发明之母。

在此地,公民们的收入不依靠任何恒产,而全仗机敏和营谋。各人有各人的营谋,各人竭力以此谋利。

如果有人要想清数,究竟有多少教会中人在追逐某礼拜堂的收入,他就无异于清数大海中的沙粒,或清数我们君主的奴隶。

　　为数无穷的语言教师、艺术教师、科学教师,在讲授他们自己不懂的东西,而这是很可观的一种本领,因为将自己知道的东西显示出来并不需要很多的机智,而传授自己茫然无知的东西则需要无穷的机智。

　　在此地,人们只能骤然死去。死亡不可能用别的方式行使它的权力,因为在所有的角落里,都有人能用百无一失的灵药治疗一切可能想象的疾病。

　　所有的店铺里都绷着眼睛看不见的细丝,使买主们跑去自投罗网。可是有时付出并不高的代价就可以脱身。一个年轻女商贩向一个男顾客说了整整一小时的甜言蜜语,为的是使他买一盒牙签。

　　没有人,从这城市出来,不比进去的时候更小心谨慎。由于自己的财宝给别人分享了,人们学会了如何珍藏财宝。这是外国人在这魅惑的城市中所能获得的惟一的益处。

　　　　　　　　一七一四年,赛法尔月十日,于巴黎。

信五十九　黎伽寄郁斯贝克

(寄×××)

日前我在某宅,其中有各式各样的人聚集成一团。我发现两个徒然辛苦了一早晨,想使自己显得年轻些的老妇人,正占领着谈话的场地。其中有一个说:"必须承认,今天的男子和我们年轻时所见的男子,可是大不相同了。那时,男子们多么彬彬有礼、殷勤和蔼。如今,我觉得他们粗暴到令人不堪忍受。""什么都变了,"一个好像被风湿病折磨得很苦的人,这时接着说,"这年头,和四十年以前的样子可不同了。那时大家身体都很好,大家都能走路,大家都高兴,大家只要求欢笑和舞蹈。如今,大家都愁闷得令人不能忍受。"过了一会儿,谈话转移到政治方面。一个年老的贵族老爷说:"岂有此理!国家简直没有人治理了。如今,你们能给我找到一个像柯尔柏①先生那样的大臣吗?我和这位柯尔柏先生很熟,他是我的朋友,他总是叫人把我的年俸比任何人都先发。那时在财政上多么井井有条!大家都很宽裕。今天我可是破产了。"这时,一个教士说道:"先生,您所说的是我们那位无敌君王②

---

① 柯尔柏(1619—1683),法王路易十四的大臣,他在整顿当时的财政、发展工商业等方面做出过成绩。
② 指法王路易十四。

的最近乎奇迹的时代。能有比他那时摧毁异端更伟大的工作吗？""难道你们把禁止决斗这件事看为一文不值吗？"一个尚未发言的人用满意的神气说。"他提醒这一点倒是有道理的，"有一个人在我耳朵边说，"此人对于决斗的禁令满心喜欢，而且遵守得如此到家，以致在半年以前，他为了不违反禁令，挨了人家一百棍棒。"①

郁斯贝克，我觉得我们评判事物，永远是用暗中回想自身，作为衡量。我并不惊奇，黑人将魔鬼画成炫目的白色，而将他们的神祇画成漆黑如炭；某些民族的美神，双乳累累，下垂及股。总之所有的偶像崇拜者，以人的面目表现了他们的神祇，而且将他们自己的全部好尚倾向给予众神。有人说得妙，如果三角形也要创一个神，它们一定给它们的神三条边。

亲爱的郁斯贝克，我眼见爬在一粒原子上（也就是说爬在地球上，因为地球无非宇宙中的一小点）的人类，居然直截了当，自以为是天神意志的典范，我不知道如此大而无当的夸张，和人类那样的渺小，如何能协调。

一七一四年，赛法尔月十四日，于巴黎。

---

① 嘲笑怯懦的人，借口决斗的禁令，宁肯挨打受辱，决不回手。

信六十　郁斯贝克寄伊邦

（寄士麦那）

你问我法国有没有犹太人？你要知道,何处有银钱,何处就有犹太人。你问我犹太人在法国干什么？正和他们在波斯所干的一样:没有比欧洲的犹太人,和亚洲的犹太人更相像的了。

他们在基督徒之间,一如在我们之间,对于自己的宗教,表现出决不让步的固执,直到疯狂的程度。

犹太的宗教是古老的树干,它产生两股枝柯,荫蔽全世界:伊斯兰教与基督教。或者不如说,这是一个母亲生了两个女儿,而女儿把母亲欺侮得遍体鳞伤:因为,在宗教方面,最接近的派别,彼此是最大的仇敌。然而,母亲虽然受了女儿虐待,她仍然始终以生了这样的女儿为荣;利用这个和那个女儿,她拥抱全世界,同时以她令人尊敬的高龄拥抱各时代。

犹太人因而自视为一切圣道的源泉,一切宗教的根源。相反地,他们把我们看作改变了圣则的异端,或不如说,把我们看做离经叛道的犹太人。

如果这一变化是不知不觉地完成的,他们认为,他们可能就不难被迷惑。但是,由于变化是突然发生的,其势又很猛烈,由于他们能将上述两种宗教产生的日期与时间都记下来,他们发觉我们居然也经历了若干世纪,于是大大不以为然,并且坚决不放弃一种宗教,认为那种宗教的产生,甚至比世界的产生更早。

在欧洲,他们目前享受着前所未有的安宁。在基督徒之间,人们开始摆脱不宽容的精神,过去他们是受这种精神鼓动的。人们把事情办糟了,因为他们把西班牙的基督徒驱逐了出来,又因为在法国,那些信仰与国王稍有不同的基督徒被搅扰得疲惫不堪。[①] 人们发觉,对于宗教事业发展的热心,并不等于对于宗教本身的爱戴;而且,热爱宗教、遵奉宗教,决没有必要因此而憎恨与迫害不遵奉的人。

很希望我们伊斯兰教徒,在这方面也和基督徒一样,有合乎情理的想法;希望我们能在阿里与阿普贝克之间永建和平,而让上帝来操心,决定这两位圣先知的优点何在。我愿人们以崇拜和恭敬的举动,来尊重这两位先知,而不是用无济于事的偏爱;并愿大家设法不辜负两位先知的恩惠,不论上帝给他们指定的位置,是在他右边,或是在他宝座的踏脚板下边。

一七一四年,赛法尔月十八日,于巴黎。

---

① 指法国的宗教战争。作者非常痛恨宗教的纷争给人民带来的祸害,主张尊重不同的信仰互不干涉的宽容态度。

信六十一　郁斯贝克寄磊迭

（寄威尼斯）

前些天，我走进一座有名的教堂，大家称它为圣母院。我在赞赏那高尚美丽的建筑的时候，机缘巧合，和一个教士攀谈起来，他也和我一样，是被好奇心吸引而来的。我们随便谈到教士职业的清静。

他对我说："大半的人都羡慕我们这一行的幸福，他们是对的。然而我们这一行也有令人不快的地方。我们和社交场合并不十分隔绝，我们有成千的机会，被召唤到社交场合去。在那里，我们得扮演一个极困难的角色。

"社交场合中的人物使人诧异：他们不能承当我们的赞许，也不能忍受我们的检察。如果我们想纠正他们，他们觉得我们可笑；如果我们赞许他们，他们以为我们降低身份。一想起连那些无信仰的俗人都以为我们荒唐，我觉得没有一件事比这更使人受辱了。因此我不得不采取模棱两可的态度，不用果断的性格引起放浪之士①对我们的尊敬，而用听他们发议论时我们所采取的态度，使他们猜不透究竟。这样做需要很多的机智，这种不置可否的情况是很艰难的。社交场合的

---

① 见第 132 页注①。

人们,不怕冒险莽撞,尽情发表尖锐突出的意见,并且看风转舵,顺则愈说愈远,逆则偃旗息鼓,因此他们收效之大,远甚于我们。

"这还不是一切。我们的这一种大家称赞的幸福与安静的情况,在社交场合是保留不住的。我们一出现于社交场合,人们就挑逗我们,引起争辩。比如要我们设法证明,对于一个不信上帝的人,祈祷是有用的;或证明对于另一个终身否认灵魂不死的人,斋戒是必要的。这种工作是十分艰苦的,而且那些哈哈大笑的人,显然并不是在拥护我们。更有甚者:我们有一种愿望,想吸引别人来附和我们的意见,这种愿望使我们经常不得安宁,而且可以说这种愿望是和我们的职业分不开的。假如我们看见有这样的欧洲人,他们为了照顾人类的本性,设法使非洲人的面孔变白,那么他们的可笑亦不下于我们。我们搅乱国家,我们自寻烦恼,为了使人接受某些毫无基本意义的宗教观点,于是我们就和某一个征服中国的霸主一样①,为了强迫人民剃发或削指甲②,引起了大规模的反抗。

"我们责任所在,要使别人克尽我们圣教的义务,这种热心往往也是危险的,应当和多多益善的谨慎结合而行。从前有一位皇帝,名叫德奥道斯,把某城居民全部杀戮,甚至妇女儿童也不例外。后来这皇帝到教堂门口,要想进去,有一主教名叫昂勃罗阿斯,叫人关上大门,不许皇帝进去,如同对待杀人凶手或冒犯神祇者一样。在这件事上,主教表现了英勇的举动。那皇帝,后来按照罪行的深重,做了必要苦修忏悔之

---

① 据各法文版本注释,都说是指清朝初年的某皇帝。
② "削指甲"在法文中是一句成语,意即"使之无法反抗",因此作者提到"剃发",顺便加上"削指甲",表示"剃发"也是一种政治性的压迫。

后,被允许进入教堂,他走去和教士们站在一起,上述主教把他赶了出去。在这件事上,他表现了狂信者的举动。由此证明,我们必须提防,勿使热心过度。那位君主能否在教士之间获一位置,对于宗教、对于国家,有什么要紧呢?"

一七一四年,莱比尔·安外鲁月一日,于巴黎。

信六十二　塞丽丝寄郁斯贝克

（寄巴黎）

你女儿已经七岁，我认为令她进入后房内院的时间已到，不必等她到十岁再将她交给黑阉奴去管。褫夺幼女的童年自由，而在神圣垣墙之内，"贞洁"居住的地方，给她一种神圣的教育，决不嫌过早。

因为，我不同意那些母亲，她们把自己的女儿，在快要嫁人的时候，方才禁闭起来。与其说把女儿贡献给后房，毋宁说把她们断送在那里，本该逐渐向她们启示的一种生活方式，却很粗暴地使她们接受。难道一切均应期待于理智的力量，什么都不期待于习惯的柔化吗？

人们徒然对我们谈起，"自然"把我们放在从属的地位。使我们感觉到这点，这是不够的；必须在这方面实践，以便此种感觉，在我们的情欲开始发生的危险时际，给我们支持，鼓励我们独立。

倘如我们和你们之间仅仅依靠义务作为维系，我们可能有时会遗忘这种义务。倘如仅由某种倾向置我们于这一地步，那么可能另一种更强烈的倾向会削弱前一种倾向。但是，当法律把我们规定给某一个男子时，所有别的男子就不能再接近我们，我们和他们相隔之远，不下千万里。

"自然"千方百计照顾男子,它不但给男子以欲望,并且愿意我们女子也有欲望,成为供男子欢乐的活动工具。"自然"把火焰放在我们的热情中,使男子们平静地生活。如果他们脱离麻木的境界,"自然"就用我们来使他们回到那境界,而我们从不能寻味他们因我们而进去的那幸福之境。

可是,郁斯贝克,你别设想你的处境比我幸福。我在此地,尝到千百种你不认识的乐趣,我的想象力不断地活动,使我认识那些乐趣的价值;我生活过了,而你只是在愁闷中憔悴下去。

你将我关在这牢狱里,我却比你更自由。因你加强注意,叫人看守我,不能不令我以你的不安作为享乐。你的猜疑、嫉妒、悲戚,完全是你身不由己的标志。

亲爱的郁斯贝克,继续下去吧,日日夜夜叫人看守我,甚至不要信任普通的防范。增加我的幸福,同时保证了你的幸福。而且要知道,我别的不怕,就怕你漠不关心。

一七一四年,莱比尔·安外鲁月二日,于伊斯巴汗内院。

信六十三　黎伽寄郁斯贝克

（寄×××）

我想你要在乡间度过一生。一起头,你仅仅和我别离两三天,而现在已经十五天了,我一直没有看见你。真的,你住在一家可爱的人家,你在那里找到了合适的交游,你在那里随兴所至地高谈阔论。舍此而外,不必他求,这便叫你把整个宇宙抛在脑后。

至于我,我过的日子和你以前见到的大致一样:我走遍社交场所,设法认识它。我精神上剩余的亚洲成分,不知不觉地丧失掉,同时毫不费力地迁就了欧洲的人情风俗。我看见在某人家中,有五六个女子,和五六个男人在一起,已经不以为怪,而且我发现,这主意打得并不坏。

我可以这样说:自从我到了此地,我才认识妇女;我在这里一个月所明白的,在后房三十年不见得能明白。

在我们波斯,性格都是一律的,因为这些性格都是勉强形成的。大家丝毫看不见别人的本来面目,而只看见矫揉造作的面目,在这种心智屈辱的情况下,只听见恐惧在发言,而恐惧只有一种语言。"自然"则不然,"自然"的表达方式是各不相同,而且多种多样的。

掩饰,这在我们之间是如此常用、如此必需的一种艺术,在此地却是无人知道的。此地什么都可以说,什么都可以看,什么都可以听,人心袒赤如人面。在人情风俗中、德行中,甚至在陋癖中,总可以见到某些天真的成分。

若要取悦于妇女,必须具有一种才能,这比那种更容易得妇女欢心的才能,却又不同;这是一种以取悦于妇女为主要精神的调侃,因为好像随时应允她们,一般只能在很长期间才有把握的事物。

这种戏言逗趣,本来只适用于妆台私室之间,似乎已提升为民族的通性:人们在内阁会议上调侃、在军队指挥部打趣、和外国来的大使戏言。某些职业显得滑稽可笑的程度,恰好和从业者的一本正经的态度成比例:如果医生的服装不这样凄惨①,如果他在谈笑之间治死病人,他就不这样滑稽可笑了。②

一七一四年,莱比尔·安外鲁月十日,于巴黎。

---

① 那时法国医生浑身穿黑,与丧服的颜色同。
② 医生常常是法国文学中的讽刺对象之一,例如在莫里哀的喜剧中,医生常被奚落;又如现代作家于勒·罗曼的喜剧《克诺克》,也是以嘲笑医生为能事的。

信六十四　黑阉奴总管寄郁斯贝克

（寄巴黎）

尊贵的老爷，我处境棘手，不知如何向您陈述才好。后房情况混乱复杂，很是可怕。在你的那些妇人之间，战火弥漫着，您的阉奴们也四分五裂。人们听见的无非是牢骚、怨言、谴责。对于我的规劝，大家嗤之以鼻：在这放纵的时日，仿佛一切都是允许的，我在内院徒拥虚名而已。

在您这群妇人之中，没有一个不根据自己的出身、美貌、财富、聪明以及您对她的宠爱，自矜为高人一等；没有一个不炫耀上述优点中的一部分，借以获得一切优待。我长期的忍耐无时无刻不在丧失，尽管忍耐，但还是不幸得罪了她们全体；我的谨慎，甚至我的殷勤（在我的职位上，这是一种很稀少很奇特的品质）都无济于事。

尊贵的老爷，您是否愿意我把这些混乱的原因对您揭发？原因整个在您心中，在您对她们温柔的照顾中。如果您不牵制我的手，如果您让我用惩罚的方式而不用规劝的方式，如果您自己不被她们的呻吟与眼泪软化，您叫她们到我面前来哭，我是决不会软化的。那么，我不久就会把她们雕琢成一定的尺寸，使她们适合于她们应当戴上的桎梏，并且使她们厌弃她们的不听劝诫、不受驾驭的脾气。

我年方十五,即被人从非洲内地——从我的祖国掳走。一起头我被卖给一个主人,家有二十多房妻妾。他从我的严肃和沉默寡言的外貌,判定我适合于后房内院的差使,于是命令别人,为了准备合适的条件,给我动了手术。初时非常难受,可是后来,这对我是一种幸运,因为我因此而接近主人的耳朵,接近主人的信任。我进了内院后房,那对于我是新的天地。带头的阉奴是我生平所见最严厉的人,他以绝对的权威在那里统治着。里边听不见有什么分裂与争吵,到处充满着深沉的寂静。所有妇女在同一时间就寝,一年四季都如此,并且在同一时间起床。她们轮流入浴,我们略一示意,她们立刻从浴池中出来。其余的时间,她们几乎成天关在房间里。有一条规则就是使她们保持高度的清洁,我们必须非常小心而严格地让她们遵守这一规则,稍一拒绝服从,她们就要受到无情的惩罚。带头的阉奴说:"我是奴隶,对的。可是得问是谁的奴隶。你们的主人,同时也是我的主人,我使用他给我的对付你们的权力。因为惩罚你们的是他,不是我,我无非把手借给他用而已。"那些妇人,如不奉召唤,决不进主人的房间。她们快乐地接受这恩惠,如得不到,也无怨言。至于我,在那平静的内院中,我是最微末的一名阉奴,而我在那里,比在你的后房,受到千倍的尊敬,虽然在这儿众人归我指挥。

那位总管认识了我的高才以后,眼光便注视到我这边。他在主人跟前提到我,说我是一个能按照他的看法工作的人,并且能接替他的职务。我非常年轻,他毫不介意。他相信我治事全神贯注,可以补救经验的不足。我如何对您讲呢?我在争取他的信任方面,进步如此之速,以致他不再存顾虑,即将他看守已如此之久的、那些可怕的处所的钥匙,交到我手中。在那位大师指教之下我学习了甚为不易的指挥艺术,我在毫不通融的治理原则之下培养我自己。在他指教之下,我研究了女人的心,他教我利用妇女的弱点,对于她们的高傲丝毫不要惊奇。我时常把她们引导到最高限度的服从,他见了颇为高兴。然后他不知不觉地使她们不那么受委屈,并且显出我自己也在屈服。可是,必须在那些时候看他的本领,那时他面对着濒于绝望的妇人们,一边是祈求,一边是责难。他忍受她们的眼泪,而丝毫无动于衷,并且这类胜利使他洋洋自得,他以满意的神气说:"管理妇女就应当如此。她们为数众多,并不令我为难。我可以用同样的方式,领导我们伟大王上的全部妇人。主人如何能希望掌握住女人们的心,如果他忠诚的阉奴们不先制服她们的精神?"

他不但坚决,而且深刻。妇人们的思想和掩饰之处,他一目了然;她们造作的姿态,伪装的面孔都瞒不过他;她们所有最隐秘的行动,和最秘密的言语,他都知道;他利用这些妇人来了解另一些妇人,并且最琐碎的私房密语,他也很高兴给予报酬。由于妇人们不得到通知不得接近丈夫,阉奴愿意通知谁就通知谁,使主人的目光转移到阉奴选定那妇人身上去,而这选择是某一秘密被揭露的代价。① 他说服了主人,让他作这选择是顺理成章的事,借以给他更大的权威。尊贵的老爷,在一个我认为曾经是波斯最合乎规矩的后房中,治理之道,情况即如上述。

请让我放手做去,允许我设法使大家服从我。一星期的

---

① 一个妇人向阉奴揭发另一个妇人的隐秘,因此有功,阉奴就使她获得主人的恩泽。

时间,足以在混乱之中重建秩序。你的光荣要求这样做,你的安全坚决要求这样做。

一七一四年,莱比尔·安外鲁月九日,
于伊斯巴汗,你的内院。

信六十五　郁斯贝克寄伊斯巴汗他家后房的妇女

我听说后房秩序混乱，并且充满内部的分歧与争吵。我动身的时候，如何吩咐你们的？我不是说和平与和睦吗？你们当时满口应承。难道那是为了叫我上当的吗？

上当的将是你们，如果我接受总阉奴的劝告，如果我运用权威，强迫你们按照我的训诫所要求的方式生活。

我如不先试用所有其他方法，不会就用这些猛烈方法的。你们不愿意替我着想而去做的事，现在替你们自己着想，也应当那样做。

总阉奴有充分理由怨愤不平：他说你们对他毫无顾忌。你们如何能将这样的行为和你们卑微的身份相配合呢？我不在家，你们的品行不是交给他管的吗？这是一种神圣的财宝，而他是这财宝的保管人。可是，你们对他表示蔑视，这说明那些负责使你们按照荣誉的规律生活的人，对于你们倒是一种负担。

改变行径吧，我请求你们。务使下次我可以拒绝别人向我提的建议，而不采取不利于你们的自由与安宁的措施。

因为我愿意使你们忘记我是你们的主人,借此使我自己回想起来,我是你们的配偶。

一七一四年,舍尔邦月五日,于巴黎。

信六十六　黎伽寄×××

此间大家都非常关心科学,然而人们是否都很博学,我可不知道。某人以哲学家的身份怀疑一切,而以神学家的资格,却什么也不敢否定。这自相矛盾的人,对自己总是满意的,只要大家同意他有某些优点。

大多数法国人的狂病,在于自作聪明;而自作聪明的人的狂病,在于好著书立说。

可是,没有比这主意打得更糟的:"自然"仿佛作了贤明布置,使人们的愚言愚行,只发生临时的作用,而书籍却把这些言行垂之永久。一个愚人,使得同时代的人感觉无聊可厌,他应当知足了。但他还要搅扰未来的族类,使他的愚言愚行战胜遗忘,虽然这遗忘和坟墓一样已能使他感到快乐。他要后代知道他曾经活在世上,而且要后代永远记得他是一个愚人。

在所有作家之中,最令我看不起的无过于编纂家。他们四面八方搜集别人著作中的破布碎片,拿来贴在自己的书中,好比庭园中的零碎草坪。他们毫不比印刷工人高明,工人们排列活字,配合在一起,造成一本书,贡献的只是手工。我愿大家尊敬原书。从那些书中摘引若干片段,把它们从原来的神坛上搬下来,使他们遭受不应得的蔑视,我觉得这是一种亵渎的行为。

一个人如果毫无新意可说,为什么不闭口守默呢？要这些重复的职务济什么事呢？"可是我要整理出一个新秩序来。""您是位能干的人,您到我藏书室中来,于是您把上边的书籍往下搬,把下边的往上搬。这是一件美丽的杰作！"

×××,关于这问题,我给你写了这些话,因为我正抛开一本使我非常生气的书,厚到好像把全宇宙的科学都包罗在内,可是把我弄得头涨脑裂而一无所获。

一七一四年,舍尔邦月八日,于巴黎。

信六十七　伊邦寄郁斯贝克

（寄巴黎）

此间到船三艘，而你信息杳然。难道你病了不成？难道你以引起我的惦念为乐事吗？

如果在这举目无亲的异域，你尚且不爱我，回到波斯国内，回到你家中，又将如何是好？但也许我错了：你很可爱，可以到处结交朋友。人心本无国界，到处可作公民。正直的心灵，如何能阻止自己结交朋友呢？我对你实说，我尊重旧日友谊，但也乐于处处缔结新交。

凡是我足迹所到的地方，无论天南地北，我的生活总是安排得像要在那儿过一辈子。对于有道德的人，我到处一样表示殷勤；对于不幸的人，我到处一样表示同情，或不如说到处一样表示爱怜；对于富贵而不昏聩的人，我到处一样表示重视。郁斯贝克，我的性格就是这样，无论到哪里，只要我碰见人，就选择其为朋友。

此地有一个拜火教徒①，他在我心中所占的位置，我想除

---

① 拜火教即后文所提的琐罗亚斯德教。拜火教认为火是光明、善的代表。公元三至七世纪成为波斯萨珊王朝的国教。七世纪阿拉伯人征服波斯后，随着伊斯兰教的传播，该教在波斯本土逐渐衰落，其中一部分教徒因不愿改宗其他信仰，向印度西海岸迁移，在南亚次大陆得到发展。中国史称拜火教为"祆教"。

你以外，没有更高的了，他本身就是正直精神的化身。一些特殊的原因迫使他隐居在这城中，依靠诚实的买卖，和他心爱的妻子度着平静的生活。他的一生充满慷慨好义的举动，虽然他不求闻达，而胸中的英雄气魄实远胜于最大的君主。

我对他谈到你已不下千次，将你的来信都给他看了，我发觉这使他高兴，因而我认为你有了一位素昧平生的友人。

下面是他的主要经历。虽然他在写这经历的时候感到腻烦，但是为了我的友谊，他不好意思拒绝，现在我把这些材料托付给你的友谊。

阿非理桐与阿丝达黛的故事

我出生于拜火教徒的民族，而我们的宗教可能是世上最古老的宗教。我非常不幸，因为还没有到明理的年龄，已经堕入情网：年方六岁，我已不能离开我姐姐而生活；我的眼睛，总是恋恋不舍地注视着她；她若离开片刻，回来总发现我泪水汪汪；日复一日，我的爱情增长的程度，不下于我的岁数。我父亲见我钟情如此之深，甚为诧异，他本来很愿按照岗比斯①所创的拜火教古俗，将我姐弟二人，结成伉俪。但是，我族人民生活在伊斯兰教徒的枷锁之下，对伊斯兰教徒的恐惧，阻止我们去想这种神圣的婚姻，而我们的宗教，与其说允许这种婚姻，毋宁说是明令规定的，这是"自然"造成的结合，天真烂漫的形象。

---

① 岗比斯，古代波斯的君主（公元前六世纪），传说他创立了兄弟姊妹间的婚姻制度。

我父亲,眼看顺着我的和他的倾向,必将惹起危祸,于是下了决心,要扑灭他以为正在发生的爱情火焰,但是火焰却已烧到最高程度。他借口旅行,挈我同往,将我姐姐托付一位亲戚照看,因为那时,我母弃养已有两年。那次分离,如何令人伤心欲绝,不必细表。总之我吻别我姐姐,她哭得像泪人儿一般,可是我没有掉泪,因为痛苦使我失去了知觉。我们到了德府里斯①,于是我父亲把我的教育托给一位亲戚,将我留在那儿,他自己回家去了。

过了若干时日,我得悉我父亲由某友举荐,将我姐姐送入国王的后宫,伺候某苏丹娜②。如果我得悉她死了,我想至多也不过震惊到那程度,因为,我从此没有和她再见面的希望。这还不算,她一入后宫,即成伊斯兰教徒,按照这宗教的成见,她此后只能用憎恶的眼光看我了。同时,我厌倦自己,厌倦生活,不能再在德府里斯活下去,于是回到伊斯巴汗。我看见父亲之后对他说的一些话,使他听了心酸:我责备他把女儿放在一个地方,使她一进去就不得不更改宗教信仰。我对他说:"你把上帝的愤怒和照耀着你的太阳的愤怒,都引到了你家人头上。既然你亵渎了你女儿的灵魂,而她的灵魂之纯洁实不下于元素③,所以你的行为比亵渎了元素更其严重。因此我将死于悲痛与相思之中。可是,但愿我的死亡是上帝使你感觉到的惟一责罚!"说完这些话,我出来了。接着有

---

① 德府里斯,即第比利斯,今为格鲁吉亚首都。
② "苏丹"即君王之意,"苏丹娜"是后妃。
③ 指造成宇宙的主要元素,例如按古希腊哲人说法,元素有水、火、土、空气四类。

两年之久,我的经常生活,就是去观望后宫垣墙,设想我姐姐大概在什么地方,每天不下千次,甘冒杀身之险,因为太监们在那些可怕的处所巡逻。

到末后,我父去世了,而我姐姐伺候的那个苏丹娜,眼看我姐姐一天比一天美丽,生了嫉妒之心,就将我姐姐发嫁给一个热烈企求她的太监。通过这一办法,我姐姐出了后宫,和她那太监一起,在伊斯巴汗卜宅而居。

经过三个多月,我没有能和姐姐晤谈一次。那太监,比任何人更妒忌,用种种托词,迟迟不让我和姐姐见面。后来我终于进了他的内室,他让我们隔帘谈话。山猫的眼睛,也不见得能发现她,因她身上包着这么多的衣服和头巾面幕,我只能从说话的声音认出是她。和她相去咫尺,却又相隔天涯,我是多么激动!我竭力克制自己,因为旁边有人监视。至于她,我觉得她似乎掉了几滴眼泪。她的丈夫打算向我表示恶意的道歉,可是我把他当作最下贱的奴隶对付。当他发现我和我姐姐用一种他所不懂的语言交谈,他非常窘。我们用的是波斯古语,是我们的神圣语言。我对姐姐说:"怎么!姐姐,你放弃了我们祖先的宗教,是真的吗?我知道,进入后宫的时候,你必须表示信奉伊斯兰教。可是,请告诉我,你的心是否和你的口一样,同意抛弃那种准许我爱你的宗教?并且,你为谁抛弃这种对于我们十分值得珍惜的宗教呢?为了一个可鄙的人,这人身经腐刑,萎缩不全。他如果也算男子汉,定必是一切男子中最末一个!"我姐姐说:"我的弟弟,你所说的那个人是我的丈夫。尽管他在你眼中卑不足道,我必须尊敬他。我也将是一切女人中最末的一个,假如……""啊！我的姐姐，"我对她说，"你是拜火族人，他不是你的配偶，也不可能是。如果你和我们祖先那样虔信，你只应当把他看作妖魔。""唉！"她说，"那宗教对我显得多么辽远！我那时刚刚学会了一点教规，就不得不将它们付诸遗忘。你看，我用这种语言和你谈话，已不熟练了。我费尽所有的力量，才勉强达意。但是，你可以相信，关于我们童年的回忆，永远使我神往。自从那时以后，我只有虚假的快乐。过去的日子，我没有一天不想你。在我的婚姻中，你有很大的关系，连你自己也想不到；我决定接受这婚姻，只是为了希望和你重新见面。但是，这一次会面虽已使我付出了这么大的代价，还有更大的代价等着我支付呢！我看你怒气冲冲，不能自制；我丈夫又生气又嫉妒，在那里浑身微颤。我下次不会再看见你了，这次无疑是我此生最后的一次。假如真的如此，弟弟，我的命也不会久长了。"说到此处，她泣不可抑，自己觉得支持不了，不能再谈下去，就和我分别，剩下我这个世界上最懊丧的人。

三四天后，我要求见我姐姐。那野蛮的太监，满心想要阻拦我。但是，这类丈夫对于自己的老婆，没有一般丈夫的权威。除此以外，他爱我姐姐，如醉如狂，她有要求，岂敢拒绝。我仍在原处会见她，她仍然披着那些帷幕，两个奴隶陪着她，这使我仍用我们的特殊语言。我对她说："我的姐姐，我不能不在这丑恶的环境中会见你，这是什么道理？囚禁你的垣墙、这些门闩和栅栏、这些监视着你的该死的看守者，都使我愤怒欲狂。你如何丧失了你祖先所享受的甜蜜的自由？你的母亲，她是非常贞洁的，她给她的丈夫作为她德行的保障物,只是她的德行本身。他们生活得很幸福,彼此二人,相互信任,而且他们纯朴的生活习惯,对于他们是一种富源,比这所华丽的住宅中仿佛使你感觉津津有味的虚假光彩更珍贵千倍。在你丧失自己的宗教时,连你的自由、你的幸福以及替你们女性增光的那珍贵的平等,一齐丧失了。但是最不堪的在于,你是一个为人类所不齿的奴隶的奴隶,而不是他的妻(因为你不能够成为他的妻)。""啊!我的弟弟,"她说,"请你尊敬我的丈夫,尊敬我信奉的宗教。根据这宗教,我听你说话、对你说话都是犯罪的。""怎么!姐姐,"我气冲冲地说,"难道你把那宗教信以为真了?""啊!"她说,"如果不是真的,对我多么有利!我为这宗教作了太大的牺牲,因此不能不相信它。如果我的怀疑……"说到这儿,她闭口不说了。"是的,姐姐,你的疑问,无论如何是很有根据的。这个宗教,令你在现世倒霉,又不给你留下对于彼岸的丝毫希望,你对它还期待什么?你想一想,我们的宗教是世上最古老的宗教,它一直在波斯繁荣,并且除了波斯帝国,别无根源,它的开始已茫然无考。伊斯兰教来到此地,无非事出偶然。这一教派并不是用说服方式,在波斯建立根基,而是用的征服方式。如果我们原来的君王不曾如此软弱,你还可以看见古代博士①的礼拜。如你置身于旷古的世纪,一切都会对你说博士之道,丝毫没有伊斯兰教的痕迹,伊斯兰教晚兴几千年,

---

① 博士,古代有学问和道德的人,同时也是宗教与政治上的领袖,实际上是一种"贤君",今按基督教《圣经》译为"博士",与现代大学中的博士学位,意义完全不同。

那时还没有达到童年时代。""可是,"她说,"即使我的宗教比你的宗教创立得晚一些,但是因为它崇拜的只是一个上帝,至少它更纯洁些。不像你们,还崇拜太阳、星星、火,甚至所有的元素。""姐姐,我看你跟伊斯兰教徒学会了诽谤我们的神圣宗教。我们既不崇拜星辰,也不崇拜元素,我们祖先从未崇拜过这些,他们从未给这一切建庙立祠,从未给这一切供奉牺牲。他们仅仅对这些致以宗教的崇拜,然而是低级形式的崇拜,作为神的种种显示与创造而崇拜这一切。我的姐姐,看在照耀着我们的上帝的分上,请你收下这本我给你带来的书,这是我们的立法者琐罗亚斯德①的书。请排除偏见,读这本书。读时光明照耀你,请你从心里接受光明。请回想你的祖先,他们在神圣的巴尔克②城中,尊崇太阳如此之久。最后,请你回想到我,我不希望得到别的安息、别的幸运与生活,除非你肯转变。"我和她告别时,情绪很激动。我让她独自一人,去决定我平生最重大的事情。

两天以后,我又跑去见她。我先一言不发,在静默中,我等待着她判决我的生死。她对我说:"你被爱了,我的弟弟,而且被一个拜火族女子所爱。我斗争了很久。可是,众位神祇,爱情真能战胜困难!现在我是多么轻松!我再也不怕过分地爱你了。我可以不必用任何界碑,来限制我的爱情。即便过火,亦属正当。啊!这是多么适合我的心情!可是你,你既然会粉碎束缚我精神的

---

① 波斯古代的"博士",往往是天文家兼星相家,他们的祖师是琐罗亚斯德。
② 传说此城为琐罗亚斯德教派之发源地,今为阿富汗境内城市。

锁链,几时才来粉碎束缚在我手上的锁链呢?从这时起,我把自己交给你了。你要迅速接受我,用这一行动,来证明我对于你是一件多么珍贵的礼品。我的弟弟,我第一次能拥抱你时,我想会晕倒在你怀中。"我听了这话所感到的快乐,决难形容尽致:我自以为并且在实际上我确乎发现,在一瞬间,我成了世界上最幸福的人。我发现我活了二十五年,期间所产生的愿望几乎都满足了,而过去使我活得如此艰辛的种种悲痛一齐消除了。但是,对于这些甜蜜的感觉稍稍习惯以后,我觉得我的幸福还没有像我在骤然间所设想的那么近在眼前,虽然我已克服了最大的困难。我还必须使守卫者措手不及。我不敢将我生命的秘密告诉别人。我只有我姐姐一个亲人,姐姐也只有我。万一事败,我有死于锥刑①之险。但是,我认为事若不成,对于我已经是最残酷的刑罚。我们两人约定,她派人来向我要父亲遗留给她的一座时钟,我在钟内隐藏锉刀一柄,用以锯断当街某窗上的铁栏;还放一条百结绳梯,以便从窗口下来。从此我不再去访她,只是夜夜到窗下去等她按计行事。我熬了十五个整夜,谁也没有等着,因为她没有找到恰当的时机。最后到了第十六夜,我听见锉刀的响声。锉刀的工作时常间断,在间断的时候,我的恐惧是无法表达的。这样工作了一小时以后,我看见她在系绳了。她沿绳下坠,倒入我怀中。我再也不怕危险了,我停在那里,久久不动。我领她到了城外,那儿预先准备好一匹马。我把她安顿在马后身上,挨着我的背,

---

① 即"坐锥",见第 133 页注②。

于是用想象得到的最高速度,赶快离开这可能对于我们是极悲惨的地方。天明以前,我们到了一个拜火族人家中,这人隐居在某一荒僻处所,依靠双手劳动的成果,度着清苦的生活。我们并不认为留在他家是合适的,于是遵照他的劝告,我们进入一座茂密的树林,躲入一株老橡树的空穴中,直到我们的遁逃所引起的喧扰渐渐平息下去。我们两人住在这偏僻地方,旁无见证,不断地互诉衷情,我们要永远相爱,一边等待机缘,请一位拜火教教士,按照我们圣书上的规定,给我们主持婚仪。我对她说:"我的姐姐,我们的结合是何等神圣,'自然'先已将我们结合在一起。而我们的神圣法规,还要令我们结合一次。"终于来了一位教士,他平静了我们迫不及待的爱情。在一个农人家中,他主持全部婚仪。他给我们祝福,并且千百次地预祝我们,能有古斯达博的健壮,和霍罗拉司博①的圣洁。不久以后,我们离开了波斯,因为在那里我们得不到安全。我们隐藏在格鲁吉亚,在那儿生活了一年,两人互相爱悦,一天比一天热烈。但是,因我旅囊将罄,又因我怕贫困的生活会连累姐姐,我自己倒不怕,于是和她告别,去向亲戚们求告。临别依依难舍,也是从来没有过的。但是我这番旅行,不但徒劳跋涉,并且非常可悲。因为,一方面,我家的财产已经全部充公;另一方面,亲戚都无力资助。我所得到的钱,仅够回去的路费。但是,说来何等失望!我找不着姐姐了。我到达前几天,

---

① 古斯达博是波斯古代的国王,与前面提到的琐罗亚斯德同时,并且据说是他的教徒。霍罗拉司博是琐罗亚斯德的朝代名。

一帮鞑靼人侵入我姐姐所在的城中,见我姐姐貌美,把她掳走,卖给动身去土耳其的一帮犹太人,只剩下一个小女孩,那是我姐姐在几个月以前生的。我跟着犹太人的踪迹找去,在二三十里以外,我追上他们。我的祈求与眼泪,统归无效。那帮犹太人始终要索三十刀曼①,决不肯少要一刀曼。我向众人设法,向土耳其教士和基督教士恳求保护,最后去和一个亚美尼亚商人商量,把我的女儿,连我自身,以三十五刀曼的代价一起卖了给他。我去找那些犹太人,给他们三十刀曼,把余剩的五刀曼拿去给我姐姐。在那以前,我一直没有看见她。我对她说:"你自由了,姐姐,我现在可以抱吻你了。这儿是我给你带来的五刀曼。我很遗憾,别人不肯出更高的代价将我收买。""怎么!"她说,"你把自己卖了?""是的,"我回答。"啊!不幸的人,你干的是什么事?难道我还不够命苦,还用得着你费心来增加我的磨难?过去因为你是自由的,使我得到宽慰,现在你成了奴隶,这一下要把我送进坟墓。啊!我的弟弟,你的爱情何等残酷!我的女儿呢?我怎么也看不见她了?""我把她也卖掉了。"我对她说。我们两人,相对饮泣,连再说一句话的力气都没有。最后,我去见我主人,我姐姐几乎和我同时到达。她跪倒在主人面前,说:"我请求为奴,就像别人求你赐赏自由一样。收留我吧。你可把我出卖,卖得比我丈夫更贵。"于是我们两人之间发生一场争执,我的主人看了也不能不

---

① 波斯钱币名。据法文原书的注解,每一刀曼约值二十三枚金法郎。总之是值价相当大的货币单位。

掉眼泪。我姐姐说："不幸的人！你以为我能损害你的自由，因而恢复我自己的自由吗？大人，你看我们这两个苦命人，如果你把我们拆散，我们一定活不成了。我把自己交给你，你付我钱吧。也许这笔钱，以及我的服役，有一天，能从你那里获得我所不敢要求的事。千万不要将我们拆散，这是对你有利的。你要相信，我的生死之权，操在我自己手里。"那亚美尼亚人是个善良的人，我们的不幸使他感动。"你们二人都给我服役，要忠实，要热诚，那么我答应你们，一年之后，还给你们自由。我看你们二人，谁也不应遭受奴役的不幸。等你们恢复自由以后，如果你们获得应得的幸福，如果你们交好运，我准知道你们会赔偿我的损失。"我们两人吻了他的膝盖，跟他走上旅途。在奴仆的杂役中，我二人互相帮助。每逢我能替我姐姐代做她分内的事，我就不胜愉快。

到了年终，主人果然守信，释放了我们。我们回到德府里斯城。我在那儿遇到先父旧友某君，他在城中行医，颇受欢迎。他借给我若干银钱，用来经营商业。后来因某些业务关系，我到了士麦那，就在此地安了家。我在此地生活已有六年，交往的人们和善可爱，举世无匹；我家中也和睦团结。我这境况，就拿世界各国君主的地位来交换，我也不肯。我运气相当好，居然找到了那亚美尼亚商人，我对他是感恩不尽的，我给了他若干重大的帮助，作为报答。

一七一四年，主马达·阿赫鲁月二十七日，于士麦那。

信六十八 黎伽寄郁斯贝克

（寄×××）

前些天,我到一个穿袍人①的家中去吃饭,他曾经邀请了我好几次。谈了许多事物之后,我对他说:"先生,我觉得你的职业十分艰苦。""艰苦的程度,并不如你所想象那样深,"他回答,"按照我们的方式,从事此业,不过儿戏而已。""但是,你这话是什么意思?难道你脑中不是充满别人的事务吗?难道你不是经常为毫无趣味的事忙碌吗?""你说得对,这些事毫无趣味,因为我们对此兴趣极微。也就因此,这行业并不像你所说那么劳累。"我看见他对待这事,态度这般洒脱,就继续对他说:"先生,我还没有看见你的工作室。""我相信你没有见过,因为我根本没有工作室。当我买到这一职务时,②我需要付一笔款。我卖掉了我的藏书,买我书的书贾,在为数浩繁的卷帙中,只给我留下一本书:我的账本。并不是说我可惜这些书,我们这些法官,不必以无用的学识来填满自己。所有这些法律书籍对我们有何用处?几乎一切案情都以假设为基础,并且出乎常规。"我对他说:"但是,先生,案情出乎常

---

① 即法官之流。
② 在作者的时代,法官职位是世袭的。如不愿干下去,可以公开出卖。

规,是否是你们造成的呢?因为,总而言之,世界各国人民的法律,如果不能实践,何必多此一举?并且,如果不懂法律,如何能执行法律?"那法官又说:"倘如你了解法院情况,你就不会这样说话了。我们有活的书籍,就是那些律师。他们为我们操劳,并且自任为我们的教导。""有时他们不也自任为你们的欺骗者吗?"我这样回道,"你们很应当保证自己不受他们的伏击,他们手执武器,攻打你们的公正态度。最好你们自己也有武器,保卫你们的公正态度;最好你们不用身穿单薄衣裳,和那些武装到牙齿的人混战成一团。"

一七一四年,舍尔邦月十三日,于巴黎。

信六十九　郁斯贝克寄磊迭

（寄威尼斯）

我成了比以前更甚的玄学家,你绝想象不到,然而事实是如此。而且,等你领教了我的哲学泛滥到下面的那种地步以后,你会深信不疑。

最明达的哲人,关于上帝的性质加以思考之后,说上帝是至高无上的完善。但是他们极度滥用了这一意念,因为他们列举人间一切可能的和意想得到的完善之点,加在"神"这个观念上,却没有想到这些特点,常常互相抵触,并且它们不能存在于同一对象上而不互相破坏。

西方的诗人们说,有一位画家①,因为要画美神的肖像,集合了最美丽的希腊女子,采取各人身上最悦目的部分,画成一个整体,他相信这就和最美丽的女神相像了。假如有人从而得一结论,说那女神头发既黄且黑,眼眸既黑且蓝,性格又温柔又骄傲,那人势必为大家所嗤笑。

上帝常常缺乏某种完善,而这种完善,可能给他造成很大的缺陷。然而上帝除了由于他自己的限制,决不受其他限制,他就是他自己的必要性。因此,尽管上帝万能,也不能毁弃诺

---

① 指公元前五世纪古希腊画家缓克西斯。

言,不能欺骗世人。甚至上帝常常无能为力的也许不是他本身,而是有关的事物。他之所以不能改变事物的本质,原因在此。

也就因此,在我们的博士①之中,有几个敢于否认上帝的无穷预见,他们的基本理由是:上帝的预见,和他的正义是两不相容的。

不管此种想法有多冒失,玄学家们却能轻易理解它。按照他们的说法,某些依靠自由原因来决定的事物是上帝不可能预见的。因为,还没有发生的事物根本就没有,因此之故,无法认识。因为"无"之为物,毫无特点,故不能窥见。他们认为,上帝不能在某一毫不存在的意志上有所辨认;也不能在一个灵魂中,看出某一并不存在于彼处的事物。因为,在事物被决定前,决定它的那一行动并不存在于它本身。

灵魂自己动手作出决定。然而在某些场合,灵魂是如此犹豫不决,甚至连在哪一方面决定自己都不知道。甚至有时,为了运用其自由,灵魂始作决定。由于这样,上帝不能预见这一决定,无论在灵魂的行动上,或在事物加于灵魂的行动上。

上帝如何能预见这些依靠自由原因决定的事物呢？他至多能通过两种方式去预见它们:用揣测,而这是与无穷预见相矛盾的;或者作为某一原因所产生的结果而加以预见,但这更为矛盾,因为如此则灵魂的自由成为一种假设,而在事实上,灵魂将并不比一枚台球更自由,台球只能在别的球碰上它时

---

① 指玄学博士。

才能自由活动。

但是你勿以为这些博士企图局限上帝的知识。上帝随兴所至,支配造物,所以他想认识什么,就认识什么。不过,虽然他洞烛一切,却不经常运用这一机能,平常他总把行动与不行动的机能让造物自己掌握,为了将功过之机能亦给予万物。在这时候,上帝放弃了他支配造物、决定造物的权利。但是,他想知道什么总能知道,因为他只要愿意这事物按照他的看法而发生,只要依照他的意志决定万物就行。就是如此,上帝从纯粹可能的事物中,得知某种事物必然要发生,一边用他的命令固定各人精神上将作的决定,同时褫夺他所给予他们的行动与不行动的力量。

如果对这超乎一切譬喻的事物,能用一个譬喻来说明,那么可以这样说:有一君主,不知道他的大使在某一重要事务上将做些什么;如果他愿意知道,他只要命令大使,按照某一方式行事,那么他准知道,事情将按照他的计划进行。

仿佛《古兰经》和犹太人的经典中,不断反对绝对预见的教条。那些经典中,上帝到处出现时,好像不愿意知道各人精神上将作什么决定;并且,似乎这是摩西教给人们的第一条真理。

上帝将亚当安置在地上乐园中,条件是亚当不吃某一种果子。可是,一个人假如知道各人灵魂将作何种决定,还能在他的恩惠上附加条件吗?这也就是像某人先知道巴格达陷落,却对另一人说:"如果巴格达没有陷落,我给你一百刀曼。"这岂不是开恶玩笑吗?

亲爱的磊迭,为什么谈这许多哲学呢?上帝高高在上,我们连他的云霞都看不见。我们只在他的教条中认识了他。上帝是广大无边、精灵智敏、无穷无尽的。但愿上帝的伟大使我们重新认识自己的渺小。永远卑微自居,就是永远敬仰上帝。

一七一四年,舍尔邦月最后一日,于巴黎。

信七十　塞丽丝寄郁斯贝克

（寄巴黎）

你所爱的索立曼，因为不久前受了侮辱，正在怨愤失望中。有一个年轻的冒失鬼，名叫苏非斯，三个月以来，追求索立曼的女儿为妻。有几个女人，曾经见过童年时代的索立曼女儿。根据她们的叙述与绘像，苏非斯似乎满意于那姑娘的容貌。妆奁协议既定，其他一切也都顺利无阻。昨天，在第一部分仪式完毕后，那姑娘骑马出门，跟着一个阉奴；并且按照习俗，她从头到脚，遮蔽得一丝不露。可是，等她到了新郎家的大门口，新郎叫人把门关起来，并且发誓，如果不给增加妆奁，他决不接纳新娘。男女双方的亲长，为了调解，都赶到了。索立曼抗拒了半天之后，同意送给女婿一件小小的礼物。于是婚礼得以完成，人们使用相当的暴力，把那姑娘引导到床上。但是在一小时之后，那冒失鬼怒气冲冲地起床，给女人的面部造成刀伤数处，声称她原已不是处女，就把她送回父家去了。索立曼受到这种侮辱，是人们所能遭受的最大打击。有些人认为那姑娘是无罪的。做父亲真不幸，因为有受此种侮辱之险。万一我女儿受到同样待遇，我想我会悲痛而死。

再见。

一七一四年，主马达·巫拉月①九日，于法蒂玛内院。

------

① 回历五月。

信七十一　郁斯贝克寄塞丽丝

我替索立曼抱不平，尤其因为这灾难是没有救药的，而且他女婿无非在钻法律的空子。我觉得这条法律十分狠心，它将一家人的荣誉，供一个疯子任性摆布。人们说，了解真况，掌握实据，但这也是徒然，因为我们的医生有不可驳斥的理由，说明这些证据并无把握。甚至连基督徒，也把这些证据看作空中楼阁，虽然在他们古代立法者①的经籍中有明文规定。

听说你教育你的女儿非常仔细，我很高兴。愿上帝使她丈夫觉得她和法蒂玛②一样美丽、纯洁。但愿有十个阉奴看守着她；但愿她出嫁以后，成为夫家后房的光荣与点缀；但愿她头上只有金碧辉煌的房顶，脚下只踩华丽无比的地毯；并且，作为最高的预祝，但愿我的眼睛看见她充满光荣！

一七一四年，沙瓦鲁月五日，于巴黎。

---

① 指摩西。下句所说的经文，指《旧约·申命记》中第二十二节。
② 法蒂玛，穆罕默德之女、阿里之妻。

信七十二　黎伽寄郁斯贝克

（寄×××）

日前,我在某交际场所看见一个非常自满的人。顷刻之间,他解决了三个道德问题,四个历史问题,以及五个物理学上的问题。我从未见过如此渊博的决断家:他的精神,从不被一丝疑云所阻断。大家放开科学,谈论时事新闻,他就解决关于时事新闻的问题。我存心难他,就这样想:"必须把我自己放在我最擅长的方面,就拿我国来做藏身处吧。"我和他谈波斯。但是,我刚刚对他说了四个字,他已表示了两次反对的意见,他的意见是以达维尼埃①与夏丹②的权威为基础的。"啊!善良的上帝!"我心里想,"这是什么样的人呢?不久他连伊斯巴汗的大街小巷都要比我熟悉了!"我立刻就决定了我的态度:我不说话了,让他去说,他还在那里评断呢。

一七一五年,助勒·盖尔德月八日,于巴黎。

---

① 达维尼埃(1605—1689),法国商人,曾在近东经商四十年。老年时以其旅中见闻,编为《游记六种》,所到之处包括土耳其、波斯、印度等国家。
② 夏丹(1643—1713),旅行情况与达维尼埃相似,一六八六年他的游记《巴黎伊斯巴汗旅行记》在伦敦初次出版,《波斯人信札》的作者取材于这游记之处甚多。

信七十三　黎伽寄×××

我听说有一种公堂,名为法兰西学院①。世界上没有一个公堂,比这公堂更不受人尊敬。因为,据说这公堂一有所决定,人民立刻破坏它的法令,而且强迫它接受某些成规,使它不得不遵守。②

前些时候,这公堂为了奠定它的权威,颁布了一部法典,表示它的判断。这一个多父之子,几乎一生下来就成了老人;而且,虽然他是合法的,另外有一个私生子,比他早出世,在他产生时,几乎要把他窒息而死。③

这公堂的成员,除了喋喋不休,没有别的职务,在他们永

---

① 法兰西学院,创立于一六三五年,院士四十人,终身制,俗称"四十位不朽之士"。经常性的工作是讨论法语语法与字典。一切语法与词汇上的问题,一经学院决定并加公布之后,全国应当奉为正鹄。但实际上并不然。这封信是讽刺法兰西学院的:除暴露院士互相吹捧的丑态以外,还指出学院工作之不切实际。
② 法兰西学院所作的语言问题上的各种决定往往脱离实际,因此人民在日常语言上,不能遵守学院的规定。相反,在实用语言中某些倾向与演变,一成了群众性的习惯与成规以后,就迫使院士们在讨论语法与词汇时不得不考虑采取。
③ 指《学院语法》。此"法典"经常在学院中讨论,每隔若干年再版一次。此处大概是指第一版。这本《学院语法》经学院长期讨论,颁布之后,已经赶不上社会生活的需要,所以说"一生下来就成了老人"。同时有一部私人编的《语法》,比较切合实际,更令《学院语法》减色。

恒的饶舌中,自然而然地有颂赞。一等到他们明白了其中的秘密,①颂赞就成为一种热狂,而且永不离开他们。

　　这团体有四十个脑袋,每个脑袋都充满辞藻、比喻、对比;这许多嘴,说话时都用惊叹句;耳朵永远愿意受到节拍与和谐的刺激。至于眼睛,根本提不到:好像这团体是为说话,而不是为观看而存在的。它站立得一点不稳,因为时间是它的灾难,随时摇撼它,毁坏它所做的一切。从前有人说,它的手是贪婪的。关于这点,我不对你讲什么,让那些比我更内行的人来断定。

　　上述种种,都是我们在波斯看不见的事物。我们的精神毫不倾向于这种古怪的机构,我们总是在我们朴质的习俗中、天真的方式中找寻自然。

　　　　一七一五年,助勒·希哲月二十七日,于巴黎。

---

① 每一个新被选中的院士,例应对于他所接替的"前人"发表一篇赞扬备至的演说。

信七十四　郁斯贝克寄黎伽

（寄×××）

前些天,一个熟人对我说:"我答应过你,领你到巴黎的名门大宅中去露面,现在我带你到某大老爷家去,他是我们王国中最有代表性的人物之一。"

"你这话是什么意思,先生？是不是他比别人更有礼貌,更殷勤可亲？""不,"他对我说。"啊！我明白了:他随时随地对于接近他的人表示他的优越。果真如此,我何必去呢？他自以为优越,我完全不理他,并且斥责他。"

可是我不得不去。于是我看见一个十分傲慢的矮小人物,他用不可一世的神气吸了一撮鼻烟,擤鼻子擤得如此用力,吐痰的神气如此冷淡,他抚摸他那些狗的样子,对于人简直是侮辱,以致我不倦地钦佩他。我想:"啊！善良的上帝！如果我在波斯朝廷上这样表现,那么我所表现的是一个大蠢瓜！"黎伽,对于每天到我们家中来对我们表示好感的人,加以百般琐碎的侮辱,势必天性十分恶劣,方至于此。那些来访的人很明白,我们比他们高一等。而且假如他们不明白,我们施恩加惠,使他们一天比一天明白这一点。既然不必再做什么足以令人起敬,我们应当不遗余力,使人觉得我们可爱,我们要和最卑微的人交谈。虽然我们在声势烜赫之中总不免生硬,但是要使他们觉得我们心软,使他们看见我们的心肠好,只有在这点上,我们是在他们之上,因为我们屈身照顾他们的需要。然而,在公开的礼节中,必须维持君主的尊严时,必须使外国人尊敬我们国家时,最后,在危险的情况下,必须鼓舞兵士时,我们就显出与平时的讷谦相差百倍的傲岸,我们脸上重新表现骄傲。于是,别人就认为,有时我们表现得相当好。

一七一五年,赛法尔月十日,于巴黎。

信七十五　郁斯贝克寄磊迭

（寄威尼斯）

我应当对你实说：我在基督教徒之间，没有看见他们像我们伊斯兰教徒一般，拿自己的宗教去向别人作强烈的说服。在他们之间，从说教到信仰，从信仰到坚信不疑，从坚信不疑到奉行教规，存在着很大的距离。对于他们，宗教与其说是神圣的问题，不如说是大家争执的题目：朝廷中人、行伍之士，甚至于妇女，群起反对教士，并且要求教士给他们证明他们自己决心不相信的事物。这并不因为他们的决定是经过理智思考的，也不因为他们抛弃信仰，事先费过心，辨别了此教的真伪。这是因为他们是一些叛逆者，他们在认识枷锁之前，先已感到这枷锁，并且加以反抗。因此，他们在信仰与反信仰中，同样地不坚决。他们生活在涨落不定的浪潮中，这浪潮不停地将他们推送到信仰的这一边，又将他们推送到不信仰的那一边。有一天，这些人之中的一个对我说："我相信灵魂不灭，但得看季节。我的意见绝对地取决于我的身体情况。按照我精神上有多少禽兽成分，按照我的胃纳增减，按照我呼吸的空气是纯是杂，按照我食用的肉类①是否易于消化，我就成为斯宾诺

---

① 在古法语中，"肉类"一词也广义地指一般食物。

莎派,索西尼①派,天主教徒,虔诚或反教。医生站在我床边时,接受忏悔的教士觉得我易于摆布。我身体健康时,很知道如何阻挡宗教,不让它来使我痛苦;但是我生病时,就允许它来安慰我。当我对于一方面毫无希望时,宗教就出来,用它的诺言争取我;我很愿意把自己交给宗教,而死在希望那方面。②"

很久以来,基督教君主们已经解放奴隶。因为他们说,基督教使众人平等。这一宗教行为对于他们非常有利,这倒是真的,因为他们借此削弱封建郡主们,把庶民从他们的权力之下拉过来。后来君主们征服了某些地方,他们认为在那些地方有奴隶,而这是于他们有利的;于是他们就允许贩奴与买奴,将从前使他们如此感动的宗教原则置之脑后。你叫我说什么?此时的真理,到了彼时成了错误。何以我们不与基督徒采取同样的行动呢?我们拒绝在气候很适宜的地方建立基地,进行轻而易举的征服,只因那些地方,水不够纯洁,不能按照神圣的《古兰经》的原则沐浴③:我们真是质朴!

我感谢万能的上帝,他给我们派来了他的伟大先知阿里。我感谢他,因为我所宣扬的宗教,比一切人类的利益更可爱。这宗教从天上下降到人间,所以和天宇一般澄澈。

一七一五年,赛法尔月十三日,于巴黎。

---

① 索西尼(1525—1562),意大利的新教(基督教)提倡者。
② 上句所说的"毫无希望"是指人世的生活;这句所说的"死在希望那方面",是指死后进"天堂"的希望。
③ 伊斯兰教徒丝毫不打算占领威尼斯,因为在威尼斯找不到沐浴用的水。——作者注

信七十六　郁斯贝克寄友人伊邦

（寄士麦那）

在欧洲，对于自杀的人，法律制裁非常严厉，可以说是再一次将他们处死。人们毫不顾全自杀者的体面，将他们在街上拖来拖去①，羞辱他们，把他们的财产充公。

伊邦，我觉得这种法律是很不公道的。我受到痛苦、贫困、蔑视等沉重的压迫的时候，为什么别人不让我结束我的苦难，而残忍地剥夺了我自己手中的救药②？

这个社会我已经不愿参加，为什么还要我替它劳动呢？为什么要我遵守不得我同意而制订的公约呢？社会是建立在互利的基础上的，可是，社会对于我成了负担的时候，谁又能阻止我离弃社会呢？上天给我生命，这是一种恩惠。所以，生命已经不成其为恩惠时，我可以将它退还：因既不存，果亦当废。

假如我得不到丝毫作为庶民的利益，难道君主仍要我做他的庶民？本国的公民难道能要求这种不公平的处置：只愿他们有用，不管我灰心绝望？和一般的舍恩施惠者有所不同，

---

① 此处多半是指拖尸示众。
② 指自杀。

上帝难道要罚我接受对于我已成了不堪的重压的恩惠?

我生活在法律之下,不得不顺从法律。但是,我已不在法律管束下生活,法律还能束缚我吗?

有人会说,这样你就扰乱天道神理。上帝将你的灵魂与肉体结合在一起,而你把它们分开。因此你违反神意,抗拒神旨。

这是什么意思呢?我更动了物质的变化,本来是一个圆球——运动最初的规律,也就是创造与保存①的规律使球成为圆形——我把它变为方形了,这就算扰乱天道神理吗?毫无疑义,并不如此。因为我无非运用我应得的权利;并且,在这意义上,我不妨随意扰乱自然,谁也不能说我违抗天道。

我的灵魂和身体分开了以后,是否因此削弱了宇宙间的秩序和适当的安排?难道你认为这种新的组合②本身不够完美,并且不完全依赖于一般的规律?难道世界会因此遭受什么损失?上帝的功业会因此而减少了伟大性——或不如说减少了广大无边性吗?

难道你以为我的身体变为一枝麦穗、一条虫、一棵小草以后,就成了与大自然不很相称的、自然界的一件作品?我的灵魂脱离了尘世的一切以后,难道就不大高超了吗?

所有这意念,亲爱的伊邦,其来源无非我们骄傲自大。因为我们丝毫不感觉自己渺小;并且,即使我们渺小,我们也愿意成为宇宙间有价值、有地位而且是重要的东西。我们设想,如果把我们这样一个完美的存在物加以毁灭,简直是对于自

---

① 指生命的创造与保存。这一段意思说生之于死,无非是物质的变化,就如将圆的东西变成方的一样。

② 所谓"新的组合",指人死之后物质所起的新变化。

然界的一种侮辱。我们不承认,世界上多一个人或少一个人——怎么说?——甚至把所有的人合在一起,一万万个像我们这样的地球,都不过是一粒微妙、纤细的原子。上帝的知识广大无边,因此他才看见这一粒原子。

一七一五年,赛法尔月十五日,于巴黎。

信七十七　伊邦寄郁斯贝克

（寄巴黎）

亲爱的郁斯贝克,我觉得对于一个真正的伊斯兰教徒,拂逆的遭遇,与其说是一种惩罚,更不如说是一种威胁。我们用以挽救某些侮辱的日子,是珍贵的日子。繁华富贵的光阴,倒是应当缩短。一切的急躁有什么用,除非为了显出我想不依靠赐福的真主而得到幸福？因为真主本身即是幸福。

正因为一个生存物是由两个不同的生存物组织而成的,而保持团结的必要,更显然地标志出对于造物主的命令的顺从,因此人们得以创立宗教法规。正因这一保持团结的必要是人们行动的最好保障,因而创立了公民的法律。

一七一五年,赛法尔月最后一日,于威尼斯。

信七十八　黎伽寄郁斯贝克

（寄×××）

兹抄寄某法国人从西班牙来函一件。我想你必定以先睹为快。

半年以来，我走遍西班牙和葡萄牙。我生活在这些人民之间，他们鄙视一切其他人民，只有对于法国人，他们特别有面子：他们干脆憎恨法国人。

态度庄重是这两个民族出色的特性。这种态度主要有两种表现方式：戴眼镜与蓄髭须。

眼镜显而易见地表示戴者精通科学、博览群书，到了这样的程度，以致连目力都减退了。于是任何架着眼镜或以眼镜为装饰的鼻子，毫无异议，可以被认为博学的鼻子。

至于髭须，它本身就令人肃然起敬，且不管有何后果。尽管如此，有时人们却从髭须上取得极大的功用，为了服务于君王，或为了国家的体面。例如在印度的某一个著名的葡萄牙将军①，就是很好的证明。因为，那将军

---

① 指让·德·卡斯特罗(1500—1548)。那时，印度的一部分被葡萄牙殖民者强占着，卡斯特罗曾任当地总督。

在需要钱的时候,就剪下两撇髭须中的一撇,送给果阿①的居民,凭此抵押,要索两万皮斯托尔②。钱先借给了他,后来,他又神气十足地把那撇髭须收了回去。

人们很容易想到,像这样庄重与冷淡的民族一定是很自大的。西班牙与葡萄牙人果然很自大。他们的自大之感,通常以两件很了不起的事作基础。在欧洲大陆上的西班牙人与葡萄牙人,如果是他们所谓"老基督徒"——就是说,不是最近几世纪以来,被宗教法庭③劝服后才信基督教的那些人的后代——就觉得自己心肠非常之高贵。至于在印度的西班牙人与葡萄牙人,自鸣得意,亦不下于此。因为他们认为自己有无上的优越之处:他们是所谓"白皮肉人"。在我们大苏丹的后宫,从不曾有过一位苏丹娜,对于她自己的美貌,会比墨西哥某城中一个叉着手在门口闲坐、最老最丑的粗野汉子④,对他自己白里泛青的肤色,更为骄傲。身份如此之高的人,如此十全十美的造物,即使以全世界的财宝为酬劳,也是不肯劳动的,决不会用某种可鄙、机械的营生,损害他皮肤的尊荣与体面。

因为,必须知道,在西班牙如果一个人有某种优点,

---

① 果阿,当时葡属印度的首府。
② 皮斯托尔,西班牙、意大利的一种古金币名。
③ 宗教法庭,是天主教会借口审判异教徒,实际上是残酷地压迫人民的武器。审判过程往往是秘密的,被判为异端者,活活地被烧死。此制起源于十二世纪的意大利,后来遍及欧洲各国。而西班牙的"宗教法庭"杀人如麻,最为残酷。在法国,宗教法庭直到一八三四年始废止。
④ 指下流无耻、粗暴凶狠的殖民者,种族歧视是这些"人"的思想武器之一。

比如除上述种种优点而外,某人还有一点特长,他有一柄长剑,或者从他父亲那里学会了弹奏一张噪音聒耳的吉他琴,那么他就不劳动了。因为四体不勤,和他的体面很有关系。一个每天兀坐十小时的人,比一个只坐五小时的人,恰恰获得更多一倍的重视,因为贵族的尊荣是从太师椅子上得来的。

但是,这些不可战胜的劳动之敌,尽管表面装出某种哲学式的平静,他们心里都不平静,因为他们经常是嫉妒的。在情妇的窗下,怅惘欲绝,在这点上,他们是世界第一。任何西班牙人,如不伤风,就会不惜损坏名誉的风险而风流快活。

他们首先是信教虔诚,其次是嫉妒。他们决不把他们的妇女,送到浑身伤痕的军人或衰老的官员那里去冒险,可是把她们和垂着眼皮、不敢仰视的虔诚小教士,或扬眉张目、健壮的圣芳济派教士,关在一室。①

他们允许妇女袒胸露乳,出现在人前;但他们不愿意让人看见妇女的脚后跟,也不愿让人出其不意地看见她们踮着脚尖。

到处有人说,爱情的苛刻性是残酷的。对于西班牙人尤其如此:妇女们治愈他们相思的苦痛;可是妇女只使男子的苦痛有所变换而已,往往热情熄灭以后,留下长期的、不快的记忆。

他们有些琐碎的礼貌,如果在法国,这些礼貌将显得

---

① 丈夫不让妇女接触男子,哪怕是最无威胁的男子。但是,妇女与教士发生暧昧,丈夫却装聋作哑,因为他是虔诚教徒。

很不得当。例如：军官殴打士兵，必先请士兵允许；宗教法庭用火刑烧死犹太人，必向受刑者道歉。

未受火刑的西班牙人，似乎非常拥护宗教法庭，如果取消他们的宗教法庭，势必引起恶感。我只愿人们成立另一种宗教法庭，并非对付异教徒，而是对付那异端创始人。这些异端创始人认为某些修道院的微细实践，和七种圣仪①同样有效；他们崇拜一切他们尊敬的事物；他们虔信到这程度，以致他们只能很勉强地算作基督徒。

在西班牙人身上，你可以找到风趣与正常的人情，可是不要在他们的书籍中去寻找这些。拿他们的一个图书馆来看：这一边是小说，那一边是繁琐哲学。你也许会说，一切都集合在一起，门类全已经分好，而这是和人类理智作对的某一秘密的敌人所做的工作。

他们的书籍中只有一部是好的，那部书指出所有别的书籍之可笑②。

他们在新大陆有广阔无边的发现，而对于他们自己的大陆还不认识：在他们的河流上，还有某一码头未被发现③；在他们的山上，还有他们不认识的民族。

他们说，太阳从他们国土上升起来，又从他们国土上落下去。但是，应当加一句，太阳在它的行程上，所遇见的无非是荒芜的田野、整片的废墟。

郁斯贝克，如我能看到一个游历法国的西班牙人寄到马

---

① 七种圣仪，为洗礼、结婚等。
② 指塞万提斯的小说《堂吉诃德》。这部名著当时是为了讽刺流行极广的无聊武侠小说而作的。
③ 这里指西班牙萨拉曼加省荒僻山区的一小地名。

德里的信,我一定丝毫不生气:我相信那西班牙人一定会替西班牙大报其仇。对于一个冷淡而好思索的人,法国是何等广阔的活动之地!我设想他对巴黎的描写,将如此开始:

> 此间有屋一所,用来容纳疯人。一开头,有人以为这是城中最大的屋子。不然!杯水车薪,无济于事。毫无疑问,法国人既极不为邻邦所信任,就把若干疯人关在一所大宅中,以示宅外的人都不是疯子。

到此,我撇下我的西班牙人。

再见,亲爱的郁斯贝克。

一七一五年,赛法尔月十七日,于巴黎。

信七十九　阉奴总管寄郁斯贝克

（寄巴黎）

昨天有几个亚美尼亚人，携来西加西亚①年轻女奴一名，打算出售。我叫她进入内室，脱去衣服。然后我用裁判的目光审视她，越看她，越觉得她富于风韵。处女式的羞涩，仿佛想让那些富于风韵的地方躲过我的目光，我看她作了很大努力才勉强服从我。她赤身裸体，羞得满面通红。在我面前，尚且如此，我既无情欲足以伤害廉耻，在女性威力之下是可以兀然不动的；而且在最放肆的举动中，我的责任是谦逊，我只投射贞洁的视线，只引发无邪的思绪。

我一判定她足以当得起你的选择之后，立刻垂下眼皮，不敢正视，并将绯红大氅一件披在她身上，黄金指环一枚戴在她手上。于是我匍匐在她脚前，把她当作你心上的女王，加以赞美。我把钱给了亚美尼亚人，将那女子藏在远离众目之处。幸福的郁斯贝克！你后房佳丽，比东方所有的王宫更为丰富。你归来时，发现全波斯最魅人的事物，并将在你的后房里，看

---

① 北高加索地名，在前苏联境内。

见光阴与恩宠逐渐损耗了原有的朱颜,而新的姿色却不断产生,那对你将是何等的乐趣!

一七一五年,莱比尔·安外鲁月一日,于法蒂玛后房。

信八十　郁斯贝克寄磊迭

（寄威尼斯）

亲爱的磊迭，我到欧洲以来，目击各国政府为数甚多。这与亚洲情况有所不同，亚洲政治规则到处如一。

我时常寻求，哪一个政府最符合理性。最完善的政府，我觉得似乎是能以较少的代价达到统治目的的政府。因此，能以最合乎众人的倾向与好尚的方式引导众人，乃是最完善的政府。

如果在温和的政府之下，人民的驯顺程度，不下于在严峻的政府之下，则前者更为可取，由于它更符合理性，而严峻是外来的因素。

亲爱的磊迭，你不妨相信，在刑罚多少偏于残酷的国家，并不使人因此而更服从法律。在刑罚较轻的国家，人们惧怕刑罚，也不下于刑罚残暴恶毒的国家。

无论政府温和或酷虐，惩罚总应当有程度之分，即按罪行大小，定惩罚轻重。人的想象，自然而然适合于所在国的习俗：八天监禁，或轻微罚款，对于一个生长在温和国家的欧洲人，其刺激的程度，不下于割去一条手臂对于一个亚洲人的威吓。某一程度的畏惧联系在某一程度的刑罚上，而各人按自己的方式，分别程度之轻重。一个法国人受了某种惩罚，声名扫地,懊丧欲绝。同样的惩罚施之于土耳其人,恐怕连一刻钟的睡眠都不会使他失去。

况且,我并未看见在土耳其、波斯和莫卧儿等国家,警察、司法与正义,比在荷兰与威尼斯等共和国,甚至比在英国,更好地被人遵守服从;我并未看见在土耳其等国,人们犯罪较少;也未看见那些地方的人被严刑重罚所慑服,因而比别处更遵守法律。

正相反,我在上述各国,看到某种非正义与滋扰的根源。

我甚至发现那里的君主,虽然本身就是法律,却比任何别处,更不能主宰一切。

我见到:在这些严重的时刻,总有纷扰与骚动,那时谁也不是首领;而且,强暴的权威一被蔑视,谁也没有足够的余力使之复兴。

有罪不罚,逍遥法外,令人绝望的情况,肯定了纷扰与混乱,并使之扩大。

在这些国内,发生的并不是小小的叛乱,而且,怨言偶语与揭竿而起,两者之间,决无距离。

在那些地方,巨大的事故不必以巨大的原因作为准备。相反,小小的意外可以引起大大的革命,常常对于主持革命方面与忍受革命方面,均为出乎意料。

当土耳其皇帝奥斯曼①被废时,发难者事先谁也没有想到,他们不过恳求合法处理某一冤屈事件。从人群之中,偶然

---

① 这里指的是土耳其皇帝(苏丹)奥斯曼二世,公元一六一八年登基,一六二二年被废,旋即缢毙。

发出大家素不熟悉的呼声,穆斯达法①的名字被提出来了,于是穆斯达法突然成了皇帝。

一七一五年,莱比尔·安外鲁月二日,于巴黎。

---

① 穆斯达法一世,奥斯曼帝国苏丹穆罕默德三世之子,一六一七年登位,旋即废黜,其侄奥斯曼二世继位。一六二二年,奥斯曼二世失位,穆斯达法复位;翌年再度被废,一六三九年被缢死。

信八十一　波斯驻莫斯科维亚*使臣纳拱寄郁斯贝克

（寄巴黎）

亲爱的郁斯贝克，世界各民族中，论争城略地，丰功伟绩无过于鞑靼民族。鞑靼族人为宇宙之真正统治者，所有其他各国人民似乎均为服役于鞑靼而生。鞑靼族为若干帝国之建立者，亦为若干帝国之毁灭者。在各时代，鞑靼在地球上留下了他威力的烙印；在各世纪，鞑靼族一直是各国的灾祸。

鞑靼人曾经两度征服中国，①目前还把中国屈服在他们号令之下。

他们统治着形成莫卧儿帝国的那些辽阔的地方。

他们坐在居鲁士②和古斯达博的宝座上，在波斯称王做主。他们征服过莫斯科维亚。在土耳其人的名义之下，他们在欧、亚、非三洲征服了无边无垠的土地，而统治了世界的这三部分。

---

* 即第116页注*。
① 此处所谓鞑靼，是泛指蒙古、突厥（土耳其）、女真（满洲）等民族。所谓中国两度被鞑靼征服，是指元朝与清朝。作者作《波斯人信札》约在一七二〇年，正当中国清代康熙年间。
② 居鲁士，波斯之建国者，公元前五五九年至五二九年在位。

195

谈到更古老的时代,颠覆罗马帝国的某些民族,也是出于鞑靼。

和成吉思汗的武功勋业相比,亚历山大的勋业算得了什么呢?

这个胜利的民族,所缺少的就是历史学家,没有人歌颂对于神奇事迹的回忆。

多少不朽的功勋被埋没在遗忘之中!多少帝国被他们建立了起来,而我们连根源都不知道!这黩武的民族,惟一操心的只是眼前的光荣,和在任何时代都能战胜的把握,所以毫不想到如何以过去勋业的记载,使后世知道他们曾经存在。

一七一五年,莱比尔·安外鲁月四日,于莫斯科。

信八十二　黎伽寄伊邦

（寄士麦那）

法国人虽然说话甚多，其中却有一种沉默寡言的教士，名为夏忒勒。据说他们入修道院时，先割掉舌头。大家非常希望，所有别的教士，把他们职业中用不着的东西，也这样割掉。

提起沉默寡言的人，就想到还有比这更古怪的人，而且他们有非常的才能。那就是说话多而毫无内容的人，他们能使会话趣味横生，继续两小时之久，但是你想揭露他们，模仿他们，或记住他们所说的一个字，都不可能。

这类人受妇女们的崇拜，但是另有一些人比他们更受崇拜，那些人有天赋的可爱才能，善作及时的微笑，也就是随时微笑。他们具有这种风度：不论妇女们说什么，均加以愉快的赞许。

然而，当他们能于一切之中辨别微细，在最普通的事物中发现千种机巧之处，那么他们的机智可谓高到绝点。

我认识另一些人，善于把静止的东西引到谈话中去，让大家谈他们的锦绣衣衫、金黄的假发、鼻烟壶、手杖和手套。最好从街上就开始，叫人听见他们的马车声，和沉重地叩击的门锤声。这"前言"宣告了演说的全文，有时文章头一段做得好，随后的一套蠢话也就容易通得过去。因为那些话虽然很蠢,幸而说得比较晚,人们也就不计较了。

　　我向你保证:这些小小的才能,在我国不算回事,而在此地,谁要是有幸而掌握这套小本领,的确很有用;而一个通达情理的人,在他们面前反而黯然失色。

　　　　　一七一五年,莱比尔·阿赫鲁月六日,于巴黎。

信八十三　郁斯贝克寄磊迭

（寄威尼斯）

亲爱的磊迭,假如有上帝,他必然不能不是正直的。因为,假如他不正直,就可能成为一切人①中最坏、最不完善的一个。

正义是确实存在于两件事物之间的恰当的关系。无论谁来考虑这种关系——上帝也好,天使也好,以至人也好——这种关系始终如一。

的确,人们并非永远看得见这种关系,往往甚至看见了还故意远而避之,而利益所在却永远人人眼明。正义发出呼声,但是人之七情纷纭错杂,正义的呼声很难听见。

人人都可能做非正义的事,因为这样做对他们有利,他们宁愿满足自己,不愿满足别人。一切举动均出于对自己的考虑,没有一个毫无所为的坏人。必定有一个理由决定一切,而这理由总不外乎利益。

但是,上帝决不可能做任何不义之事。既然假定上帝看得见正义,他就必然需要循正义之道而行。因为,上帝自给自足,不需要任何东西,如果他不图利益而违背正义,他将成为

---

① 广义的"人",同时泛指一切生存物。

一切人中最恶劣的一个。

这样说来,就算没有上帝,我们也必须永远热爱正义。也就是说,努力和我们理想中最完美的人相像。而这最完美的人倘使真的存在,势必合乎正义。即使我们摆脱了宗教的枷锁,也不应当抛弃公平无私的约束。

磊迭,上述种种,使我想到正义是永恒的,丝毫不取决于人间的习俗。否则,这将成为可怕的真理,人人躲避它都来不及。

比我们更强的人,环绕在我们四周。他们可以千方百计来侵害我们,十有七八次,他们可以侵害我们而不受惩罚。幸而在这些人心中有一内在的原则①,这原则起战斗作用,对我们有益,使我们免受那些人的侵害行为;我们知道这点,心中何等泰然!

不然的话,我们难免经常提心吊胆,我们从别人面前走过,将如同在猛狮跟前经过一样,而我们的财产、荣誉和生命,亦将得不到片刻保障。

上述种种思想,使我对神学博士发生反感,他们将上帝描写为一个用强暴的手段施行权力的人;他们使上帝采取我们因为怕得罪他而不敢采取的方式;他们使上帝充满了缺点,而我们就因为有那些缺点而受上帝责罚;并且博士们意见矛盾,有时把上帝描写为坏人,有时说成嫉恶如仇、见恶必罚的人。

一个人检查自己时,发现他有正义的心,这对于自己是多么大的快慰!这一乐趣虽然是严肃的,也必然使人心旷神怡:他看见自己为人比没有正义的人高超得多,就和他看见自己

---

① 指正义。

高于猛虎熊罴一样。是的,磊迭,如果我有把握,能永远遵循我眼前的公平无私的大道前进,我将自信为天下第一人。

一七一五年,主马达·巫拉月一日,于巴黎。

信八十四　黎伽寄×××

昨天我在荣军院①。如果我是君主，我宁愿少打三次胜仗，而建立这样一座大厦。院中到处可以看出伟大君王的遗泽。我相信这是地球上最令人起敬的地方。

眼看这些为祖国作出牺牲的人，聚首一堂，这是何等壮观！保卫祖国是他们一致的企望，他们报国之心虽同，能力各有不同。引以为憾的是报国之心有余，报国之力不足。

有什么比这更可钦佩的呢！眼看这些残废的战士，退休在此，而又不得不遵守严格纪律，恍如大敌当前。他们在这如临大敌的气氛中，获得最后的满足，将他们的心智分用于宗教义务与军事义务两方面。

我愿将为国牺牲的烈士的姓名保存在庙堂之上，记入专册，作为光荣与高贵之源泉。

一七一五年，主马达·巫拉月十五日，于巴黎。

---

① 巴黎荣军院(残废军人供养院)，法王路易十四根据先王路易十三的遗志，在一六七〇至一六七四年间修建的。

信八十五　郁斯贝克寄米尔扎

（寄伊斯巴汗）

你知道，米尔扎，夏·苏莱曼①的某些大臣曾经立了计划，要强迫波斯境内的亚美尼亚人离开波斯王国，不然就得信奉伊斯兰教。按照他们的想法，在我们国内如果留有此种不忠于我教的人，波斯将永远被亵渎。

如果在这时际，盲目的虔诚被听信了，波斯的伟大就会被断送。

此事结果如何失败，人们不清楚。不论作此建议的人，不论否决此建议的人，大家都不认识这建议的后果。偶发的事件，起了理智与政策的作用，将波斯从极大危险中拯救出来，危险之大，可能甚于打了一次败仗，或失了两座城池。

人们原想排斥亚美尼亚人，打算一天之内就将国内所有商人以及几乎全体手艺工匠，一网打尽。我确信，伟大的夏·阿拔斯②宁愿斩掉双臂，也不愿在这样的命令上签名。并且，如果将他最勤勉的子民送给莫卧儿大帝或其他印度的君主们，他就认为割让了半壁江山。

---

① 夏·苏莱曼，土耳其奥斯曼帝国苏丹，一六六六年至一六九四年在位。
② 夏·阿拔斯，即伊朗萨非王朝中兴的君主阿拔斯一世（1571—1629），号称大王，一五八七年至一六二九年在位。

我们那些热诚的伊斯兰教徒加于拜火教徒的迫害,使他们不得不成群结队逃往印度,致令波斯丧失了这一如此勤于耕种的民族,这民族曾用自己的劳动,独立战胜我们土地的贫瘠。

于是对于虔诚的人们,只差第二件事没有办:那就是摧毁我们的工业。通过这办法,国家势必不推自倒,而且在不能避免的牵连中和国家一齐倒塌的,还有人们本想使之繁荣的宗教。

如果应当作没有成见的理辩,米尔扎,我不知道在一国中有数种不同的宗教是否更好一些。

我们可以看到,生活在被宽容的宗教中的人,在平常情况下,比活在统治宗教中的人,对于祖国更有用些。因为,前者在社会上没有尊贵的地位,他们不能以豪富阔绰来露头角,他们倾向于用劳动来取得财富,倾向于从事社会上最艰苦的职业。

况且,由于任何宗教都含有对社会有利的教训,最好任何宗教都热心地被遵奉。可是,什么东西比宗教的多种多样更能激发奉教的热忱呢?

竞争者之间是最不互相原谅的。嫉妒之心影响到个别的信徒:各人战战兢兢,惟恐一举一动有辱本宗,而令异宗得以鄙视本宗,并对本宗作毫不宽恕的检举。

所以人们一直注意到这一点:将一个新的宗派引入国内,纠正旧有宗派的种种过分之处,这是最有把握的方法。

人们徒然说,在一国内容忍几种宗教,对于君主不利。若全世界的教派齐集一国,对于君主将毫无损害,因为没有一个教派不主张服从,不倡导驯顺。

我承认各国历史充满着宗派战争。但是,其中有一点十分值得警惕:宗教战争之所以发生,并非由于宗教派别繁多,而是由于不宽容精神,这种精神鼓动着自以为居统治地位的那一种宗教。犹太人从埃及人那里学来的就是这种劝教热,这热狂像流行于民间的传染病一样,从犹太人身上传染给伊斯兰教徒与基督教徒。这令人晕眩的精神之发展,只能看作人类理智的完全抹煞。

因为,归根结底,即使引起别人良心痛苦,并不算不人道;即使不至于发生在这方面可能萌芽的千种不良效果之任何一种,也必须是疯子,才这样强迫别人改信宗教。要想叫我更换宗教的人,毫无疑问,他自己决不更换自己的宗教,即使别人强逼他。因此,他觉得奇怪的正是我不愿意做一件他自己也不愿做的事,哪怕以全世界和他交换,他也不干。①

一七一五年,主马达·巫拉月二十五日,于巴黎。

---

① 在这封重要的信中,作者再次申述他的宗教上的"宽容主义":各种宗教和平共处,互不干涉,互相尊敬。同时,这封信直接影射《南特敕令》之废止。《南特敕令》是法国历史上贤明的君主亨利四世(作者在信中以夏·阿拔斯影射亨利四世)在一五九八年颁布的,它准许新教在法国合法传布,因而结束了长期的宗教战争,对于人民非常有利。一六八五年,法王路易十四受了旧教(天主教)的影响,宣布废除《南特敕令》,重又开始了旧教对新教的迫害;当时大批新教徒逃亡到国外去,其中有许多手艺工匠、企业经营者,法国工商业一时受了明显的损害。

信八十六　黎伽寄×××

此地的家庭仿佛都是无为而治的。丈夫之于妻子,只有微小的权力;父之于子女,主人之于奴婢,也都一样。他们一切纠纷都可以诉诸法庭。但是你可以深信,法庭永远反对嫉妒的丈夫、阴郁的父亲和苛刻的主人。

日前我到执行司法的地方去。到达以前,必须从无数年轻女商贩的刀枪之下经过,她们用骗人的嗓音向你呼喊。①这场面开头令人发笑,可是一入大厅便觉阴森可怖。厅中可以见到的人物衣冠整肃,更甚于面色的庄严。最后,我们进入神圣的处所,许多家庭秘密都在那里暴露,最隐秘的行动亦在那里见诸天日。

在那里,一个平民身份的姑娘,前来诉述独守空闺过分长久,以致内心冲突,忧郁不宁,勉强忍痛支撑着。她对于自己的胜利,只有极其微小的自傲情绪,甚至她一直用马上可以发生的失节作为威胁。并且,为了使她父亲对她的需要不再茫然无知,她向众人诉说一切。

接着来了一个厚颜无耻的妇人,申述她如何羞辱了丈

---

① 当时巴黎的法院门前两廊开满小商店,往往审讯之声与叫卖声相混杂。

夫,①并以此作为离异的理由。

　　以同样的"谦逊"态度,另一个妇人前来声称,她空有妻名,不享实惠,对这种生活厌倦已极。她公开了新婚之夕隐而不宣的神秘;她要求能干的专家加以检验,并要求法庭宣判,恢复她的处女之权。甚至有的妇女胆敢向丈夫挑战,向他们要求当众搏斗。② 在证人注视之下,这是很困难的。这种考验,无论对于经受考验的妇人,和考验失败的男子,都是不可磨灭的耻辱。

　　数不清的姑娘被人引诱或拐骗,使男子比他们的本来面目更显得恶劣。风化案件在这法庭上喧闹不休。在此地所听到的,无非愤怒的父亲、被糟蹋的姑娘、薄幸的情郎、忧愤的丈夫。

　　按照法庭上遵守的法律,结婚时所生的孩子,一概认为是丈夫所生。丈夫即使有充分理由,不相信孩子是自己的,那也枉然,因为法律替他相信,免除他顾虑与查究的麻烦。

　　在这法庭上,表决时以多数为定,可是有人说,根据经验,表决时不如以少数为准。而且这是相当自然的:因为看事正确的脑筋为数极少,而大家都认为,看事不正确的脑筋却多至无穷。

　　　　　一七一五年,主马达·阿赫鲁月一日,于巴黎。

---

① 女人对丈夫不忠。
② 法国十六世纪,曾明令规定,遇有男方萎弱,不能人事,女方要求取消婚姻者,可由法庭指定证人,男女双方当场试验。后因此法流弊甚多,乃于一六七七年取消。作者提到的可能是旧事,不一定真正是一七一五年的情况。

信八十七　黎伽寄×××

人们说,人是社交的动物。在这基础上,我觉得法国人比任何人更合乎人的标准。法国人是最好不过的人,因为他们似乎是专门为社交而生的。

但是我注意到,在法国人之中,有些人不仅善于社交,而且他们本身就是包罗万象的社会。他们分身到各个角落中去,顷刻之间,他们使城中各区都充满了人。一百个这样的人比两千公民更显得热闹,在外国人眼里,他们可以挽救瘟疫或饥荒所造成的损失。在学校里,人们问,一个物体是否可以同时在许多不同的地点存在？这些人本身就证明,哲学家们认为成问题的事是可能办到的。

他们永远是忙忙碌碌的,因为他们有一件要事:无论遇见什么人,他们一定要打听,到何处去,从何处来。

从他们头脑中,绝对不可能驱除这种想法:按照普通礼貌,每天必须分别访问群众,在大家会集场所,他们作了总的访问,这还不算在内。这种总的访问,由于路途太短,在他们的礼节规程中是一文不值的。

他们到各家去用门锤叩击,使门受的损失比狂风暴雨的侵蚀更甚。如果到各家门房去察看来客名单,可以看到他们的姓名每天都在名单上,用瑞士式的书法,写成千种不同的残缺形态。① 他们的日子,消磨在送葬行列中,在吊丧的客套或结婚的祝贺词中。每逢国王对某某臣子有所颁赏,必定连累他们花钱雇车,去向受赏者表示他们的欢欣。最后,他们感觉十分疲乏,于是回家休息,以便次日能够重新执行这种艰苦的职务。

昨天,他们之中有一个人积劳而死了。在他墓上,有人题了这样的铭文:"此地安息着一个生前从不曾得到安息的人。他曾经追随过五百三十队送葬行列。他曾经庆贺过两千六百八十名婴儿的诞生。他用永远不同的词句,祝贺友人们所得的年俸总数达到两百六十万法镑。他在城中所走的路,总长九千六百斯大特②;他在乡间走过的路,总长三十六斯大特。他言谈多逸趣,平常准备好三百六十五篇现成的故事。此外,从年轻时候起,他从古书中摘录箴言警句一百十八条,生平逢有机会,即以此显耀。他终于弃世长逝,享年六十。过路人,我不说了,死者生平的作为和见闻,如何对你说得清?"

一七一五年,主马达·阿赫鲁月三日,于巴黎。

---

① 那时权贵豪富之家,往往雇用瑞士人看门;又因这种人文化不高,故登记来宾姓名常常写错。
② 斯大特,古希腊长度,约当600尺。

信八十八　郁斯贝克寄磊迭

（寄威尼斯）

　　自由与平等主宰着巴黎。门第身世,道德品行,甚至汗马功劳,无论何等辉煌,亦不能将一个混在碌碌庸众之间的人挽救出来。身份等级的妒忌,在巴黎是没人知道的。据说巴黎最了不起的人,乃是以最好的马匹驾车出行的人。
　　所谓大贵人,乃是一个能见到王上的人,他可以和大臣们说话,他有显贵的祖先,有债务与年俸。如果他能借此用忙碌的神气,或假装寻欢作乐,来掩饰闲散的生活,他就认为自己是世上最幸福的人。
　　在波斯,所谓权贵,只是因为君主使他们参加政府工作。在此地,有些人因门第身世而显贵,但他们并无信用。君主们有如巧匠,总是用最简单的机器制造物品。
　　法国人奉君恩如奉神明。大臣是大司祭,他用无数牺牲供此神明。在神明四侧的人并不穿白袍,①他们有时供奉牺牲,有时将自身当作牺牲,他们自己和人民一起,尽忠于他们所崇拜的偶像。

　　　　　一七一五年,主马达·阿赫鲁月九日,于巴黎。

----

　　① 古希腊神庙司祭向例穿白袍。

信八十九　郁斯贝克寄伊邦

（寄士麦那）

对于光荣的企求，和生物所同具的保全生命的本能，其间并无区别。能将自己的生命寄托在他人记忆中，生命仿佛就加长了一些。光荣是我们获得的新生命，其可珍可贵，实不下于天赋的生命。

但是，各人对生命的依恋程度不同，所以对于光荣的敏感程度也不一致。追求荣誉这种高贵的热情，固然永远铭刻在人心上，而想象力和教育的影响，使这种热情在一千个人心中有一千种不同的样子。

此种区别存在于人与人之间，而在民族与民族之间，区别更大。

在各国，对于光荣的追求，和人民的自由同增，亦与之同减。光荣绝不是奴役的伴侣，这是可以立为格言的。

日前有一通达情理的人对我说：

"从多方面说，吾人在法国比在波斯自由多了，所以在法国大家更爱光荣。这可喜的幻想可以使一个法国人欣然地并且富于风趣地去做一切。而你们的苏丹如果要命令子民做同样的事，必须将苦刑和报酬不断地放在他们眼前。

"所以在我们法国，君主监管市井细民的荣誉。他为了维护荣誉而设有可敬的法庭。荣誉是民族的神圣财宝,而且是君王不能据为己有的惟一财宝,因为他若据为己有,就不能不和他的利益相抵触。因此,如果一个臣子觉得君主用某种恩惠,或用稍带轻蔑的表示,损坏了他的荣誉,这臣子会立刻离开朝廷、职位和差役,退隐家中。

"法国军队和你们的军队的区别,在于你们的军队是由奴隶组成的,这自然是怯懦的。他们只能用对于刑罚的恐惧来克服对于死亡的恐惧;在他们的心灵上产生一种新的恐怖,而使他们变得愚蠢。不像法国兵那样,以极大的乐趣到枪林弹雨中去,而以比恐惧更高的满足排除恐惧。

"然而,荣誉、名声以及道德的祭坛,仿佛是建立在各共和国以及人们能够口称'祖国'的那些国家中。在罗马、在雅典、在拉塞特蒙①,最显著的功劳只要用荣誉来作为报酬就够了。月桂枝叶,或橡树枝叶做成的一顶'桂冠',一座雕像,一篇赞词,对于打了一次胜仗或占领一座城池的功劳,就是极大的报酬。

"在那些地方,一个人若作了良好的举动,这举动本身对他就是足够的报酬。他看见一个同胞,心中不能不感觉行善施惠的乐趣。他给别人帮忙的次数,可按国内公民的人数计算。任何人都可能给另一个人做有益的事,但是,若能对全社会的幸福有所贡献,这就近乎天神了。

"可是,这种竞赛精神在你们波斯人②心中,岂不应当完全熄灭了吗?因为在你们波斯,职务与禄位仅仅是国君喜怒

---

① 古希腊斯巴达共和国之首都。此处提到的罗马与雅典均指古代。
② 作者借波斯暗射路易十四朝的法国。

无常的特征。名誉与品德,如果没有君主的恩宠作为陪衬,并且和王恩同生同灭,在那里是被视为空想的。一个受公众重视的人,决无把握说他明天不受羞辱:今天他是三军统帅,不久也许国王要他当庖师,而不再让他有获得别的赞词的希望,除非烤了一盘美味的羊腿。"

一七一五年,主马达·阿赫鲁月十五日,于巴黎。

信九十　郁斯贝克寄伊邦

(寄士麦那)

从法国民族对于荣誉的一般热狂中,在个别人士的精神上,又形成了某种我说不清的事物,人们称之为"荣誉观念"①。严格说,这是各种行业的特性,但是对于军人尤为显著,对于他们,那是最高意义上的"荣誉观念"。使你体会到这是什么是十分困难的,因为我们对此恰好毫无概念。

往昔的法国人,尤其是贵族,除了这"荣誉观念"的规章之外,不大遵循其他法律。"荣誉观念"使他们一生举动规范化。而且那些规章十分严厉,人们如果躲避其中最小的规矩,且不说违反规章,就得受比死更残酷的责罚。

在排难解纷时,这些规章只定出一种解决法,就是决斗。决斗将所有的困难一刀两断。可是这种判决法也有不堪的地方,那就是可以不在直接有关的两造之间举行,而以他人代替。

即使有人和另一人并不熟识,他也必须参加纷争,并且付出生命的代价,就像他自己在发怒一般。其人被选为决斗者,

---

① 近于我们所谓的"面子问题"。在法国,这种"荣誉观念"是一种封建社会的特殊产物,在某种程度上,相当于"武士道"一类的风俗。

对此种恭维性的偏爱,永远引以为荣;有人不一定肯出四枚皮斯托尔,为了援救朋友及其全家能免于绞刑,却毫不为难地肯替他去冒一千次生命危险。①

这种解决问题的方式设想得非常恶劣,因为,一个人比另一个人更敏捷,更强有力,不能就说他比别人更有理。

由于这种缘故,历朝君王用严刑重罚禁止决斗,然而无济于事。因为"荣誉"起来反抗,它要永远统治下去,它不承认任何法律。

因此,法国人处于非常苦恼的情况下:因为一个正直的人如果受了侮辱,荣誉的规章迫使他去报仇;而在另一方面,他一报仇,法庭就要用最严酷的刑罚处分他。如果遵照荣誉的规章,结果死在断头台上;如果遵照司法的规定,就将永被社会众人所唾弃。剩下的就只有这令人左右为难的、残酷的选择:或者死亡,或者偷生苟活。

一七一五年,主马达·阿赫鲁月十八日,于巴黎。

---

① 不肯花钱救人之急,却肯为那人去决斗。

信九十一　郁斯贝克寄吕斯当

（寄伊斯巴汗）

此间出现了一个人物，乔装波斯大使。他冒失无礼，欺骗世上最大的国王之中的两位①。他给法国君主带来的礼物之菲薄，要是我们的国君，即使给伊里梅特或格鲁吉亚等小国的国王送礼也拿不出手去。由于他可耻的吝啬，他辱没了我们两大国的尊严。

他在自称为欧洲最有礼貌的人民之前，成为嗤笑的对象。他使西方人说，在我们的万王之王统治下，只有像他那样粗俚的人。

他接受了尊荣的待遇，好像他自己当初要想拒绝这待遇②；但是，似乎法国朝廷虽然不重视这人，却重视波斯的伟大，所以使他很体面地出现在法国人民面前，虽然人民鄙视他。③

你在伊斯巴汗，什么也不要说：保留那个倒霉家伙的脑

----

① 波斯国王与法王路易十四。
② 意即按他的气派、态度与举动，他不配受这样的待遇。
③ 这里的"人民"指法国人民。这封信的内容影射当时法国的一件实事。按圣西蒙《回忆录》所记，一七一五年二月七日，有波斯大使到巴黎。后来发现这大使是法国某大臣为了讨路易十四的欢心，一手伪造的。

袋吧。我不愿意我们的各位大臣,由于他们自己不谨慎,由于他们选择不当,而惩罚此人。

一七一五年,主马达·阿赫鲁月最后一日,于巴黎。

信九十二　郁斯贝克寄磊迭

（寄威尼斯）

在位如此之久的君主,已不在人世了。① 他这一生,不知道使多少人都提起他;到他死的时候,大家却都闭口无言了。他坚定、勇敢直到最后的一刻,仿佛面对命运他才让步。伟大的夏·阿拔斯也是这样逝世的,生前把自己的名字也传遍了全地球。

请勿以为这件大事在此地仅仅引起一些道德上的思考。在这变故中,各人都想到了自己的事务,想到如何对自己有利。嗣君是先王的曾孙,年仅五岁,王叔某公,宣布为当朝摄政。

先王留下遗嘱,限制摄政王的权力。这位干练的王爷,亲临法院②,陈述他的出身所应有的权利,于是议会取消了先王的遗旨。先王虽死,心犹未甘,似乎自以为身死之后,仍能继续统治。

法院就类乎供人践踏的废墟,可是永远令人想起,这是当

---

① 指法王路易十四,死于一七一五年九月一日。
② 在路易十四以前,法国的所谓"法院"兼有议会的性质。当时法院主要由贵族代表组成,可以讨论国家大政,并且对国王的措施提出不同的意见。

时人民信奉的、古代宗教的有名庙宇。法院除了审理讼事,别的几乎不闻不问了,它的权力日益削弱,除非发生出乎意料的风云际会,才能够使它重获力量与生命。这些巨大的团体难逃人间事物的命运:它们在时间面前让了步,因为时间摧毁一切;在风俗败坏的倾向前让了步,因为这倾向削弱一切;在最高权威前让了步,因为这权威打倒一切。

可是摄政王想要取悦于人民,初时似乎尊敬这一公众自由的表征。而且,好像他有意重建庙宇,再塑神像,他愿大家把法院看作帝政的支柱、一切合法权力的基础。

一七一五年,赖哲卜月四日,于巴黎。

信九十三　郁斯贝克寄其兄*，加斯坂修道院的尚通

圣洁的尚通①，我以卑贱之身匍匐在你面前；我把你的足迹，和我自己的眼珠一样珍视。你的圣德如此伟大，好像神圣先知的心寄托在你身上；你的严肃的修行，使上苍感到惊诧；众位天使从光荣的顶巅注视你，并且说："既然他的精神已经和我们同在，并且飞翔在万云烘托的宝座周围，何以他还留在尘世？"

我如何能不尊敬你呢？因为博士们告诉我，教士们即使不忠，也永远具有神圣的性质，因之在真正信徒眼中，他们是可敬的；上帝在世上每个角落选择了纯洁出众的灵魂，将他们与红尘隔离，使他们的苦行和热烈的祷告能阻止随时会落在各叛逆的民族头上的天谴。

关于他们最早的那些尚通，基督徒讲了若干神妙的事迹。那些尚通，成千地隐遁在得巴衣特的丑恶沙漠上，他们曾经拥戴保罗、安东尼、巴高牧为首领。如果传说可信，那么他们的生活和我们最圣洁的伊玛目②的生活同样地充满奇迹。有

---

*　法文原词，兄、弟两解均可，姑译为兄。
①　伊斯兰教修道士。
②　见第35页注③。

时,他们度过十年,不见一个人,但是日夜和魔鬼同居。他们不断地被这种狡黠的精灵滋扰着:在床上遇到魔鬼,在饭桌上遇到魔鬼,绝没有地方可以躲避魔鬼。崇敬的尚通,如果这一切是真实的,应当承认,谁也不曾和比这更恶劣的伴侣一起生活过。

通达事理的基督徒,视上述各故事为十分自然的寓言,可以用来使我们感觉人生的不幸。我们到沙漠上去寻求安静的境界,也是徒然,因为诱惑到处跟随我们。魔鬼的形象代表我们的情欲,它毫不离开我们。这些心的魔障、精神的幻影、错误与谎语的无谓的幽灵,总是出现在我们面前,直到在斋戒和苦行之中,引诱我们,打击我们,也就是深入了我们的元气。

崇敬的尚通,对于我来说,我知道上帝的使者已经锁住了撒旦,并且将它抛入深渊。他净化了大地,地上不再充满撒旦的势力,作为天使与预言者的住处而无愧色。

一七一五年,舍尔邦月九日,于巴黎。

信九十四　郁斯贝克寄磊迭

（寄威尼斯）

我一向听人谈公法无不先仔细寻求社会的来源，我觉得这是很可笑的。如果人们不集合成任何社会，如果他们互相分离、互相逃避，那倒应当问一问是何道理，应当寻求他们分散的缘由。但人们一生下来都是互相结合的。儿子出生在他父亲身边，而且不愿离开父亲：这就是社会和社会的成因。

公法在欧洲比在亚洲更为人所熟知。然而，可以说君主的嗜好、人民的隐忍、作家的恭维，腐蚀了公法的原则。

按今天的状况，这法权是一种科学，它教给国君们可以把正义破坏到什么程度，而不影响他们自己的利益。磊迭，为了硬化他们的良心，企图将不公正的行为列成制度、订出规条、形成原则、作出结论，这是什么居心！

我们各位至高无上的苏丹，拥有无限的权力，这权力除它本身以外，别无规条，比上述的那种技艺，亦并未产生更多的恶果。而上述技艺之目的在于使公理低头，虽然公理是不可屈的。

磊迭，几乎可以说有两种完全不同的公理：一种用以处理私人事务，在民法上占主要地位；另一种处理发生于各国人民之间的争执，这种公理在公法上强梁霸道，仿佛公法本身就不算是一种民法,当然不是某一国内的民法,而是全世界的民法。

我关于这方面的思想,当另函详述之。

一七一六年,助勒·希哲月一日,于巴黎。

信九十五　郁斯贝克寄磊迭

法官应当审理公民与公民间的案件，各国人民则应自己审理自己与别国人民间的案件。依法处理各国人民间的案件，不能不与处理一国公民间案件用同样的方针。

各国人民之间很少需要第三者担任仲裁，因为争执的案由几乎总是明白易决的。两个民族的利益通常是各不相干的，所以只要爱好正义，就可找到公平合理的解决。他们不大可能为自己的诉讼立场先作有利的打算。

发生于个人间的纠纷就不如此。由于大家生活在一起，大家的利益非常错综、混杂，并且纠纷的种类亦非常多，所以需要有第三者，将涉讼两造，为贪婪自私而故意颠倒黑白之处，加以澄清。

只有两类战争是正义的战争：一类是为了抗拒敌人的侵袭而进行的战争；另一类是为了援救被侵袭的同盟者。

君主由于个人的争吵而进行的战争毫无正义可言，除非案情严重，当事的君主或人民合当处死。因此，君主不能因为别人拒绝了他所应得的某项礼遇，因为别人以不适当的方式对待他的使臣，或因为诸如此类的事，而进行战争；个人也不能因为别人不让他坐首席而将人杀死。理由是这样：由于宣战必须是合乎公道正义的行动，因此刑罚必须与过失相称，必须考虑宣战的对方是否该当处死;因为对谁作战,就是想用死刑惩罚他。

在公法中,最严厉的正义行动就是战争,因为战争可能得到摧毁整个社会的效果。

采取报复手段是次一等的正义行动。这条法律,法庭未能阻止人们采用,那就是以罪恶的程度来衡量刑罚。

第三种正义行动,就是褫夺某君主能从我方获得的优厚条件,当然仍须惩罚与被罚者的妄行相称适。

第四种正义行动应当是最常见的,就是和那令人不满的人民废除盟约。这种惩罚相当于法庭宣判驱逐出境,使罪人与社会隔离。因此,我们向一个君主宣告废除盟约,就是把他和我们的社会隔离起来,他不再是组成我们社会的一员。

对于一个君主,再没有比对他废除盟约更大的侮辱,再没有比与他订立盟约更大的荣耀。在人与人之间,再没有比别人永远关心自己的存在问题更为光荣,甚至更为有益。

但是,要使盟约能约束我们,必须是正义的盟约。因此两民族间为了压迫第三民族而缔结的盟约是非法的盟约,破坏这样的盟约不算罪行。

对于一个君主说,与暴君结盟是丧失光荣与尊严的。据说埃及某君主,对于沙摩斯①国王的暴行与虐政加以警告,并且促他纠正。因为对方不改,埃及的君主派人去通知他,表示与他断绝友谊,废除盟约。

征服这行动,本身并不给予征服者任何权利;如果被征服的人民仍存在,征服者应当保证和平,并补救征服所造成的错

---

① 沙摩斯,希腊小岛。

误;如果被征服的人民已经消灭或失散,征服乃是暴政的纪念碑。

和平条约对于人类是如此神圣,就像是大自然的呼声,大自然在争取它的权利。如果和平的条件使两国人民能够生存,这样的和平条约都是合法的。否则,订约的两个社会之中,那个走上绝路的社会,既然被剥夺了通过和平的自然保障,难免诉诸战争。

因为,大自然既然在人间造成不同程度的强弱,也常用破釜沉舟的斗争使弱者不亚于强者。

亲爱的磊迭,这就是我所谓的公法。这就是人类的法权,或不如说是理智的法权。

一七一六年,助勒·希哲月四日,于巴黎。

信九十六　阉奴总管寄郁斯贝克

(寄巴黎)

许多黄种妇女,从维沙浦王国来到此地。我替你哥哥马尚特兰总督买了一个女子。你哥哥曾于一个月以前,派人送来了至上的命令和一百刀曼。

我善于识别妇女,尤其因为妇女不使我吃惊,又因我的内心活动不致令我眼花缭乱。

我从未见过这样端正完美的女人:她晶亮的眼睛使面部充满生命,使颜色更为鲜艳,使西加西亚的粉黛为之失色。

伊斯巴汗某商人的阉奴总管和我争购那女人,可是她用不屑的神气躲避那阉奴的目光,同时仿佛在找寻我的视线,好像她要对我说,卑下的买卖人配不上她,她是注定给更煊赫的丈夫的。

我对你实说,一想到这美人的风韵,我心中不免暗喜。我仿佛看见她进入你兄长的后房,我欣然预期到后房全体妇人的惊讶:有些妇人将痛苦难当;有些将默默苦恼,但是更为悲酸;不再希望什么的妇人,借此感到狡黠的快慰;有的还在希望,因而会激动自己的野心。

我将使整个后房像一个王国似的,彻头彻尾改变面貌。我将刺激多少情欲!我将造成多少恐惧与痛苦!

可是,内心虽然纷扰,外表势必平静如常:巨大的革命将隐伏在寸心深处;悲伤将被隐忍,欢乐也不敢放肆;唯唯听命的服从将不至于因此而稍有差池,遵守规矩的要求也不至于因此而得到通融;向来不敢外露的温柔将要从绝望的深渊里出现。

我们注意到,眼前妇女越多,她们给我们的困难越少。讨人欢心,更有必要;互相联结,更不容易;驯顺低头,榜样更多:凡此种种,给妇人们形成枷锁。这些妇人不断留意那些妇人的行径;仿佛她们和我们配合,愈使她们自己不能独立;她们替我们进行了一部分工作,当我们教育她们的时候,使我们睁开眼睛。我还有什么可说呢?她们不停地激动主人,使他迁怒于她们的敌手;她们自己和受罚的妇人其实相差无几,但她们却看不见这一点。

然而,尊荣的老爷,如果主人不在,上述种种就会全部落空。我们的权威永不能完整地表达,用这空洞的幽灵,我们能有什么作为?我们只是非常软弱地代表你的一半:我们只能对她们显示一种丑恶的严厉。你呢,你用希望来调和恐惧,你温存抚慰时比恐吓威胁时的权威更为绝对。

回来吧,尊荣的老爷,回到这里来,将你的威势标记在各处。快来温慰绝望的情欲;快来消除任何渎职的借口;快来平静怨怼的相思,而使义务本身令人喜爱;最后,快来减轻压在你这些忠实的阉奴肩上、日益沉重的担子。

一七一六年,助勒·希哲月八日,于伊斯巴汗内院。

信九十七　郁斯贝克寄甲隆山上的修道士哈善

啊,贤智的托钵僧,你好奇的精神,由于丰富的学识而发着光辉,请你听我陈述:

此间有些哲学家,真正说,并未达到东方贤智的顶巅:他们并不曾一直升腾到光明的宝座,不曾听见响彻在天使仙乐中无法表达的言词,也不曾感觉上天可怕的震怒,但是,在无人理睬和缺乏神圣妙迹的情形下,在寂静中,他们跟随了人类理智前进。

你想不到这位向导①把他们一直领到了何处。他们打开了"混沌乾坤",用一种简单的机械道理解释了神圣建筑的程序。"自然"的创造者以运动给予物质,这就足以产生我们在宇宙中所见的复杂繁多的效果。

普通的立法者,尽管向我们提出整顿人类社会的法律吧。他们的法律,立法者的精神,以及守法的各国人民的精神,同样地变化不定!而上述的哲学家只向我们建议一般的、不变的、永恒的规律。这些规律在无边无际的空间,在整齐有秩序和无穷迅速的情况下被毫无例外地遵守着。

---

① 指人类的理智。

神圣的人,你对此种规律作何感想?你也许设想,一旦成为"永恒"的意旨,你将对于神秘的至高无上感到惊讶。你预先放弃理解,而仅仅准备赞美。

可是你马上就会改变这种想法。这种规律毫不以虚假的可敬外表炫人眼睛。它们的简单性,在很久期间,使人没有很好地认识它们,只是经过了多方的思考,人们才发现这些规律的内容丰富和范围广阔。

第一条规律是:除非遇到需要绕行的阻碍,任何物体皆倾向于直线进行①;至于第二条规律,只是第一条的继续,那就是:任何围绕着一个中心点旋转的物体,皆表现离心的倾向,因为,物体离心愈远,它划出的线条愈接近直线。

至上的托钵僧,上述各点就是自然界的钥匙、丰富的原则,人们可以从中得出无穷无尽的推论。

认识了五六个真理,使他们的哲学充满奇迹,使他们完成了无数神奇事迹,几乎和我们的神圣先知们对我们叙述的一样多。

因为,说到最后,我深信我们的任何一个博士,如果要求他将地球周围的空气放在天平上称一称分量,或将每年降落在地面上的雨水量一下,将不知所措。没有一个博士不需要先思索再三,方能说出声音的时速几何,太阳光线投射到地球上来需时若干,从此地到土星上有多少距离,作为尽可能好的帆船,船身应当采取何种弧形。

也许,如果有某一位神圣的人用至高无上的言语,装点了上述哲学家的书籍,如果他在书中夹入一些大胆的形象与神

---

① 原文直译,应作"划直线"。

秘的寓言,可能他能造成一部仅次于《古兰经》的美好著作。

但是,如果必须把我的思想告诉你,形象化的文笔并不使我感觉合适。在我们的经典里有很多细小事物,我看来也不过如此,虽然它们被生动有力的表现法所提高。首先,受灵机感召的典籍,似乎都是天神的思想,写成人间的语言。相反地,在我们的经籍中,我们常常发现上帝的语言与人间的思想,仿佛由于某种可赞美的放肆,上帝在那经典中将言词授给人间,而人却提供了思想。

你也许说我对于我们最神圣的事物发言过于自由。你也许以为,这是因为在此地人们生活在独立不羁的精神中,以致有此结果。不,叨天之幸,智慧并未腐蚀心灵,而且,只要我一息尚存,阿里永远是我的先知。

一七一六年,舍尔邦月望日,于巴黎。

信九十八 郁斯贝克寄伊邦

（寄士麦那）

世上任何地方，好运不常的程度没有比此间更厉害的了。此地每隔十年就要发生革命，于是富有者陷于贫困，贫困者飞黄腾达，达到富有的最高峰。这个人对于自己的贫困觉得奇怪，那个人对于自己的富有深为惊讶。新富人颂赞天意神明，新穷人佩服命运盲目。

包征赋税的人①在财富的海洋中畅游，他们中间很少有当大尔②。可是在开始干这一行的时候，他们贫穷无比。在贫穷时，他们受人蔑视，如同粪土；一朝殷富，他们很受重视。因此他们想尽办法，博取众人的器重。

目下他们处于可怕的境地。新近成立了一种公廨，名为"司法厅"，包税人全部财产将被攫取。他们不能转移财物，亦不能隐匿，因他们不得不如实呈报，否则生命难保。这样，人们使征税人穿过极窄狭的关口：我的意思是从他们的生命和他们的钱财之间挤过去。再巧没有：有某大臣，素以风趣见

---

① 见第106页注①。
② 西方神话中的当大尔，触犯天神，永受苦刑，饥渴欲狂，而不得饮食：面临清流，开口欲饮，河水即逝；果实满枝，垂及头顶，伸手去摘，枝即上举。此处意谓财务中人，未有不染指者。

称,他用打趣的话"尊敬"这些征税人,并在某部各种讨论会上出语戏谑。逗人民笑乐的大臣不是每天能遇到的,所以对于上述大臣的作为应当感谢。

侍役之职,在法国比在别处更受人尊敬。这是当大人先生的预备学校,它填补其他职业的空额。此道中人,接替大人先生中之不幸者①,例如破产的官员,死于战乱的贵族。如果侍役自身不能接替,他们利用自己的女儿接替所有的名门大家,这些女儿似乎是一种肥料,能使贫瘠的山地变成肥沃。

伊邦,我发现就其分配财富的方式而论,天意实在值得赞美:倘若天意只把财富分给善良的人,那么财富和德行之间,人们就难作足够的区别。可是,细察最富于资财的人,竟是何等之辈!由于非常鄙视富人,结果我们也鄙视财富。

一七一七年,穆哈兰月二十六日,于巴黎。

---

① 侍役并不一定接替大人先生之名位,但往往因主人破产而致富。

信九十九　黎伽寄磊迭

（寄威尼斯）

法国人弩趋时髦,我觉得令人惊异。今夏曾经穿过何种衣装,他们已经忘记；今冬将穿何种服饰,更为茫然。但是,最使人难以相信的,首先是一个丈夫为了妻子赶时髦,要花这么多的钱。

我想给你正确地描述她们的衣裳服饰,但是这有什么用呢？新的时样一出,我的作品即被毁弃,正如裁缝的作品一样。并且,不等你收到此信,一切可能已经变样。

一个妇人离开巴黎到乡间去住半年,回来时,古色古香的程度不下于在乡间蹉跎了三十年。儿子不认识母亲的画像,因为画中衣裳对于他是那样陌生,他猜想画中人也许是个美国女子,也许是画师幻想的表现。

有时,发髻不知不觉地向上升,接着一场革命使它们突然下降。曾经有一个时期,发髻高耸入云,致令女人的面孔落在全身的中部。在另一时期,女人的双足占了全身的中段,因为鞋跟之高类似雕像的座台,使双足悬在半空。有谁能相信？按照妇女装束变化的要求,建筑师不得不时常将门改高、改低或改宽；建筑技术的法则,要受这种变化无常的癖好支配。有时,可以看见在一张面孔上为数奇多的"蝇子"①,次日即全部消失。早先,妇女们束腰带花边,今天这都不在话下。在这变化多端的国家,不管开恶玩笑的人说什么,女儿们的长相和母亲们已不一样。

生活习惯方式也和时装一样:法国人按照国王的年龄,变换风俗习惯。君主甚至可能使全国变得庄重和严肃,如果他在这方面下功夫。王上将他精神的特性直接影响朝廷,朝廷影响都城,都城影响外省。国君的心灵是模子,全国人心按照它形成。

一七一七年,赛法尔月八日,于巴黎。

---

① 黑绢剪成的小块,古代法国妇人贴在脸上,以增姿色。

信一〇〇　黎伽寄磊迭

日前我和你谈起,法国人时装变化无常,实在不可思议。可是他们在这方面的固执程度,亦不堪设想。他们把一切都和这方面联系,用这作准尺,来衡量在外国产生的一切事物:外国的东西,他们看来总是可笑的。不瞒你说,他们一方面拼命固执自己的风俗习惯,另一方面每天变化无常,我不知道这两方面如何能结合在一起。

我说他们藐视一切外国东西,仅指无关紧要的小事。因为在重要事物上,他们似乎不信任自己,一直到妄自菲薄的程度。只要你同意他们的衣服比别国人民穿得合式,他们就欣然承认别国人民比他们贤智。只要法国理发师以立法者的姿态,决定别国应戴何种形状的假发①,他们就甘心服从某敌对国家的法律。在他们眼中,最美的事无过于看见他们厨师烹调的口味居于全国的主宰地位,或他们的女理发师的发型出现在全欧女子的发髻上。

既然他们有这些高贵的优点,那么正常的情理来自他方,国政和民事的治理取法于邻邦,这些对于他们又有什么要紧呢?

---

① 见第 97 页注①。

谁想得到,这个欧洲最古最强的王国,十个多世纪以来,居然被不是它自己制订的法律治理着?如果法国人曾经被征服,那倒不难了解,但是法国人却是征服者。

他们放弃了古旧的法律,那是他们历史最早的几个国王在全民大会上制订的。而且,令人感到稀奇的是,他们采用罗马法代替自己的古法律,可是部分地制订、编写这罗马法的皇帝们,正和他们自己的古老立法者们是同时代的人。

并且为了完全采用外来事物,为了使他们的正常情理也来自他处,他们采取了教皇们的所有宪章,作为他们自己法权的新规章:这是一种新的屈辱。

近时有人确实用文字写定某些城市、某些省份的约章,但这些约章都不出罗马法的基础。

此种被采用的外来法律,几乎可以说入了法国籍的法律,为数如此之多,因而司法与法官们同样被压得筋疲力尽。但是,如果和诠注家、讲解家与编纂家等所形成的庞大可怕的队伍相比较,这些法律典籍简直不算什么。那些人,由于他们思想缺少准确性,是软弱的;由于人数奇多,却又是很强的。

还不止这些。这些外国法律导入种种手续,手续过分繁缛,实在是人类理智之耻辱。这种形式侵入法学,是否比在医学内部更为有害,这是很难断言的;也很难说这形式在法官的长袍之下,是否比在医生宽边帽底下,造成了更大的损害;是否在法律方面造成倾家荡产的人数,比在医学方面害死的人更多。

一七一七年,赛法尔月十二日,于巴黎。

信一〇一　郁斯贝克寄×××

此地大家一直在谈论《宪章》①。日前我走进某宅,首先看见一个气色红润的胖汉②正在高声说:"我发出了我的'教令'③,我不来回答你们说的一切。但是,请你们读这'教令'吧,你们就会看见,我在其中已经解决了你们所有的疑问。我起稿时累得满身大汗,"他一边说,一边用手摸着额头,"我运用了我的全部学说,而且不得不读了许多拉丁著作。""我很相信你的话,"旁边有一个人说,"这是部优秀的著作,我不相信常来看你的那个耶稣会教士能另外写一部更好的。""请把这文件读一读吧,"那胖汉又说,"读了之后,你们会在一刻钟之内比听我宣讲一整天得到更多的知识。"他就用上述方式避免攀谈,避免显出自满。但是,鉴于别人催促,他不得不离开隐蔽的壕堑,开始说许多从神学观点上看是愚蠢的话,有一个教士支持着他,毕恭毕敬地和他对答蠢话。这时旁边有两个人向他提出某一点原则上的反对意见,他首先说:"这是必

~~~~~~~~~~

① 在路易十四时代,教皇强迫法国政府接受了《宪章》,这是教会干政的表现之一(详见第 55 页注①)。本书作者反映了当时法国人民反对这一《宪章》的情绪。
② 据某些法文原版,这人物大概是个主教。
③ 教会发布给信徒们的文件。

然的,我们是这样判断的,而且我们是万无一失的判断者。"于是我对他说:"你们如何能成为万无一失的判断者呢?"他又说:"您看不见圣灵在照耀着我们吗?""这倒是不胜幸运,"我回答他道,"因为,按您今天说话的样子,我承认您大有被照耀的必要。"

一七一七年,莱比尔·安外鲁月十八日,于巴黎。

信一〇二　郁斯贝克寄伊邦

（寄士麦那）

欧洲最强大的国家当数帝国①，以及法兰西、西班牙和英吉利等王国。意大利以及德意志的一大部分，被分为数不清的小国，这些小国的国君，真正说无非王权的殉道者。他们中有些人治下的子民，还不及我们光荣的苏丹们的后宫妇女多。意大利各小国的国君，彼此不甚团结，尤其可怜的是他们的国家门户敞开，犹如给骆驼队歇脚的旅店，他们在那里不得不来者不拒，一律接待。所以他们必须依附大国君主，向他们表示诚惶诚恐，而不是友谊和好。

欧洲大半政府均为君主专制，或不如说，号称君主专制。因为我不知道，是否曾经有过真正的君主专制政府，至少要求它们支持相当长的期间而保持纯洁是困难的。这是横暴的政制，它势必蜕化为专制暴政，或转变为共和国，因为政治权力不可能在君主与人民之间平均分配，非常难于保持平衡。权力势必在一方面逐渐削弱，同时在另一方面逐渐增加，但是优势通常总在君主方面，因为他率领军队。

所以欧洲各国国王的权力很大，并且可以说，他们要何种

---

① 指神圣日耳曼帝国。

权力,就能办到。可是他们施行权力的范围,不如我们苏丹之广:首先,因为他们不愿意刺激别国人民的风俗习惯与宗教;其次,将权力伸张得这样广,对他们并不利。

使我们的君主接近子民的处境的,无过于他们行使在人民头上的无限权力;最使他们祸福不常、胜败难久的,亦无过于这权力。

谁要是不得他们欢心,他们略一示意,就可以将谁处死。这种风俗推翻了过错与惩罚间的比重。这比重是各政府的灵魂,各帝国的和谐。而各基督教国王小心着意,保持这比重,使他们比我们的苏丹,不知优越多少。

一个波斯人由于失慎或由于倒运,得罪了君主,必死无疑。微不足道的错失,微不足道的放肆,已足令他置身于此绝境。但是,如果图谋刺杀国君,或将国中要塞出卖给敌人,他也不过一死而已。因而他在后一情况下所冒的险,比前一情况并不更为严重。

所以,略一失宠,自分必死,并且一死而外,不能有更劣的遭遇。自然而然,那人一定倾向于扰乱国家,密谋叛主:这是他剩下的惟一出路。

对于欧洲的权贵,情形就不一样,他们若是失宠,至多君王取消对于他们的仁慈与恩惠。他们退出朝廷,一意去享受闲静的生活以及他们身世所给予的特权。除了犯大逆不道罪以外,他们很少被处极刑,因此他们考虑得失,权衡轻重,很怕犯大逆不道之罪。结果人们很少看见叛变,很少见死于非命的君王。

如果我们的君主,不在他们的无限威权之中,如此小心谨慎,顾及生命安全,则他们连一天也难活;如果他们不雇用数不清的军队,借以虐待其余的老百姓,他们的江山连一个月也难保。

法国某王违反当时风俗习惯,设置卫兵,以防亚洲某小国国君派来谋害他的刺客,这不过是四五个世纪以前的事。在那以前,国王们在臣民中间,度平静无事的生活,犹如父亲生活在子女之间。

法国历代国王,远不能自作主张,把一个老百姓逼上死路。相反,他们和我国的苏丹一般,永远将赦罪的恩泽带在身边。一个人只要有幸而看见国王的尊严面目,他就可免于一死。这些君王正像太阳一般,到处带来了热,带来了生命。

一七一七年,莱比尔·阿赫鲁月八日,于巴黎。

信一〇三　郁斯贝克寄伊邦

为继续上次信中的思绪，兹将某洞明事理的欧洲人日前对我所说一切，大致转述如下：

"亚洲各国君主，所能采取的最拙劣的态度就是躲藏在宫中，像他们实际上所作的那样。他们愿意显得更令人起敬，但是他们使人尊敬的是王权，而不是国王，并且将臣民的思想系于某一王座之上，而与国王个人无关。

"这看不见的统治力量，对于人民说，永远是一样的。即使有十个国王，一个接一个先后互相杀死，人民只知道他们的名字，所以对于他们的生死并不感觉任何区别，就像先后统治过人民的只是一些鬼魂。

"如果刺死我们伟大君王亨利四世的那可憎恶的杀人凶犯所刺的是一个印度国君——国玺与不可计数的国帑的掌管者，他很可能从容不迫地窃取了国柄，国帑就好像为他而积累的。至于追究原来的国王、王室和王子王孙的下落，决没有一个人想到。

"在东方①，各国国君的政治几乎从来没有变化，这很令人惊异。如果不是因为这种政府是专制与暴虐的，还有什么

---

① 指近东。

原因呢?

"政治的变化,只能出乎君主或人民之手。然而在东方,君主们不能有此决心,因为,手中有此极度的权力,可能有的一切,他们都有了,如果他们再变更什么,必然于己不利。

"至于臣民之间,倘如有人作出某种决定,亦不能施之于国家,否则他必须突然间与一种可怕并且永远独一无二的权力相折冲。他要这样做,缺乏时间,缺乏条件。但是,他只要直趋权力之泉源,而且他只要举起一条手臂,一刹那就行。①

"凶手登宝座,同时君王下了宝座,倒在地上,死于凶手的脚边。

"在欧洲,一个心怀不满的人所想的是暗中与敌人通消息,投身于敌人的营阵,抢占要塞,或在民间引起无谓的微言怨语。在亚洲,一个心怀不满的人径直到国王跟前,出其不意地行刺,出其不意地颠覆;他甚至消灭了君王的概念:在这一瞬间,是奴隶与主人;在另一瞬间,篡夺者已变为合法。

"倒霉的君王,谁叫他只长一颗脑袋!好像他将全部权力集合在脑袋上,只为了指给第一个来到的野心家,说权力全部在此。"

一七一七年,莱比尔·阿赫鲁月十七日,于巴黎。

---

① 此处指在东方国家(如波斯等),一个庶民要在政治上反对朝廷是极困难的,但是到不得已的时候,刺杀君主反而容易一些。

信一〇四　郁斯贝克寄伊邦

全欧人民服从本国君王的程度各有不同：例如英国人，脾气急躁，不让英王有足够的时间加重他的权威；屈服与顺从，是英国人最不自鸣得意的品德。

在这方面，他们说过异乎寻常的话。按照他们的意见，只有一条纽带可以维系人心，那就是感激。夫、妻、父、子，或互相亲爱，或互相帮助，才彼此结合在一起。感恩知情，动机不一，但所有国家与社会都从这种关系起源。

但是，假如有一个君主，不但毫不使人民生活幸福，反而加以蹂躏和摧残，于是人民服从国君的基础立即丧失；君民之间毫无维系，毫无牵绊，于是人民恢复本来的自由状态。他们认为，任何无限制的权力不可能是合法的，因这权力绝不能有合法的根源。他们说，因为我们不能将我们自己没有的权力给予别人，让别人再拿这权力加在我们头上。我们对于自己也没有无限的权力：例如我们不能结果自己的生命。他们的结论是，在地球上谁也无此权力。

按照他们的说法，大逆不道并非别的，不过是最弱的人在不服从最强的人时所犯的罪，无论他在什么方式之下表示不服从。所以英国人民在反对他们某君主时占了上风，说那君主犯"大逆不道"之罪,因他向人民发起战争。① 他们极有理由这样说,他们的《古兰经》②教训他们服从强权,这条教规是不难遵循的,因为不遵循反正是不可能的;况且并不是勉强他们服从最有德行的人,而是服从最强的人。

英国人说,他们的某君王③战胜了一个想和他争位的亲王,并加以俘虏,责备他不忠不信。那倒霉的亲王说:"咱们两人到底谁是贼,谁是王,只不过是刚刚决定的哩。"

窃国大盗将所有不像他一样压迫祖国的人,均宣布为叛逆,并且认为只要他看不见法官的地方就毫无法律,他使人们尊敬命运与偶然的际遇,有如天上的律令。

一七一七年,莱比尔·阿赫鲁月二十日,于巴黎。

---

① 一六四九年元旦,英国众议院审议英王查理一世时,宣称国王亦可能对人民犯了大逆不道之罪。
② 指《圣经·新约》,其中有这样一句话:"但愿任何人服从较高的权力。"
③ 指英王爱德华四世,他在一四七一年五月俘获争王位者爱德华亲王,亨利六世之子。

信一〇五　磊迭寄郁斯贝克

（寄巴黎）

你某次来信，曾大谈西方的科学与艺术①。你会把我看为野蛮人，可是我不知道，人们从科学与艺术上所得的益处，能否补偿天天将科学与艺术作不良用途的损失。

我听说，仅仅炸弹的发明已令全欧人民丧失自由。国君们不能再将城市交给市民去守卫，他们可能遇到一个炸弹就投降。于是君主有了口实，维持庞大的正规军，后来即以此压迫百姓。

你知道，自从发明了火药，就没有不可攻取的要塞。这就是说，郁斯贝克，地球上从此无处藏身，无处躲避强暴与不义。

我觉得不寒而栗，生怕到了最后，有人发现某种秘密，而能用更简捷的方法置众人于死地，整个地摧毁一切民族和一切国家。

你读过史学家的著作，请多加注意：几乎所有的帝政均建立在对于艺术的茫然无知上，而它们的被摧毁则因过分培植了艺术，波斯古国可以给我们作为手边的例子。

---

① "艺术"一词，在法文中最初是美术与工艺技术的通称，此地即包含上述两义。

我到欧洲时间不久,可是我听某些明达人说起化学①的为害:似乎这是第四大灾,它使人们破产,并且局部然而继续不断地摧毁他们;至于战争、瘟疫与饥荒,大批然而有间隔地摧毁人类。

罗盘针的发明和许多民族的发现,除了给我们带来疾病,并没有带来财富,这对于我们有什么用处呢?在一般的传统之下,金银被定为一切商品的价格,同时是商品价值的保证,理由是这两种都是稀金属,而且不能作别的用途。金银成为普通的东西了,同时为标明某种产品的价值,我们不仅有一种标记,而有两三种标记。这一切,都有什么要紧?无非增加不方便而已。

但是,另一方面,这一发明对于某些被发现的国土是非常有害的。整个整个的民族已被摧毁②,而幸免于死的人们被迫在那样残暴的奴役之下度日,以致叙述起来令伊斯兰教徒听了不寒而栗。

穆罕默德的儿女们质朴无华,这使他们多么幸福!可爱的纯朴,我们神圣先知如此珍视的纯朴,不断令我回想起古代的天真无邪,和我们最早的祖先心中的静穆。

一七一七年,莱麦丹月二日,于威尼斯。

---

① 当时化学(Chimie)与炼丹术(Alchimie)不分,此处主要指炼丹术。
② 指殖民地。

信一〇六　郁斯贝克寄磊迭

（寄威尼斯）

也许你说话没有先思索一番，也许你说的比想的更好。你离乡背井，为了求学，去藐视任何教育。为了培养你自己，你来到这美术发达之邦，而你却视美术为有害之物。磊迭，要不要我对你实说？我比你自己更同意你的看法。

艺术的丧失会引导我们到何种野蛮与不幸的田地，你好好想过吗？空想是不必要的，我们可以睁开眼睛来看。在地球上还有某些民族，连一只略略受过训练的猴儿都可以在其中生活得很体面：它和别的居民程度相差有限，别人毫不会发觉它精神奇特、性格古怪；它和任何人一样，甚至可能因为它和善可亲而显得很出色。

你说各帝国的创基者，对于艺术几乎全都茫然无知。我不否认你这一点，野蛮民族确乎像狂流急湍漫遍天涯，而以凶暴的军队淹没最文明的各国。但是，请注意：这些野蛮民族也学会了艺术，或者命令被征服的人民去从事百艺；否则，他们的权力将如雷霆风暴之声瞬息即逝。

你说，你生怕有人发明一种破坏的方法，比目前应用的方法更残酷。不然。这样万恶的发明一朝出现，它将迅速遭受人权的禁止，由于各国一致同意，这发明将被埋葬。用此种途径从事征服，对君主们丝毫不利。他们寻求的应当是百姓，而不是赤地千里。

你抱怨火药与炸弹的发明，并以没有不可攻取的要塞称奇：这就是说，令你感到奇怪的是今天战争比往昔结束得快。

你在读史籍时，想必已经注意到：自从火药发明以来，战斗的血腥程度比过去差多了，因为现在几乎没有混战了。

倘遇特殊情况，某种艺术发生了损害作用，是否应当就此抛弃那种艺术？磊迭，我们先知从天上带来的宗教，有一天会制服奸诈的基督徒，因此你相信这宗教就是有害的吗？

你认为艺术使民族瘫软，并且因此而成为帝国覆亡的原因吗？你说到古波斯帝国的破灭是生活瘫软的结果。然而，既然多次战胜波斯、控制波斯的希腊人很讲求艺术，比波斯人不知更注重艺术多少倍，你这例子远不能解决什么问题。

有人说艺术使男子变为女样女气，但这至少不是说钻研艺术的人，既然他们决不在闲散中度日。而在一切陋习之中，闲散最足以瘫软人们的勇气。

所以成问题的只是享受艺术的人。但是，由于在文明的国度里，有享受某种艺术的方便的人们，自己不得不钻研另一种艺术，否则必堕入可耻的贫困中，由此观之，闲散、瘫软与艺术不能相提并论。

巴黎也许是世上最重嗜欲的城市，那里人们最考究享乐，然而这也许同时是生活最艰苦的城市。为了一个人生活得十分舒服，必须有一百人为他不停地劳动。一个妇人心里惦念着要穿戴某种服饰、参加某一集会，从那时起，五十名工匠必须忙得连睡眠和饮食的时间都没有。那妇人一声号令，人们立刻服从她，比服从我们的君主更快，因为利益是地球上最大的君主。

这种劳动热情和这种发财的狂热,从这一社会阶层发展到另一阶层,从手艺工匠直到大人先生。谁也不愿意比他刚刚看见、紧接着排在他下面的那个人更穷。在巴黎你看见一个人,财产足够生活到裁判之日①,还在不停地劳动,冒着缩短生命之险,在那里积累他所谓糊口之资。

同一精神发展到了全国:到处只看见劳动与工业②。你大谈特谈、所谓女样女气的人民,究竟在何处呢?

磊迭,我设想在某王国内,人们只许可土地耕作所绝对必需的艺术存在——虽然土地为数甚广。同时排斥一切仅仅为官能享受与幻想服务的艺术。我可以说,这国家将成为世上最贫困的国家之一。

即使居民有足够的勇气,能舍弃许多必需的事物,民生必日渐凋敝,国家也将削弱到这程度,以致任何小邦都可以征服它。

我不难详细铺叙,使你明白在上述情况下,个人的收入将几乎绝对涸竭,因此之故,君主的收入也是一样。公民之间将几乎没有经济关系;由于各行各艺互相隶属而产生的钱财的流转与收入的增进,亦将终止;各人将依靠自己的土地生活,而土地的生息将只够他免为饿莩。可是,有时这并不到国家收入中的二十分之一③,故必须按照比例减少居民人数,使剩下的只有二十分之一。

~~~~~~~~~~

① 《圣经》中所谓"最后的裁判",意即世界之末日。
② 此处所谓"工业",主要指手工业。
③ "二十分之一"是法国古代的财产税。这一段最后三句话有关当时税制,情况不甚清楚。

你必须十分注意工业的收入能有多大。一笔资金每年只能给它的主人产生原数二十分之一的利息。可是,用一个皮斯托尔的颜色,画家画一幅图画可以值五十皮斯托尔。金银首饰匠、毛织工匠、丝织工匠以及各种各类的手工艺匠人,可以说情况都与此相同。

磊迭,上述种种,应当得这样的结论:如果要君主强大,必须使百姓生活在无上的欢乐之中;君主必须设法使百姓得到各种各样的奢侈品,和生活必需品一样地加以注意。

一七一七年,沙瓦鲁月十四日,于巴黎。

信一〇七　黎伽寄伊邦

（寄士麦那）

我见到了年幼的君主①。他的生命,对于他的百姓是非常珍贵的。对于全欧也同样珍贵,他要是死了,可能引起很大的扰乱。然而君王们犹如神仙,而且在他们活着的时候,大家应当相信他们是长生不老的。这位君主面目庄严,可是很可爱。优良的教育似乎与可喜的天性相配合,已经在他身上显出成为伟大君主的预兆。

据说西方君主们的性格,在他们经受情妇与忏悔师②这两大考验之前,是极难捉摸的。人们不久就可看见,情妇与忏悔师将努力掌握君主的精神,而君主将为此进行巨大的战斗。因为,在一位年轻君主手下,上述两种力量永远是敌对的;但是在年老君主手下,两者互相调和,互相结合。在年轻君主手下,教士的角色是非常难当的,因为君主身强力壮,造成他的弱点;但是情妇能同时战胜君主的精力与弱点。

我一到法国,就发现先王处于妇女们的绝对统治之下,可

---

① 路易十五,当时只有七岁。他如死亡,可能引起欧洲其他国王争夺法国王位的战争。
② 专替信徒们忏悔的神甫,和所谓"良心导师"差不多。

是，按他那时的年纪，我想他是人间需要女人最少的一位君主①。有一天，我听见某妇人说："必须给这年轻上校帮点忙，他的勇敢是我所深知的，我将和大臣提起他。"另一妇人说："这青年神甫被人遗忘了，真使人惊异，必须让他当主教：他系出名门，而且他的品行我可以负责。"但是你不应当设想，发表这种言论的妇女都是君主的情妇。她们也许生平没有和君主说过两次话，虽然在欧洲和君主说话是非常容易的，因为不管有何职守，不论身在朝廷、巴黎或外省，没有一个官员不和一个妇女串通，经过妇女的手，有时他获得种种恩惠，有时借以掩饰他所做的不忠不义之事。这些妇女彼此互相交结，形成一种共和国，而其成员永远活跃，彼此援助，彼此服务：犹如在一国之内成立了一个新的国家；假如有人，不论在朝廷、巴黎或外省，眼看大臣们、官员们、主教们纷纷活动，如果他不认识统治他们的那些妇女，就像有人明明看见机器转动，却丝毫不知发条是什么样子的。②

伊邦，你以为一个妇人甘心做大臣的情妇，就为了和他睡觉？这是什么主意！那是为了每天早晨，向大臣提出五六份小小的请求书，而她们天性的仁慈，表示在殷勤忙碌地为无数不幸的人行方便，那些人使她们获得每年十万镑的收入。

在波斯，王国由两三个妇人统治着，人们对此牢骚不平。

---

① 指路易十四，那时已七十九岁。
② 作者想象中的机器，显然主要指钟表之类，那时蒸汽机尚未发明。

但在法国,更其不堪,这里一般妇女,都在统治,不但将全部权威一把抓住,而且甚至在她们之间,把权力分得支离破碎。

一七一七年,沙瓦鲁月最后一日,于巴黎。

信一〇八　郁斯贝克寄×××

此间有一种书籍是我们在波斯从未见过的,而在此地似乎极为时髦:那就是"日报"①。读这种报,令人懒惰的习性得到快慰,因为可以在一刻钟之内欣然涉猎三十卷书。

在一般书籍中,作者尚未说照例客气话,读者已经不堪忍受;等到进入本题,读者已经厌倦得半死,而所谓本题,是淹没在词藻的汪洋大海之中的。这一个作者要用一部十二开本的著作永垂不朽;那一个作者愿用四开本;又有一个具有最优秀的禀赋,以对开本为目标。因而他必须将题目竭力铺张,以适合篇幅的比重。这事他必定狠心地去完成,毫不考虑可怜的读者的困难,读者拼命去缩减作者费尽力气铺张的一切。

×××,我不知道写这种著作有什么功效。除非我愿使我的健康和书贾一齐破产,我才这样做。

报纸记者最大的过错在于只谈新书,仿佛真理永远只能是新的。我觉得一个人没有读遍旧书以前,毫无理由偏爱新书。

但是,记者们自定规矩,只谈现出炉的、还热气腾腾的作

---

① 当时的日报和今日的报纸大不相同,此处所谓日报,其实只是读书杂志或新书介绍之类的刊物。

品,同时也就另定了一条规矩:他们是非常惹人讨厌的人。他们给某些书籍做摘要,但是,无论有何理由,他们总不肯批评。而且在事实上,谁这样大胆,甘愿每月招惹十个乃至十二个敌人?

　　大部分作家很像诗人,可以忍受一顿杖责而不呼冤。但是,他们虽然不顾惜他们的肩头,却非常顾惜他们的作品,略加批评,他们即不能忍受。所以必须小心提防,不要打击他们这样敏感的地方,这是记者们非常明白的。所以他们的作为完全与此相反。他们一开始先夸奖题材,这是淡而乏味的第一点。由此,他们进而夸奖作者,很勉强地恭维,因为他们的对手都是活人,随时可以出来声辩,可以用雷霆万钧之笔,轰击大胆妄为的记者。

　　　　　一七一八年,助勒·盖尔德月五日,于巴黎。

信一〇九 黎伽寄×××

巴黎大学是法国王室的长女,而且辈分确乎很大:她已活了九百多岁①,因而她有时候会做梦。

有人告诉我,若干日子以前,巴黎大学曾经和几个博士起了极大的纠纷②,为了 Q 这个字母,巴黎大学要大家把这字母读作 K。争吵这样激烈,有些人竟因此被褫夺了财产。终于还得法院出来解决纠纷,并以庄严法令,准许法国国王的全体百姓,按各人乐意的方式读这个字母。眼看欧洲两个最可敬的团体忙于决定一个字母的命运,真是动人。

亲爱的×××,仿佛最伟大的人物的脑袋,聚集在一起就会萎缩;而且,贤人愈多之处,贤智反而愈少。大团体总是非常重视细小的事物、空洞的习俗,以致主要事情反而放在后面。我听说曾有亚拉冈某国王③召集了亚拉冈和加达鲁尼亚两地的议员开会,起先几次会议专用来决定大会采用何种方

---

① 据传说巴黎大学是查理大帝创立的,到作者时大约九百年。但据可靠材料,最古的文件证明巴黎大学创立于一二〇〇年(菲力普-奥古斯特朝)。
② 他所说的是拉莫之争论。——作者注
 拉莫曾于一五五九年发表《语法教程》一书,引起争论。
③ 事情发生在一六一〇年。——作者注
 亚拉冈和加达鲁尼亚均为西班牙地名。

言进行讨论。争执非常激烈,如果没有人想出一个应急的办法,会议早就决裂了一千次。那办法是:提问题用加达鲁尼亚方言,回答则用亚拉冈方言。

一七一八年,助勒·希哲月二十五日,于巴黎。

信一一〇 黎伽寄×××

　　充当漂亮女子这个角色，比一般所想象的要严肃得多：早晨起来梳妆，前后左右围绕着仆役，世上严重的事实无过于此。三军统帅布置右翼或后备队，所用的注意力不比漂亮女子贴"苍蝇"①的注意力大，"苍蝇"可能贴不对地方，但是她希望或预见"苍蝇"的成功。

　　为了不断地调解两个情敌的利害冲突，为了显出在两人之间并不偏袒，同时却又分别和这一个以及那一个交往，给他们两人许多值得抱怨的理由，同时还要从中调解，这一切使漂亮的女子精神上多么为难，同时需要多么大的注意力！

　　接连举行游乐和集会，不断地重新举行，并且预防可能发生扫兴的意外事件，这是艰巨的工作！

　　此外，最大的困难并不在如何消遣，而在装出兴高采烈的样子。你不妨尽量使她们厌倦，只要别人看不出她们的厌倦，以为她们在享乐，她们一定原谅你。

　　前几天，我参加了几个妇女组织的一次野外晚餐。路上，她们已经不停地说："至少得让我们玩个痛快。"

　　我们发现大家配合得颇不恰当，因而显得相当严肃。有

---

① 见第 235 页注①。

一个妇人说:"必须承认,我们玩得很高兴,今天在巴黎,没有一个集会比我们更愉快的了。"由于我逐渐厌倦,一个妇人摇我一下,对我说:"喂!我们不是兴致很好吗?""对……"我一边打呵欠,一边回答她说,"我想我笑得太多,快笑死了。"可是,无论怎么说,愁闷还是占上风。至于我,我感觉一个接一个的呵欠把我引导到昏昏沉沉的睡眠中,结束了我所有的乐趣。

一七一八年,穆哈兰月十一日,于巴黎。

信一一一　郁斯贝克寄×××

先王在位那样长久,到末了,就使人忘记了开始时的情况。今天风气所趋,大家专关心先王未成年时发生的事件,大家争读的只是有关那一时期的回忆录①。

下面是巴黎某将军在军事法庭上发表的一篇演说,我承认没有看懂:

> 先生们,虽然我们的部队被击退,而且遭受损失,我相信,我们要补救这次失败,并不是难事。我有六节歌词准备发表,我保证这就可以重新稳定大局。我选择几个非常清晰的歌喉,歌声出自某些强壮的胸膛,必将很奇妙地感动人民。这些歌词所用的曲调,直到现在还起着特殊的效果。

> 如果这还不够,我们将发表一张版画,上面大家可以看见马扎然②受缢刑的情况。

---

① 指红衣主教莱茨(1614—1679)的《回忆录》,发表于一七一七年。按路易十四在位历七十二年之久,所以他一死,大家几乎已记不清他一生事迹,尤其是在位初期的事迹。此信反映了路易十四死后,法国一时流行追溯往事的空气。信中回溯了"投石党"人反对马扎然首相的旧事。

② 朱尔·马萨里尼,简称"马扎然"(1602—1661),原籍意大利,一六三九年改入法国籍,本为红衣主教,后继黎塞留为路易十三的首相,路易十四接位,马扎然继续首相职务。他是狡黠的外交家,因为贪婪,为法国人民所痛恨。

也是我们运气,他法语说得不好。他说法语结巴到这程度,不可能不使他的事务每况愈下。我们不会不使人民特别注意他发音的可笑声调。前数日,我们指出他犯了一个如此粗笨的语法错误,以至街头巷尾引为笑谈。

我希望不到八天,人民会拿马扎然这名字,作为一切载重与挽车的牲口之总称。

自从我们失败以来,我们的音乐在"原罪"①上很激烈地触怒了马扎然,所以他为了他的党徒不至于减少一半,已经不得不解雇了所有的侍童。

请你们振奋起来吧。重新鼓起勇气来,而且你们可以相信,我们一定在嘘声中把他赶回山岭那边去。②

一七一八年,舍尔邦月四日,于巴黎。

～～～～～～
① 宗教用语,指亚当与夏娃受到蛇的诱惑,违背上帝的禁令,偷吃了伊甸园里的智慧果,构成原始的罪过。
② 意即在喝倒彩声中,把马扎然赶回意大利去。意大利与法国中间隔着阿尔卑斯山脉。

信一一二 磊迭寄郁斯贝克

（寄巴黎）

我在欧洲居留期间，博览古今历史学家的著作，比较上下古今所有的时代，看它们在我面前川流而过，感到一种乐趣。而我的思想尤其注重于那些巨大的变革，它们使这些时代与那些时代之间，形成这样大的差异，使地球和它的本来面目很不相似。

你也许没有注意到一件事，这件事天天使我吃惊。何以世界上的人口和往昔相比，现在剩下的这样少？何以"自然"丧失了太初时代出奇的丰产？难道"自然"已经衰老，委靡不振了吗？

我在意大利逗留已经一年有余，当地所见，无非过去很出名的意大利，而今天仅仅是一些残迹。尽管大家都居住在城市，而城市却满目荒凉，人烟稀少。似乎城市之存在，无非为了标志出历史上素负盛名的古代强大城市的遗址。

有人认为，仅仅罗马一城，过去居民众多，远胜于今日欧洲一个巨大王国的人口。曾有某一罗马公民拥有一万甚至两万奴隶，在乡间别业从事劳役的奴隶还不算在内。由于罗马有公民四五十万，所以人口之众，决不能由我们的想象力来确定一个数目。

古时西西里岛上有强大的王国与众多的人民,后来就消失了。现在这岛,除了火山之外,没有什么可观的东西。

希腊是如此荒凉,目前人口不及往日百分之一。

西班牙往昔挤满了人,今天只看见无人烟的荒野。

至于法国,和恺撒常提的古代高卢比较,简直不成东西。

北欧各国也很空虚。像往昔一样,人民不得不分出一部分移到外地去,和蜜蜂相似,整帮整国,去寻找新的托身之地,如今已远不至于如此。

波兰以及土耳其的欧洲部分,几乎没有人民了。

在美洲,过去形成那些大帝国的人,而今剩下不到五十分之一。

亚洲情况也好不了多少。小亚细亚从前拥有许多君主国家,以及为数奇多的大城市,如今只剩下两三个。属于土耳其的大亚细亚,人民也不比别处多。至于波斯各位君主治下的亚洲地面,试和往昔繁荣的情况相比就可以看出,今日剩余的不过当年克什斯与达里乌斯各朝无数居民之一小部分而已。

至于上述各大国周围的那些小邦:例如伊里梅特、西加西亚、古里哀尔等工国,真正是荒凉不堪。那些君主,在他们广阔的国土上,勉强只有五万百姓。

埃及缺乏人口,不下于其他各国。

总之,纵览全球,我所见到的无非残余和破碎的局面:我仿佛看见地球正从瘟疫与饥荒的大破坏中出来。

非洲向来是大家生疏的,故不能和世界上其他部分一样,说得很准确。但如果只注意历来大家熟悉的地中海沿岸,就可以看出,今日的非洲已远不如迦太基人和罗马人治下的非洲。今日非洲的君主这样弱小,以致他们的国家成了世界上的小邦。

对于这类事物作了尽可能准确的计算以后,我发现地球上勉强剩下古代人口的十分之一。令人震惊的是,地球上人口日渐减少,长此以往,十个世纪以后,全球势必只剩下一片沙漠而已。

亲爱的郁斯贝克,上述种种,实在是世上前所未有的最可怕的灾祸。但是人们几乎没有察觉,因为这灾难的来到是不知不觉的,并且经过了无数世纪之久。这标志着一种内在的恶症,一种隐秘的毒素,一种损害人类本质的衰弱病。

一七一八年,赖哲卜月十日,于威尼斯。

信一一三 郁斯贝克寄磊迭

（寄威尼斯）

亲爱的磊迭，世界绝不是万古长存的，就连天体本身，亦非永远不坏。天体变化，天文学家是目睹的证人；而这些变化，是宇宙中物质运动之极自然的结果。

地球和其他行星一样，受运动规律支配，它在自身内部忍受着各种元素的经常不息的搏斗：海洋与大陆仿佛处于永恒的战争中，每时每刻都有新的组合产生。

人类托身于如此变化多端的寓所，自身情况亦难预测：千百万种原因，可能发生作用，可能摧毁人类，何况增加或减少人类的数目。

姑且不谈史籍中曾经摧毁整个城市、整个王国的那些非常普通的个别灾祸；还有普遍性的灾祸，曾多少次使人类濒于灭绝。

历史上充满种种世界性的疫疠，它们曾经轮流地毁伤世界。历史书籍上谈到其中之一①，它猛烈到烧焦了树根，并且蔓延整个我们所知道的世界，直到震旦帝国②；如果腐蚀的程

---

① 据说是指一三四八年的瘟疫，亦名"黑死病"。
② 中世纪欧洲史籍中，往往称中国为"震旦"。

度更增一等,可能在一天之内毁灭全人类。

距今不到两世纪,疾病中最可耻的一种①,蔓延欧洲、亚洲与非洲。它在很短的时间内,产生惊人的后果。如果当时继续这样猖狂发展,人类早就灭绝了。一生下来,他们就被疾病压得喘不过气来,不能负起社会责任的重担,他们可能早就悲惨地灭亡了。

倘如毒素更猛烈一些,可能已经造成什么结果?而且,假如不是运气相当好,发现了一种这样强烈的药剂②,毒素发展一定会更凶猛。否则此病不但破坏生殖机能的某些部分,甚至破坏整个生殖本身。

但是,为什么要谈人类可能遭遇的毁灭呢?这毁灭不已经发生过了吗?在事实上,洪水不已经将人类缩减为仅仅一个家庭了吗?③

有些哲学家将创造分别为两种:物的创造与人的创造。他们不能理解,物质与物件之创造只有六千年历史;他们也不明白,何以上帝等待了这么悠久的时间,没有动手工作,直等到昨日,方始利用了他的创造力。也许上帝在以前没有能这样做,或不愿意这样做?然而,如果他在这一时期不能,在另一时期也一定不能。那么也就是他不愿意这样做。可是,由于在上帝本身是毫无接替性的,假设他某一次愿意某些事物,那么他一定一直愿意,而且一开始就愿意。④

---

① 据说是指梅毒。
② 据说是指水银(即汞)。
③ 见《旧约·创世记》挪亚及其方舟的故事。
④ 此段主要对《创世记》表示疑问,而认为人类始祖亚当是古代某一次大天灾的孑遗。

同时，所有的历史学家都对我们说起人类的始祖。他们给我们看初生时期的人类。这些哲学家认为，亚当是从一场普遍的灾祸中被拯救出来的，正如挪亚是从洪水里被救出来的一样；并且认为自从创造世界以来，地球上这种巨大事件是很多的。

但并非所有的破坏都是很猛烈的，我们看见地球上某些部分厌倦于供给人类生存的条件。我们如何知道，整个地球没有一般性、缓慢、感觉不到、倦乏的原因？

在针对你来信提出的、关于一千七八百年以来人类减少的问题加以答复以前，我很高兴，能给你上述的一般观念。下次信中，我将使你见到，一些与物理原因不相关的道德的原因，产生了减少人类的结果。

一七一八年，舍尔邦月八日，于巴黎。

信一一四　郁斯贝克寄磊迭

你寻求地球上居民比往昔稀少的原因,假如你多加注意,你将看见,巨大的差别是从风俗的差异中来的。

自从基督教和伊斯兰教瓜分了罗马的天下,事情发生了许多变化:要这两种宗教,也像那些世界之主①的宗教一样,有利于人类的繁殖,还差得很远。

在罗马人的宗教中,多妻制是禁止的。在这一点上,这宗教比伊斯兰教好些。离婚是允许的,这就使那宗教比基督教也优越得多。

我发现,没有比古代经典中允许多妻,同时又命令丈夫满足妻子,更为矛盾的了。先知说:"去找你的众妇人,因为你对于她们是必要的,和她们的衣服一样,而她们对于你是必要的,也和你的衣服一样。"这一教条使一个虔诚的教徒生活十分辛苦。一个人有法律所规定的四个妻,或仅有四个妾,或仅有婢女四名,岂不被这么多的"衣服"累得直不起腰来了?

先知又说:"你的众妇人就是你的耕地。接近你的耕地吧,给你的众灵魂行善,你将有一天获得善果。"

我把这样一个善良的教徒看作运动家,他必须不断作战。

---

① 指罗马人。

但是他不久就开始感到疲累的重压,衰弱下去,就在胜利的战场上委顿不堪,可以说被他自己的多次胜利活埋了起来。

"自然"的作用总是很缓慢的,并且可以说是很节约的。"自然"的动作从不是暴烈的,甚至在生产方面,"自然"要求节制。它总是按照规矩和分寸行事,人如强迫"自然",使它加速进行,它不久就会落入衰弱不振的境地。它用全部剩余的力量保全自己,同时完全丧失了它的生产机能和生殖力量。

为数众多的妇人总会置我们于上述的虚弱境地,她们更便于使我们精疲力竭,而不便于令我们满足。在我们之间,非常惯见的是:一个男子宿在妇人奇多的后房,只有寥寥几个孩子。这些孩子本身,十有九个是软弱、不健康的,并且委靡不振,像他们父亲一样。

这还不止:对这种处于强制节欲中的妇女们,还需要有人监视,而这种人只能是阉奴。家教、妒忌,甚至理智,都不能允许别的男子接近那些妇人。而阉奴的人数必须很多,或者为了在那些妇人不断进行的内部战争之中维持安静,或者为了阻挡外来的活动。因此,一个男子有十个妻或妾,用十个阉奴去监视她们,并不算太多。但是,这许多生下来就等于死的人,对于社会是何等损失!这岂不引起很大的人口减退!

在后房内院和阉奴一同伺候众多妇女的那些婢女,几乎总是在那里保持着悲痛的处女纯洁,直到头白。她们在后房服役,不能嫁人,而她们的女主人使唤惯了,大概决不会放她们走。

这说明了一个单独的男子,为他一人的乐趣,如何占用了那样多的男子与女子,使他们对国家说等于已经死亡,对人类繁殖成为无用的废物。

君士坦丁堡和伊斯巴汗是世上两个最大帝国的首都：一切均以这两地为终点，各族人民被千种方式所吸引，从四面八方奔向两城。可是这两个首都，自己日趋凋敝。两国君主，几乎每世纪都要召来整整一个民族，补充首都人口。否则的话，两城不久就会毁灭。在另一封信中，我将要谈完这个题目。

一七一八年，舍尔邦月十三日，于巴黎。

信一一五　郁斯贝克寄磊迭

罗马人的奴隶并不比我们少,甚至比我们多,但是他们利用奴隶比我们得法。

他们远不至于用强迫手段阻止奴隶繁殖,相反,他们用全副权力予以方便:他们尽量用各种婚姻的形式,使奴隶们结合起来。用此方法,他们家宅中充满了男、女、老、幼的仆役,而国家则充满了数不清的人民。

奴隶的儿童在主人周围大批繁殖,年长月久,全成了主人的财富。主人独自负责那些儿童的饮食与教育。① 父亲们身上无此重担,可以顺着"自然"的倾向,胆大放心,繁殖人数众多的大家庭。

我对你说过,在我们波斯,所有奴隶忙于监督妇女,此外无所事事。对于国家,他们好像处于经常的昏迷状态。因而必须将耕种和百艺事务限制在几个有家室的人身上,而他们尽量不认真去做。

在古罗马,情况与此不同:罗马共和国利用被奴役的人民,获取无穷的利益。每个奴隶在主人规定的条件之下,占有

---

① 这种说法是不正确的,因为奴隶的子女虽由奴隶主养育,而其经济来源仍是奴隶的血汗。信中赞扬罗马奴隶制的优越,至少可以说这看法是不全面的,否则罗马史上何以有那么多奴隶大规模起义的事实?

小额的本钱。用这小额本钱，他从事劳动，按照他的事务决定活动方向。这人经营银行，那人从事海外贸易；这个经营商品零售，那个专力于某种机械手艺，或出租田地，使之生利。可是没有一个人不以其全力设法利用他的小额本钱。这本钱在眼前的奴役生活中，使他获得比较舒适的生活，同时使他日后有获得自由的希望。这就形成了勤劳的人民，刺激了手艺和工业的活跃。

这种奴隶，由于自己的努力和自己的劳动，发家致富，获得解放，变为公民。共和国不断地补充自己：老的家庭逐渐消灭，新的家庭逐渐被吸收到共和国怀中。

在以后的信中，我也许有机会给你证明，一国之中，人愈多则商业愈繁荣。我也能同样容易地证明，商业愈繁荣，人数愈增加：二者互相扶助，互为必要的有利条件。

上述情况，当然就使为数奇多、永久辛勤劳动的罗马奴隶，不断地增加人口！工业和富庶产生了奴隶，同时奴隶也使富庶和工业得以产生。

一七一八年，舍尔邦月十六日，于巴黎。

信一一六　郁斯贝克寄磊迭

前几次谈到伊斯兰教各国,并寻求了它们人口少于古罗马治下各邦人口的原因。今试察基督教①各国,何以也产生此种结果。

在异教②中,离婚是允许的,但基督徒却不准离婚。这一变更,初时似乎关系极微,却在不知不觉之中,产生了可怕的后果,以致几乎令人难以置信。

不但婚姻的全部温情因此而被消除,而且婚姻的结果也受到损害。因为,要想束紧婚姻的纽结,结果反而使它松弛了。并且,虽说为了结合双方的感情,但是不但不能使感情结合,反而使它永远分离了。

在如此自由的一种行动中,本来感情应当起很大的作用,而人们却加以拘束、加以必须的要求,甚至不可避免的命运。丝毫不考虑反感、任性和脾气不相投合。人们要想感情固定下来,而感情正是自然界中最变化无常的东西。人们将两个几乎永远不相配合、互相怨恨的人,毫无挽回余地、毫无希望地维系在一起。这种办法,就像古代暴君将活人与死尸捆绑

---

① 凡本书提到基督教,均为旧教(天主教)与新教(基督教)两者之总称。
② 异教本系基督教指古代多神教而言,后世泛称一切基督教以外之人为异教徒。

在一起。

有助于双方互相依恋的事,实无过于离婚的权能:夫妇二人易于耐心忍受家庭中各种痛苦,因为他们知道有权结束这些痛苦,他们往往终生将离婚之权掌握在手中,而不加以运用,就因为他们考虑到能自由运用这种权利。

至于基督徒,情况就不一样。他们眼前的痛苦使未来也毫无希望,因为他们在婚姻的不愉快中,看不见何日了结,可以说看见的只是永恒。从而产生厌憎、纠纷、蔑视,对于后代,这都是损失。结婚刚刚三年,已经疏忽了主要的事,于是三十年的生活都在冷淡中度过。有时形成内部分离和公开的分离一样粗暴,并且也许更为有害。男女双方分开生活,各干各的,而这种种对于子孙后代都有损害。男子厌恶一个永世不变的妇人,不久他就沉湎于花柳丛中。那是一种可耻的勾当,十分有悖于社会利益,这种关系不能达到婚姻的目标,至多只提供婚姻的乐趣。

如此结合的男女双方,倘或有一方不适合于"自然"的安排,不适合于种族的繁殖,或由于气质使然,或由于年龄关系,于是连同埋没了对方,使对方也和自己一样成为废物。

因此,如果看见基督徒之间,这许多婚姻只产生了为数极少的公民,不应当觉得诧异。不许离婚,配合不当的婚姻就不能得到挽救。妇女不像在古罗马一样,先后经过若干丈夫之手,他们在这过程中,充分利用妇女的长处。

我敢说:如果像古代斯巴达共和国那样,其中的公民不断地被奇特与微妙的法律拘束,并且在那里只有一个家庭,就是共和国本身,按照规定,丈夫每年换一个妻子,这样一定会产生多到数不清的人民。

驱使基督徒取消离婚的理由,是颇难令人理解的。在世界各国,婚姻是一种可能有任何协议的契约,应当摒弃的只是可能削弱契约主旨的协议。然而基督徒不从这观点看问题,所以他们很难说明婚姻是什么。他们不以为婚姻的意义在于官能的快感,相反,正如我已经对你说过的,他们仿佛要尽量摒斥这一点。但这是令我丝毫不懂的一种形象,一种意图,一种神秘的东西。

一七一八年,舍尔邦月十九日,于巴黎。

信一一七　郁斯贝克寄磊迭

禁止离婚并不是基督教各国人口减少的惟一原因。在他们之间有大量的"宦官",也是个不小的原因。

我说的是男女教士和修道士,两者都献身于永远的禁欲生活,这在基督徒之间是最高意义的德行。关于这点,我不了解他们,我不知道毫无效果的事物为什么是德行。

我觉得他们的神学博士显然自相矛盾:他们说婚姻是神圣的,而与此相对立的独身更其神圣,且不说按照教条和教则,好的事情必定是绝对的好。

故意实行独身生活的人为数奇多。往昔父亲们将子女从摇篮时代起就断送于独身生活;今天,子女们自己从十四岁起,献身此道。其结果几乎一样。

这禁欲的职业摧残了许多人,即使瘟疫与最惨烈的战争,也从来不至于如此。在修道院中,人们可以看见一个永恒的家庭,这家庭不生育一个人,而它自身的存在则依靠天下众庶。这些庵院永远张大着嘴,和无底洞一般,吞没未来的种族。

这政策和罗马人的政策大不相同。罗马人订立刑法,处分不遵守婚姻法而想享受自由的人,而那种自由十分违反公共利益。

我现在对你谈的只是天主教各国。在新教中,任何人都有权利生男育女,这宗教不容许有任何出家的神甫与修道士。新教建立的时候,将一切回返到基督教的初期状态,如果各创教者不曾不断地被控为过火,毫无疑问,他们使婚姻的实践普遍化了以后,必已进一步放松了婚姻的枷锁,并且完全解除了伊斯兰教徒与基督徒之间在这点上的隔阂。

可是,无论如何,和天主教相较之下,新教给予新教徒一个极大的优点,这是肯定的。

我敢说:按照欧洲目前的情况,天主教不可能在此继续存在五百年。

在西班牙势力衰落以前,天主教徒比新教徒强得多。后者已经渐渐达到某种程度的稳定。新教徒将日趋富有、强大,而天主教徒将日益贫弱。

新教各国,应当而且实际上也是比天主教各国人口更多。由此可见:第一,在新教各国,赋税收入更为可观,因税收是按纳税人数的比例而增加的;其次,田地耕种得更好;最后,商业更为繁荣,因为想发财致富的人更多,需要增加了,满足需要的办法也增加了。当人数仅仅足够耕田种地时,商业势必日趋凋敝;人数仅足维持贸易时,耕田种地又不得不耽误。这就是说,如人不够,两者难免同时失败,因为决难偏重一方面,而不使另一方面遭受损失。

至于天主教各国,不但田地荒芜,而且实业也是有害的。这实业仅在于学习某种死语言中的五六个词。① 凡人一拥有

---

① 此地所谓"实业"是广义的,即指修道生活与修道院产业之经营。五六个词,指修道士日常说的拉丁文咒语。

此种本钱,不必再愁不走红运。他在修道院中找到安逸的生活,如果在俗世,这样的生活势必要他付出血汗和辛苦作为代价。

事情尚不仅这样。修道士手中几乎掌握了全国的财富。这是一帮吝啬的人,他们永远往里拿,决不向外掏。为了增购资产①,他们不断累积收入。这许多财富落在他们手中,可谓陷于瘫痪,再没有交流,也没有贸易;更没有百艺,也没有制造。

没有一个新教国君所征的税收,不比教皇②取之于民的赋款多。然而教皇之民贫穷,新教徒却生活在繁荣之中。在新教徒之间,商业使一切生气勃勃;在天主教徒之间,修道制度到处散播死亡。

一七一八年,舍尔邦月二十六日,于巴黎。

---

① 主要指不动产。
② 指天主教罗马教皇。

信一一八　郁斯贝克寄磊迭

关于亚洲和欧洲，我们已经没有什么可说。现在谈到非洲，我们至多不过谈谈非洲海岸，因为内地情况我们不熟悉。

巴巴里①海岸，伊斯兰教已经建立，人口不如罗马统治时多，理由前已提及。至于几内里海岸，想必人口锐减，因为两百年来，那里的小王或村长将他们的老百姓卖给欧洲的君主，运到他们在美洲的殖民地去。

稀奇的是这个美洲尽管每年接受外来居民，本身仍然很荒凉，非洲人口不断损失，对美洲并无裨益。那些奴隶被运到另一气候之下，成千地死亡。不断使用本地土著与外国人的矿山劳役、从矿中发散出的恶劣气息以及必须不停使用的水银，不可挽救地摧毁了他们。

荒唐之举无过于为了从地底挖取金银，而害死数不清的人。这种金属本身是绝对无用的，它们之所以成为财富，无非因为被采用为财富的标志。

一七一八年，舍尔邦月最后一日，于巴黎。

---

① 巴巴里，北非各地区之总称，即今日摩洛哥等地。

信一一九　郁斯贝克寄磊迭

一个民族要大量繁殖人口,有时取决于世上最细微的情况。因而往往只需要想象一个新的办法,就可使民族人口比过去大大增多。

经常被消灭、但是经常再生的犹太人,用惟一的希望,补救他们不断遭受的损失与破坏,那就是他们之间所有的家庭都希望产生一个强有力的君王,将来作为全世界之主。

波斯古代各位君主有成千上万的百姓,只因那时博士们的宗教立有教条:凡人所能够办到的、最使上帝舒服的事,就是生育一个孩子、耕一片地、种一株树。

中国之所以拥有为数奇多的人民,只是从某一种思想方式得来的。因为,儿女把父亲看作神祇,他们在父亲在世时,已经如此看待父亲;父亲死后,子女祭之以牺牲,并且以为死者的灵魂,既已消灭在天上,遂又托生于尘世,所以各人皆倾向于增加家口,这家庭在现世既如此恭顺,在彼岸也是不可缺少。

另一方面,伊斯兰教各国日趋荒凉,也只由于一种意见。这意见固然十分神圣,但在思想中一度生根,即不免发生十分有害的效果。我们把自己看作旅客,应当想到的只是另一个祖国①。至于有用和持久的工程,保证子孙幸福的考虑,超越个人短促生命过程的计划,在我们看来都仿佛是荒诞不经的。我们安于目前,对未来毫不操心,不肯费事去修葺公共建筑,不开垦荒地,亦不耕种熟地:我们生活在普遍的麻木中,一切听凭天意。

一种虚荣的精神,在欧洲人之间建立了不公平的"长子权"②,非常不利于人口繁衍,关系在于它使父亲的关怀集中在长子身上,置其他儿女于不顾;在于它迫使父亲为了巩固一个孩子的财产,不容其他子女成家立业;最后,在于它破坏了公民平等,而平等使公民富裕。

一七一八年,莱麦丹月四日,于巴黎。

---

① 指天国。
② 按照封建贵族的规矩,只许长子承袭爵位、采邑与财产,其余的子女皆无承继权,目的显然在于避免封建家族的经济基础逐渐分散,因而削弱封建势力。

信一二〇　郁斯贝克寄磊迭

野蛮人居住的地方，平常总是人烟稀少，因为他们几乎人人都躲避耕田种地的劳作。这不幸的反感如此强烈，以致他们咒骂敌人时，但愿对方降格为耕者，认为只有渔猎二事才算高贵的营生，并且无愧于他们的身份。

可是，往往有些年头，渔猎收获甚少，所以他们常常苦于饥馑。何况根本没有一个地方盛产野味鱼类，足够供养一个大民族，因为禽兽总是逃避人类丛聚之处。

而且野蛮人的村镇，每处两三百人，村镇之间互相隔离，休戚不相关，不下于两个帝国，所以不能互相支援。和那些条件优越的大国各部分之间能互相呼应、互相救助的情况不同。

在野蛮人之间还有一种风俗，为害之大实不下于上述种种，那就是妇女们的残忍习惯：堕胎。目的在于使她们自己不至于大腹便便，引起丈夫的不快。

为了反对这种混乱现象，此间订有可怖的法律①。这种法律严厉到暴戾的程度：任何姑娘怀有身孕，倘不呈报有司，

---

① 暗射法国国王亨利二世于一五五六年二月颁布的一条法令。

万一婴儿发生意外,母亲该当死罪;羞怯与耻辱,甚至意外事故,均不能恕罪。

一七一八年,莱麦丹月九日,于巴黎。

信一二一　郁斯贝克寄磊迭

殖民地的通常效果是削弱了该国的国力，把本地居民赶出去，但并不增加移民到达地的人口。

人们应当停留在本地，不要流动，因为某些疾病的来源，就在于把良好的空气更换为恶劣空气；另一些疾病，确实由于空气变换而发生的。

正和植物一样，空气负荷着各地的土末尘屑。这对于我们影响如此之大，以致我们的气质由此而固定。我们被送到另一地方去的时候，我们就生病。液体既已习惯于某一固定状态，固体既已习惯于某种流动状态，两者运动到某种程度，就不能接受更多的运动，否则它们要抗拒新的折磨。

某地如果很荒凉，根据这情况，可以预料在土地或者气候的性质上有某一特殊的毛病。因此，把人们从幸运的天空之下移走，送到荒凉的地方去，这种办法和追求的目的恰好相反。

罗马人根据经验，知道这一点：他们将所有罪犯全发配在撒丁岛[①]上，同时也往那里输送犹太人。对于这些移民的死亡损失，罗马人不得不自解自慰，这在他们是十分容易的，因

---

① 撒丁岛，意大利南端大岛。

为他们本来就蔑视那些可怜的移民。

伟大的夏·阿拔斯,因为不愿让土耳其人有可能在边境上维持大批军队,几乎将全部亚美尼亚人都从原地向外输送,有两万多户被送到几兰省①。经过很短的时间,这些移民几乎全部灭亡了。

历次向君士坦丁堡输送的移民,从来没有获得成就。上面提到的为数奇多的黑人,也丝毫不曾充满美洲。

自从亚德里安②治下大杀犹太人以来,巴勒斯坦不见人烟。

所以必须承认,凡大举毁灭居民,几乎是不可补偿的,因为一个民族,人口稀少到某一程度,就停留在这情况上。如果偶然恢复元气,也得在若干世纪以后。

必须承认,一个衰弱中的民族如再遇到上述种种情况中之最微不足道的一种,则不但不能恢复,且必日趋凋敝,以至于灭绝。

摩尔人被驱逐出西班牙,至今影响仍然使人感觉得出来,如同在当时一样。因为摩尔人在西班牙留下的空隙,不但远未填满,反而日益扩大。

自从美洲遭受蹂躏以来,代替了当地原有居民的西班牙人,未能恢复美洲人口。相反,由于某种命运关系——我最好把它称为天意昭彰——破坏者正在自己互相残害,而且日益耗损。

君主们因此不应当梦想用殖民方式来增加某些广大地区

---

① 几兰省,波斯古行省,位在里海边岸。
② 亚德里安,古罗马皇帝,公元一一七年至一三八年在位。

的人口。我并不是说不可以有时获得成功:有的气候如此美好,以致人类永远得以繁衍,例如有些海岛①,被几只船在那里抛下的病人所繁殖,因为病人一到当地,立即恢复了健康。

但是,即使这些殖民地获得成功,它们不但不能增加宗主国的强盛,反而分其强盛,除非它们范围极小,如同那些被占领的小块土地,作为经商用的殖民地。

和西班牙人一样,迦太基人曾经发现过美洲,或至少发现了美洲附近的大岛。他们在岛上经营极其发达的商业。但是,一等迦太基看见本国人口减少,这贤明的共和国立刻禁止国人继续在这方面航海、经商。

我敢说,与其派西班牙人到西印度去,不如把印第安人与混血儿送回西班牙本国。必须将分散的人民还给这一君主国,如果西班牙那些广大殖民地的人口保留一半,那么这国家将成为欧洲最可怕的强国。

我们不妨以大树比喻大帝国:枝丫过长,吸尽躯干的汁液,除了浓荫广被,没有别的用处。

纠正君主们远征的狂热,最确当的办法莫过于葡萄牙人与西班牙人的事例。

这两国在不可思议的迅速中征服了一些广大无比的王国。他们诧异于自己的胜利,甚于被征的人民诧异于自己的失败,于是寻思用什么方法保全这些征服的地方。为此,他们采取了两条不同的途径。

西班牙人感觉到没有希望使战败的各国对它保持忠诚,

---

① 原作者之意,也许指布彭岛。——作者注
即法属留尼汪岛,位于非洲东南端附近印度洋上,与马达加斯加岛相距甚近。

就决定灭绝战败国,再从西班牙本国派遣忠诚的人民到那边去。丑恶的阴谋,从未如此不爽秋毫地被执行过!只见那些野蛮人①所到之处,一个人口之多和欧洲各国人口总数不相上下的大民族,从地球上被消灭了。那些野蛮人在发现西印度群岛时,似乎只想替人类发现什么是残酷的最高阶段。

通过这种野蛮手段,西班牙人把那些地区保持在他们的统治之下。你判断一下,既然征服的效果如此,征服这事是何等悲惨,因为归根到底,他们不得不出此丑恶的下策。否则,他们如何能令千百万人唯唯听命呢?如何能在如此辽远的地方进行"内战"②?如果给当地人民以充分时间,让他们从对于那些新的天神③初到时的赞慕,以及对于他们的火器的畏惧中,渐渐觉醒过来,西班牙人又将陷于何等境地?

至于葡萄牙人,他们选择了完全相反的道路:他们不用残酷手段。所以他们不久就从他们发现的土地上被驱逐了出来。荷兰人助长了当地人民的起义,并加以利用。

哪一个君主羡慕这些征服者的命运呢?在这种条件之下,谁愿意作这样的征服呢?这些人立刻从征服地点被驱逐,另一些人使征服地区化为沙漠,使自己本国亦化为沙漠。

这是"英雄"④们的命运,要这样不顾自己破产,去征服转手即失的地方,或者要去驯服那些国家,而又不得不亲手毁灭

---

① 指西班牙殖民者。
② 此处所谓内战,指殖民地政府镇压当地人民起义的战争,实质上是侵略战争。
③ 即西班牙殖民者。
④ 作者既然反对开辟殖民地,又把殖民地开辟者称为"英雄",想必是反话。

它们。正如一个荒唐的人,他千辛万苦买了许多雕像,拿来抛在海中;买了许多镜子,拿来立刻击碎。

一七一八年,莱麦丹月十八日,于巴黎。

信一二二　郁斯贝克寄磊迭

政府温和,可以非常有效地帮助人口繁衍,所有共和国即为经常的例证。其中尤其是瑞士与荷兰,如果从它们的土地性质考虑,可以说都属于欧洲最坏的地区,但是人口最为旺盛。

最吸引外国人的莫过于自由与富裕。富裕永远随自由而来;自由本身为人所追求,而我们则为需要所引导,到那些富裕的国度中去。

在这样的地方,人口可以倍增。在这里,物产阜丰,足供孩子们的需要,同时毫不减少对父亲们的供应。

从公民间的平等,通常可以产生财产的平等,并且将富庶和生命带到政治机体的各部分,从而散播到全国。

在那些屈服于专制政权之下的国家,情形就与此不同。那里君主、廷臣以及若干个别人士占有全部财富,同时别的人却全体在极度贫困中呻吟。

假若有人生活并不舒适,而且自己觉得他生了儿女一定会比他更贫苦,他就不结婚了。或则他虽结婚,却怕有为数过多的儿女,他们可能把他的财产整个打乱,可能他们的生活处境,比他们父亲更为下降。

我承认,乡下人或农民一结婚之后,漠不关心地增殖人口,不问自己是贫是富。上述考虑和他无涉,反正他有一宗可靠的遗产留给子女,那就是他的锄头。于是什么都不能阻止他盲目顺从自然的本能。

但是,这许多儿童在贫困中活得毫无生气,对于国家有什么用处呢?他们几乎全部随生随灭;他们绝不会发展得很好;羸弱无力的孩子,在千种方式之下陆续死亡,同时又被频数的平民疾病大批卷走,那种疾病是贫困与恶劣食物所经常造成的。有的侥幸死里逃生,到了成年,却无成年的体力,于是终身委靡不振。

人和植物一般,如果不好好培养,绝不能生长得很好;在穷困的人民之间,人种受到损失,有时甚至退化。

关于上述种种,法国即供给了巨大的例子。在过去历次战争中,家家丁男都怕从军,因而不得不完婚娶妇,但年龄过于幼稚,家境也很穷苦。从这许多婚姻中,生育了很多子女;但目前在法国,找不到这些儿童,因为贫困、饥饿与疾病消灭了其中一部分。

如果像法兰西这样文明的王国,在如此幸福的天空之下,尚且可指出上述的情况,那么在其他国家又将何如?

一七一八年,莱麦丹月二十三日,于巴黎。

信一二三　郁斯贝克寄三墓*守者
毛拉麦哈迈德·阿里

（寄高亩）

众位伊玛目的斋戒，众位毛拉的麻衣①，对我们有何用处呢？上帝的手两次重击了圣教的儿女：太阳黯淡失色，似乎只照圣教儿女的败绩；他们的军队结合了起来，又尘土似的被吹散。

奥斯曼帝国，被两次空前的大败所震撼②：一个基督教的穆弗替③并不十分支持它；日耳曼的大维西④是天降的灾星，派来惩罚欧麦尔⑤的宗派主义者；对于他们的叛逆与险诈，日耳曼的大维西到处传布天上的愤怒。

众伊玛目的圣灵，你日日夜夜为先知的儿女们哭泣，他们被可憎可鄙的欧麦尔所迷惑。眼看他们的不幸，使你回肠荡

---

*　见第35页注*。
① 宗教家苦修时披荆穿麻，以坚其志。
② 奥斯曼（土耳其）帝国曾两次战败：一七一六年失特默斯华，一七一七年失贝尔格莱德。
③ 伊斯兰教的"教律解释官"，此处借称基督教的主教。
④ 原文为土耳其语，意为首相。此处暗射当时日耳曼帝国的军政大臣欧仁·德·萨瓦郡王（1633—1736）。
⑤ 欧麦尔一世，穆罕默德承继者之一，伊斯兰教史上第二任正统哈里发。他代表土耳其人信奉的伊斯兰教宗派，和波斯人信奉的教派不同。

气。你企求的是他们皈依真谛,而不是他们的损失。你愿意看见他们被列位圣者的眼泪所感动,会集在阿里的旗下,而不是被异教徒的恐怖冲散在山间和沙漠上。

　　　　　　一七一八年,沙瓦鲁月一日,于巴黎。

信一二四　郁斯贝克寄磊迭

（寄威尼斯）

君主挥金如土，赏赐廷臣，其动机究竟何在？是否要借此维系他们？他们已经尽可能成了君主囊中之物。况且，如果君主要笼络那些臣民，出钱收买他们，那么一定会因此丧失广大的百姓，因为百姓将因此陷于贫困。

每次想到君主们的处境，永远被贪得无厌的人包围着，我只能替他们叫苦。我尤其替他们叫苦的是，他们没有力量拒绝要钱的请求，而这种请求对于一般不作请求的人，永远是经济上的负担。

每逢听说他们发给赏赐、恩惠与年俸，总是引起我千头万绪的思索：大批的意念充满我的思想，我仿佛听见公布这么一道诏令：

若干臣民用不倦的勇气请求年俸。这种勇气无休止地考验着浩大的王恩。朕对这种请求素来给以最大的照顾，今鉴于呼吁的人数极多，决定答应大家的请求。他们自称自朕登基以来，侍奉早朝，从不缺席；朕所经过的地方，必定见他们恭立道左，和里程碑一样，兀然不动；而且竭力爬到高处，爬在最高的肩头上，仰瞻御容。甚至有若干妇女，也几次大书奏请，说她们日用支绌，已经是众所共知的,所以乞赐矜恤;其中有数人年事已老,说话时头左右摇摆,求朕顾念她们当年先君在位时曾经是朝廷的点缀。朕按三军将帅,固然因为汗马功勋,使国威为之一振,而女流之辈也何尝不用勾心斗角、兴风作浪的手段,有助于朝廷的名声。因此之故,朕愿以仁慈为怀,对待吁恳的人,他们所请各节,一律批准,特此敕令如下:

所有农民,家有子女五口者,每日切面包五分之一,分给子女。严令为人父者,竭力节省,益加紧缩。

严禁专力经营祖产者,或将祖产出租者,在祖产上进行任何修建,无论属于何类,一律不准。

操机械贱业之辈从不追随早朝,觐见朕躬,自今而后,所有此类贱民,凡为自身及妻孥购置衣服,只许四年一次;逢年过节,彼等向有在家稍稍享乐之风,今皆严令禁止。

据奏报,各城各府,大半市民纷纷忙于准备嫁女,因而蓄积奁资。至于待嫁的姑娘们,欲求有人问津,必须佯作温静谦和,即使她们的本来面目是愁闷可厌的。今命令全国市民,必须等待女儿达到法定年龄,自己催迫父母要求出嫁时,始准婚配。禁止全国官吏,为教育子女而有所耗费。

一七一八年,沙瓦鲁月一日,于巴黎。

信一二五　黎伽寄×××

在所有的宗教中，那些规规矩矩活了一生的人死后可以得到何种乐趣，如果要约略说明，是十分令人为难的。要恐吓坏人，那很容易，只要用一系列的刑罚威胁他们就行。可是，对于有德行的人，不知用什么应许他们方好。乐趣的本性似乎就在于短促，很难想象别的乐趣。

我见过关于天堂的描绘，足使所有通情达理的人放弃天堂的希望。有的人使那些幸福的影子①不停地吹笛；有的人把他们断送在永恒地散步的苦刑中；最后，有些人使他们在天上梦想留在人间的情妇，而不想一想，万万年是颇为久长的时间，万年的相思足够叫情人丧失相思的兴味。

说到此地，我想起一个故事，那是一个曾经去过大莫卧儿帝国的人对我讲的。故事说明，印度的教士对于天堂乐趣的观念，贫乏程度实不下于他人。

有一妇人，丈夫刚死，按照礼节，到本城总督处，请求许可她自焚。但是，由于伊斯兰教徒统治的地区，这残酷的风俗尽量被禁止，总督无论如何不肯答应妇人的请求。

她发现求告无效，就狂怒不能自制。"你看，"她说，"多

---

① 天堂中的人们（灵魂）。

么令人为难！一个可怜的妇人愿意自焚，连这都不允许！有谁曾见过这样的事吗？我母亲、姨母、姊妹，都是自焚而死的。等我来向这可咒的总督请求许可时，他竟生了气，并且像发狂一般大喊起来。"

碰巧在旁有一青年和尚。总督对他说："不忠的人将这疯狂思想放入这妇人脑袋中的，是不是你？""不是，"和尚说，"我从来没有和她交谈。但是，如果这妇人相信我，她一定会完成她的牺牲，因为她这样做，婆罗门天帝势必引以为快。所以她也将获得报偿，因为她将在彼世重遇故夫，并且和他破镜重圆。""你说什么？"妇人吃了一惊，这样问，"我将重遇故夫！啊！我可不自焚了。我丈夫生前又嫉妒又忧郁，何况年龄这样老，如果婆罗门天帝在他身上不作任何改造，他一定不需要我。我为他自焚？……为了把他从地狱深处挽救出来，烧我一个手指尖儿，我都不干。两个引诱我的老和尚，明知道我和丈夫用什么方式在一起生活，却不肯告诉我底细。但是，如果婆罗门天帝只能送我这件礼物，我宁愿放弃这份洪福。总督先生，我要求作回教徒。至于你，"她看着那和尚说，"至于你呢，如果你愿意，你可以去告诉我丈夫，说我身体非常健康。"

一七一八年，沙瓦鲁月二日，于巴黎。

信一二六　黎伽寄郁斯贝克

（寄×××）

我等你明日来到此地，可是今天仍将伊斯巴汗来信给你送去。在我的信上，提到莫卧儿帝国大使奉命离开王国①。信中又说，某亲王被捕，亲王是当今王上的叔父②，负责王上的教育。亲王被送入某城堡，紧紧地监视着，他的一切尊荣体面都被褫夺。这亲王的命运令我感动，我替他不平。

我对你实说，郁斯贝克，我从没有见过别人流泪而自己无动于衷：面对不幸的人，我发生恻隐之感，仿佛世上只有他们能算是人。对于大人先生们也如此：在他们趾高气扬的时候，我的心肠是冷冷的，他们一垮台，我反而喜欢他们。

诚然，他们在飞黄腾达中，要我这无用的温情做什么？这温情太近似平等，他们宁愿要求尊敬，因为受人尊敬不必因此对别人也表示尊敬。但是他们很高的地位一旦失堕，只有我们替他们鸣不平，能够唤起他们自尊自大之感。

~~~~~~~~~~~~~~~~~~~~
① 王国指波斯。此信借波斯名义，影射当时法国的时事：密谋颠覆路易十五的摄政王的案件。信中所谓"莫卧儿帝国大使"，影射颠覆案主谋之一，西班牙大使塞勒玛尔亲王。
② 影射路易十五的王叔，路易-奥古斯特·德·波旁。他是路易十四的私生子，被封为马纳公爵。

在某君主①的言语中,我发现某些非常天真,甚至非常伟大的东西,那君主行将落入敌人手中,看见侍臣们围着他哭,说道:"从你们的眼泪中,我感觉我还是你们的王上。"

一七一八年,沙瓦鲁月三日,于巴黎。

---

① 指波斯王达里乌斯三世。

信一二七　黎伽寄伊邦

（寄士麦那）

有名的瑞典国王①，你已经不下千遍地听说过了。他在名为挪威的王国里，围攻某要塞。正当他自己和一个工程师巡视战壕时，头部中了炮弹，遂即身亡。人们立刻逮捕了他的首相，议会召开以后，判他大辟之罪。

他罪案是很重大的：诽谤了国家，并使国王对国家失去信心；照我看来，实在罪该万死。

因为，说到最后，如果把一个最普通的百姓抹成黑脸，因而影响君主的思想，这已经是恶劣的行为。然则抹全国为黑脸，并且使全国丧失国君（由于天意，他是国家的造福者）的恩惠，这又该当何罪呢？

我很愿意人们用天使和我们神圣先知说话的态度，和国王们说话。

你知道，在众主之主从全世界最崇高的宝位上走下来和他的奴隶们交谈的神圣筵席上，我给自己立下一条严肃的戒律：控制不驯之舌。人们从未见我乱说一句足令最普通的百

---

① 指查理十二（1682—1718），他死时身边有两个法国人：工程师梅格来和副将西吉哀，据历史上推测，他可能是被后者暗害的。

姓听了心酸的话。即使不得不开酒戒,我亦决不失为正直的人,并且,在这忠诚的考验中,我曾经冒了生死的危险,决不放松节操。

不知何故,向来恶劣的君王,他的首相总比他更为恶劣。如果君主有什么不良的行为,几乎总是有人对他示意的。所以君主们的野心,从来没有他们的参事们的灵魂那样卑鄙,那样危险。但是,一个人昨天刚刚当上大臣,明天也许连职位都保不住,能在顷刻之间,变成他自己、他家人以及他祖国和人民的敌人——受过他压迫的人民的子孙后代永远把他当作敌人。这一点,你明白吗?

一个君主有他的各种情欲,首相却反而设法利用这些情欲。首相处理政务就从这方面入手,他毫无其他目的,并且不愿意有其他目的。宫廷侍臣进谀词以悦君主,首相用劝告、用他启示给君主的计谋、提供给君主的格言来谄媚君主,情形更为危险。

一七一九年,赛法尔月二十五日,于巴黎。

信一二八　黎伽寄郁斯贝克

（寄×××）

昨日我和一个朋友走过新桥①。朋友遇见一个熟人，据他说是个几何学家，那人身上没有一点不显出他是几何学家，因为他正沉浸于深思之中。我那朋友不得不拉他的袖子，拉了半天，又推他、摇他，使他从云端里落下来，恢复知觉，他为了一条弧线的问题忙到这程度，可能苦思力索已经八天多了②。当下两人说了许多客套，互相交换了一些文坛近闻。这些话一直说到一家咖啡店门口，我跟他们一同进去。

我发现那位几何学家受到众人的殷勤接待，咖啡座的侍者对他比对两个坐在一隅的火枪手③更重视得多。至于他，好像到了一个适意的地方：因他稍稍舒展脸上的皱纹，并且开始笑乐，好像他没有丝毫几何学家的神色了。

但是他用整齐规矩的精神测量座上谈论的一切。他很像在花园里用宝剑截齐一切过高的花枝的人。他是他自己的正确精神的牺牲者，任何尖锐的语句都使他感到唐突，好比目力

---

① 巴黎新桥，塞纳河上的桥梁，建于一六〇六年。
② 按法国习惯，口语中所谓"八天"就是指一星期，"十五天"就是指两星期。
③ 近卫军，执短铳的骑兵；大仲马小说《三剑客》，直译为《三个火枪手》。

软弱的人受不住太强烈的光线。可是无事不使他感兴趣,只要事情是真实的。所以他的谈话非常稀奇古怪。那一天,他和另一个人从乡间回来,那人在乡间看见了一座雄伟绝伦的城堡,以及其中富丽的花园;而他见到的只是一所长六十步、宽三十五步的建筑物,和十亩长方的一片林木。他觉得透视的规律没有很好地遵守,否则大道小径,各处都应显出一样的宽度。为了办到这一点,他本来可以贡献一个百无一失的方法。他对一只构造特殊的日晷似乎十分满意,那是经他纠正过的。但他向我身边坐着的一位学者大发脾气,因为那学者很不幸地问他,日晷标示的是否是巴比伦时间。一个新闻家谈起风达拉比城堡被轰炸的消息,于是几何学者突然给我们解释炮弹在空气中划过的线路的种种特性,而且因为自己有这知识,颇为欣然。他完全不愿知道别人如何欢迎他。有一个人抱怨去冬的洪水使他破了产。"你所说的使我非常愉快,"几何学家说,"我明白了,我所进行的观察并未错误:今年比去年至少多降了两指雨水。"

片刻之后,他走出了咖啡店,我们也跟着他走。由于他走得相当快,又没有看前面,他和另一个人撞了个满怀。两人猛烈撞击之下,由于相互的速度与体重的原因,各被撞在一边。等他们稍稍清醒一点之后,那人一手按着额头,对几何学家说:"我真高兴,被你撞了一下,因为我有一件重大新闻要告诉你:我刚刚把贺拉斯①公之于世了。""怎么!"几何学家说,"两千年来,贺拉斯早已为世所知。""你不明白我的意思,"那人回答,"我正发表的是这位古代作家的译本;我致力于翻译

---

① 贺拉斯(公元前 65—公元前 8),拉丁诗人。

已二十年。""什么！先生，"几何学家说，"二十年来，你没有用自己的思想？你替别人说话，而讲的话全是别人的思想？""先生，"那学者说，"我使公众熟悉优秀的作家，你以为我没有给公众帮了很大的忙吗？""我说的不完全是这个意思：我和任何人一样，重视你改装的那些崇高的天才。但是你永远比不上他们，因为，你固然不断地翻译，别人却决不翻译你。翻译作品有如那些铜钱，它们确乎和一块金币可以有同样价值，甚至对于人民功用更大。但是铜钱总是比较薄弱，质地不良。你说你愿使那些有名的死者在我们之间复活，我承认你确乎给了他们肉体，但没有还给他们生命，反正缺少一种可以使他们生动起来的精神。你为何不专心研究那许多美好的真理？为何不从事简易的计算，而能每天有所发现？"

在这小小的劝告之后，两人分手了。我相信，他们是不欢而散的。

　　一七一九年，莱比尔·阿赫鲁月最后一日，于巴黎。

信一二九　郁斯贝克寄磊迭

(寄威尼斯)

大半的立法者均系见解狭窄的人,由于偶然的原因,他们位居众人之上,他们所参考的,只是他们的成见和幻想。

似乎他们连自己做工的伟大庄严也茫然无知。他们订立稚气的法律,以为娱乐;通过这类法律,他们在实际上与卑小的精神相符合;在通达事理的人们面前,他们丧失信用。

他们投身于琐碎无用的细节之中,他们钻在一些特殊的情况里。这说明他们才具窄小,只看见事物的局部,而不能用全面的眼光,概括任何事物。

他们中有若干人,矫揉造作,不用通俗语言,而用别的语言①:对于立法者说,这是很荒谬的。如果法律使大家不懂,如何能令人遵守呢?

他们常常毫无必要地废除已经存在的法律。这就是说,他们将人民掷入必然被这些变换引起的混乱中。

由于某种来自"自然"而与人的精神无关的奇异情况,有时确有必要更换某些法律。然而这种事例究竟很稀少,倘或遇到,也只能用战战兢兢的手去接触它,应当遵守许多仪式,

---

① 指拉丁文。

采取许多慎重的步骤,那么人民自然得到结论,认为法律是很神圣的,因为需要这许多手续方能取消它。

往往法律制订得太微妙,立法者只追随逻辑的意念,而忽略了自然的公正。到后来,人们发现这些法律太严峻了。于是,由于某种公正感,人们认为有责任避免这种法律,可是这一种挽救方法是新的弊病。无论法律如何,必须永远遵守,并应当视为公众的良心,个别的良心必须永远与此符合。

但必须承认,立法者之中,有若干人曾经注意到一点,表示他们有很多的贤智:那就是他们使父亲对于子女有很大的权威。没有比这更减轻法官们的负担,更减少法庭上的讼案。总之,没有比这更能在一国之中散布平静的空气;在一国中,风俗总比法律更能造成优秀的公民。

在一切权力之中,这是最不易被滥用的权力;这是一切立法之中最神圣的一种;这是惟一不取决于惯例的立法,它甚至成立于一切惯例之先。

人们注意到,在某些国家里,父亲掌握着很大的赏罚之权,家庭就更合乎正规。因为父亲是宇宙创造者的形象,他虽然能用他的热爱来领导大家,却并不放弃用希望与畏惧等动机使人们依附于他。

在此信结束之前,我必须使你注意法国人精神的稀奇古怪。据说他们从罗马法律上保留了许多无用的东西,甚至比无用更糟。他们没有采取父亲的权力,这在罗马法律上是被立为首先第一的合法权威。

一七一九年,主马达·阿赫鲁月四日,于巴黎。

信一三〇　黎伽寄×××

在这封信中,我要和你谈谈一种特殊的人,他们名为"新闻家",聚集在一座宏丽的花园①里,终日忙碌。他们对于国家完全没有用处,让他们饶舌五十年,和闭口无言同样长久,其结果一定毫无二致。可是他们自以为了不起,因为他们谈的都是宏伟的计划,论的都是远大的利益。

他们谈话的基础是轻浮可笑的好奇心:他们自称能够进入任何办公室,无论它多么神秘。他们决不承认世上有他们不知道的东西。他们知道,我们尊严的苏丹有多少妇人,每年生多少孩子。而且,虽然他们不花钱雇用间谍,他们也清楚苏丹为了羞辱土耳其和莫卧儿两国的皇帝,采取什么措施。

一谈完现在,他们赶紧又谈未来,而且迎头赶上天意,他们在世人各种活动上,都预知天意如何。他们将一个将军保护在羽翼之下,他们夸奖这将军未犯下的千百种蠢行,又替这将军准备另外千百种他决不会犯的蠢行。

他们横扫千军,如逐野鸥;摧毁城垣,如裂纸片。所有的江河上他们都架了桥,所有的山中都有秘密的路,在灼热的沙

---

① 指杜依勒里花园,位于巴黎中心,过去曾为杜依勒里王宫的一部分,后来王宫被拆毁,花园现在还保留着。

漠上有巨大无比的军需库,他们所缺乏的只是正常的情理。

此间同居某人,接到某新闻家来信一封。我见那信稀奇古怪,就保存下来,兹抄录如下:

先生:

对于时事,我的揣测很少差失。

一七一一年一月一日,我曾经预言,在这年内,约瑟夫皇帝①要去世。那倒是真的:当时约瑟夫身体健康,我想如果我说得太清楚了,不免招惹嘲笑,这就使我隐约其辞,但是善于辩理的人很明白我的意思。当年四月十七日,约瑟夫皇帝出天花死了。

皇帝与土耳其宣战之后,我立刻到杜依勒里花园各角落寻找我们各位同仁。我把他们集合在池边,对他们预言贝尔格莱德将被围困,并且将被占领。我很高兴,我的预言居然应验了。在围城期间,我以一百皮斯托尔打赌,说那城将于八月十八日②陷落,可是到十九日城才真正被占。怎么能输得这样巧呢?

当我看见西班牙的海军在撒丁岛登陆时,我估计撒丁岛一定被占领。我只说这么多,结果真的如此。得意忘形之余,我又加上一句,说那胜利的海军将到腓那尔去登陆,借以征服米兰省。由于我这意见,当时有人拒不接受,我愿意给它光荣的支持,于是用五十皮斯托尔打赌。结果又输了。因为那恶鬼阿尔贝罗尼③不顾条约的信

---

① 日耳曼皇帝约瑟夫一世(1678—1711)。
② 一七一七年。——作者注
③ 阿尔贝罗尼(1664—1752),当时西班牙首相。

309

义,派海军到西西里岛去了,一下欺蒙了两大政治家:萨瓦亚公爵①和我。

先生,凡此种种,使我大起恐慌,我决定预言仍旧预言,打赌从此罢休。往昔我们在杜依勒里园中向不通行打赌,已故的 L 伯爵当时也不允许打赌。可是,自从一群"少师"②夹杂在我们中间,我们不知道到了什么田地。我们刚一张口说一件新闻,这群年轻人之中,立刻有人打赌表示反对。

日前,我正打开手稿,同时把眼镜架稳在鼻子上,在这群虚张声势的人中,有一个正好抓住我第一句话与第二句之间的空隙,对我说:"我说不是这样的,拿一百皮斯托尔打赌吧。"我假装没有注意这荒诞的建议,用更大的声音继续说下去:"……元帅先生一听说……""这是假的,"他对我说,"你的新闻荒唐不经,丝毫不合一般情理。"

先生,请您行个方便,借我三十皮斯托尔。因为,我对你说实话,这些打赌使我受到极大的搅扰。兹将上内阁大臣的信稿两件,抄供尊阅。

谨启。

新闻家上内阁大臣信两封

大人:

我是我们国王从未曾有的最热诚的子民。我催逼友人某君执行我所订的计划:写一本书说明路易大王③在

---

① 当时意大利的统治者。
② 当时纨绔子弟的一种。那些青年服装时髦,举动怪诞可笑。
③ 指路易十四。

所有值得称"大"的君王之中,是最伟大的一位。许久以来,我从事于另一著作,这著作将使我们国家获得更多的光荣,只要大人愿意给我一种优先权。我的计划在于证明,自从君主当朝以来,法国人从未打过败仗;并且证明,直到今日,史学家们所谓我们失利,都是十足的谎骗。在许多场合,我不得不加以纠正,而我敢自夸,我在批评方面尤其出色。

您谦卑的仆人

大人:

自 L 伯爵去世之后,我们请您仁慈为怀,允许我们选举一个主席。在我们的会议上,常发生混乱,对于国家大事,不像过去那样讨论;我们那些年轻人在生活中,对于年长者毫不照顾,在他们自己之间毫无纪律;真正成了罗波安①会议,老年人必须听从年轻人。我们徒然向他们解释,在他们出世前二十年,我们已经是杜依勒里花园的平和的占有者;我相信,到最后他们会把我们赶出花园去;到不得不离开这些我们曾经多次回忆法兰西英雄们的地方,我们只好到王家花园②去开会,否则就到更偏僻的地方去。

您谦卑的仆人

一七一九年,主马达·阿赫鲁月七日,于巴黎。

---

① 以色列王所罗门之子,详见《旧约·列王纪上》第十二章。
② 后称"植物园",在巴黎市内,今尚存。

信一三一　磊迭寄黎伽

（寄巴黎）

一到欧洲，最引起我好奇的事物之一是各共和国的历史及其起源。你知道大部分的亚洲人对于这种政府连观念也没有，想象力并未帮助他们了解，世上除专制政府而外，还能有别的政府存在。

我们所知道的最早的政府是君主政府，至于共和政府之形成，实有待于世纪的绵延和机缘的巧合。

希腊被洪水冲毁以后，有新的居民来补充人口。它从埃及和最邻近的亚洲地区召回几乎全部的移民。由于那些地方是国王统治的，从那边回来的人民，亦由若干国王统治着。但是，由于这些君主的暴政，桎梏愈来愈沉重了，于是人们挣脱了桎梏，在这许多王国的废墟上建立起那些共和国，使希腊十分繁荣，在四方八面的蛮邦之间，成为惟一的文明国土。

对自由的热爱，对君主的憎恨，使希腊长期维持独立，并将共和政府扩展到远方。希腊各城在小亚细亚找到盟邦，它们将移民送到这些地方去，这些移民和希腊城市同样自由，它们抵御着波斯国王的侵略活动，给希腊城市做屏障。这还不算：希腊移民曾经充实了意大利人口，意大利移民充实了西班牙，可能也充实了高卢。我们知道，古代盛传的那伟大的伊斯贝里①，起初就是希腊，各邻邦把它看作世外桃源。希腊人在本国没有找到这幸福的乡土，跑到意大利去找；意大利的居民到西班牙去找；西班牙的居民到培底克②或葡萄牙去找。这样一来，所有这些地区，都被古人称为伊斯贝里。这些希腊移民，从他们和美的故乡，带去了自由的精神。因而在悠远的古代，在意大利、西班牙、高卢等地，看不见什么君主国。你不久可以看见，北欧与德国人民的自由也不下于此。如果在他们之间发现几个王权的残迹，那是因为军队和共和国的领袖被人当作了国王。

上述种种，都发生在欧洲。至于亚洲与非洲，它们一直在专制暴政的重压之下喘息，应作为例外的，只是上面已经提到的小亚细亚的几个城市，和非洲的迦太基共和国。

那时世界分属于两个强大的共和国：罗马与迦太基。罗马共和国的开端，人们再熟悉没有；而迦太基共和国的根源，却最为人们所生疏。关于狄东③以来的非洲君王，大家一无所知，也不知道他们如何丧失了权力。如果罗马公民与被罗马征服的人民之间没有那种不公平的区别，如果外省的总督没有这样大的权力，如果防止暴政的神圣法律一直被遵守，如果他们没有利用他们的不义之财来堵塞那些法律的嘴，那么罗马共和国的异常扩大可能会成为世界上一件大幸事。

恺撒压迫罗马共和国，并使它向独断独行的权力低头。

在很久期间，欧洲呻吟于强暴的军事政府之下，于是罗马的温和变成残酷的压迫。

---

① 古希腊人以此称意大利，罗马人则以此称西班牙。
② 西班牙南部地区，即今安达鲁西亚。
③ 据传说，她是迦太基古国创基的女王。

同时，从北欧出来了无数陌生的民族，如狂流急湍，漫遍罗马各省。他们发现争城掠地和劫盗行为同样轻而易举，于是就瓜分罗马帝国，建立许多王国。这些人民是自由的，他们使王的权力受到极大的限制，以致所谓国王，严格说无非是领袖或将军。因而那些王国，虽然是用武力建立的，却毫不觉得战胜者的桎梏。当亚洲各族，如土耳其与鞑靼人等，进行征服时，他们顺从独夫的意志，只想给独夫增添新的顺民，并且用武器替独夫建立狂暴的权力。然而北欧各族，在本国原系自由之民，侵占罗马各省后，并不给他们的领袖以很大的权力。甚至有些民族，例如非洲的汪达尔族，西班牙的哥特族，对国王若不满意，即将其废黜。在另一些民族，国君的权力为千种不同方式所限制：为数甚众的爵爷和君主分享权力；战争必须获得他们同意始能进行；战利品由首领与士卒均分；为了自己的利益，君主不征收任何特殊的税款；法律在国民会议上制订。所有建立在罗马帝国废墟上的各国，基本原则均如上述。

一七一九年，助勒·希哲月二十日，于威尼斯。

信一三二 黎伽寄×××

五六个月以前,我在一家咖啡店里看见一个绅士,衣冠颇为整齐,正在高谈阔论,引起旁人倾听。他说的是在巴黎生活的乐趣,他抱怨由于个人的处境,不得不到外省去过没精打采的日子。他说:"我的地产每年有一万五千镑的生息。如果这份财产的四分之一是现款或随身可以携带的东西,我相信我一定更为幸福。我徒然催迫我那些佃户,徒然用罚款逼得他们喘不过气来,这样无非使他们更挤不出一滴油水。我从不曾一次见到一百皮斯托尔。如果我负一万法郎的债,人们把我的地产全部没收了以后,我就该入收容所①了。"

我没有十分注意这一篇长谈就出来了。可是昨天我又到这一市区,又进入那家咖啡店,在那里看见一个神气庄严的人,面色灰白,脸拉得长长的。他在五六个高谈阔论的人之间,显得黯然无神,沉思寡言。直到后来,他突然发言,高声说道:"是的,先生们,我破产了,我不知道如何生活,因为目下我家中有钞票二十万镑,银币十万枚。我处在极可怕的境地:

---

① 当时巴黎有"大收容所",专收容乞丐及贫病无告的人。此处所谓"入收容所",意即一贫如洗。这封信反映路易十五的摄政王任用苏格兰财阀约翰·劳(1671—1729)为财务总监,金融紊乱,货币贬值,狡黠者投机取巧,往往暴富,也有些人因为不善于经营而在朝夕之间遭到破产。

315

我一直以为自己很富,如今已经入了收容所。至少,如果我有一小块惟一的土地,可以作为隐退之计,我才有把握维持生活。然而我连这顶帽子一般大的地产也没有。"

我偶尔把头转向另一边,看见另一个人,像中了邪似的在扮鬼脸。"今后信托谁呢?"他大声喊,"有一个奸人,我满以为他是个朋友,借了钱给他,而他说已经把钱还给我。何等可憎的奸诈!他徒劳了,因为在我思想中,他将永远名声扫地。"

就在近边,有一衣衫十分不整齐的人,他抬眼望着天,说道:"愿上帝给大臣们的计划祝福!但愿我看见股票涨到两千,而全巴黎的侍役比他们主人更富有!"我好奇地打听那人的姓名。有人告诉我:"这是个极贫穷的人,所以他操一门穷行业:他是家谱学家。如果人们继续发横财,他希望他的技艺能赚钱,并且希望那些新富翁都需要他改造姓氏,洗刷祖先的肮脏,点缀他们的马车①。他以为,自己愿意制造多少有身份的人就制造多少,眼看自己生意兴隆,不禁欣喜雀跃。"

最后,我看见进来了一个干瘦苍白的老者。他未及就座,我已认出他是个"新闻家"。有些人对于一切失意的事,采取有胜利把握的姿态,并且总是预见未来的胜利和战利品。而这老者,却不在此列。和这相反,他属于战战兢兢之流,他们只有令人悲愁的新闻。"在西班牙方面,大势十分不妙,"他说,"我们在边境上没有骑兵。使人担心的是庇奥亲王②有大队骑兵,可能侵占整个郎格道克③。"

---

① 富贵人家的车乘,上面绘有"族徽"的图案,互相炫耀,成为风气。
② 当时西班牙侵略军的指挥官。
③ 法国南部的古称。

在我对面,有一个不修边幅的哲学家,他觉得"新闻家"十分可怜,对方说话声音越高,他肩越耸得高。我走到他身边,于是他在我耳边说道:"你看这自命不凡的傻瓜,一小时以来,一直和我们谈他如何替郎格道克心惊胆战,而我昨晚看见太阳上一块黑斑,如果此斑不断放大,可能使整个自然界陷于麻木状态,可是我连一个字也没有提。"

一七一九年,莱麦丹月十七日,于巴黎。

信一三三　黎伽寄×××

日前我去参观某修道院中的大图书馆①，其中的修道士们仿佛对图书馆负有保管的责任，可是他们不得不规定时间让大家进去。

我一进去，看见一个神气庄严的人，在数不清的书籍之间踱来踱去。我到他面前，向他请教，有几本装订特别讲究的是什么书。"先生，"他对我说，"我在这里等于置身异域，一个人也不认识。许多人都提与此类似的问题。可是您看，我显然不会为了满足提问题的人去读所有这些书。我有我的图书管理员，他会满足你，因为他昼夜忙于研读你所看见的这一切书籍。那是一个没有用处的人，他对于我们是很大的负担，因他丝毫不替修道院工作。但是我听见斋堂的钟声响了。像我这样的人，身为教团②之长，应当万事领先。"说到此处，那修道士将我推出门外，关上门，飞也似的在我眼前消失了。

一七一九年，莱麦丹月二十一日，于巴黎。

~~~~~~~~~~~~

① 指巴黎圣维克多修道院的图书馆，一七〇七年开放，允许群众阅览。
② 指宗教团体，修道士们集体生活的团体。

信一三四　黎伽寄×××

第二天,我重新到那家图书馆去,在那里我发现一个人,和第一次遇见的那个完全不同。这人神气纯朴,面目清俊;而待人接物,蔼然可亲。我一向他表示我的好奇心,他立刻负责使我的好奇心得到满足,并且因为我是个外国人,他给我仔细讲解。

我对他说:"教父,占着图书馆整整这一边的这些巨册是什么书?"

他回答说:"这些是《圣经》诠释家的著作。""数目可真不小!"我接着说,"想必在这以前,《圣经》十分晦涩,如今却非常明朗了?是否还有一些疑问?可能其中有值得讨论的地方?"他回答说:"那还用问,善良的上帝!那还用问!问题之多,几乎和书中行数相等。""是吗?"我说,"那么这些作者都做了些什么事呢?"他说:"这些作者,并未在圣经中寻求应当相信的,却寻求了他们所相信的。他们丝毫没有把圣经看作教义的经典,从而接受这种教义,却把它看作一本可以给他们自己的意见增加权威的书。因此,他们歪曲了书中一切意义,折磨尽了所有的篇章词句。这是一块土地,不同宗派的人都可以闯进去,如同打劫一样;这是一片战场,敌对的国家在那里相遇,在那里打仗,有人冲击,有人作前哨战,方式很多。

"紧接这边,您看,这是一些苦行或虔信的著作;接着便是道德的书,这些书有用得多;还有神学书,由于它们所研究的内容,同时也由于研究的方式,这些书加倍地令人难懂。这边是神悟派①的著作,也就是说,一些心肠柔软的虔信者的著作。"我对他说:"啊!教父,请等一下。不要如此迅速。请给我谈谈这些神悟派修士。"他说:"先生,虔诚的信仰燃烧着一颗倾向于柔情的心,把神思送到脑中去。而这些神思,使脑子也燃烧起来,从而产生神游和妙悟。这种情况是虔信的疯狂。往往神悟更臻完善,成为静宗②,或不如说退化为静宗。您知道,一个静宗修士,不是别的,不过是一个疯子,他又虔诚,又放荡。

"您看,这些是罪业审辨师③的著作,他们将黑夜的秘密公布于大白天。他们在想象之中,造成爱情的魔鬼所能产生的种种妖怪,将它们集合起来,互相比较,作为他们思想的永恒对象。如果他们的心不和这妖孽结成同伙,不成为如此天真与赤裸地被描绘的、种种迷惘行动的同谋,就算幸运!

"您看,先生,我自由地思想,并且我想到什么就对您说什么。我天生就是这样天真,尤其是和您在一起,因为您是外国人,您愿意明白事物,明白事物的本来面目。如果我愿意,我可以一概用赞美的口气和您谈这一切,我可以不停地对您说:'这是神圣的,这是可敬的;这里有奇妙的成分。'那么结

---

① 按照基督教的说法,个人必须通过一定的宗教仪式,始能与上帝发生精神上的接触,而神悟派可以不通过宗教仪式,取道于神秘的参悟,即可与上帝的精神直接打交道。
② 静宗,为西班牙修道士莫利诺斯于一六七五年所创,主张以静观代替一切行动。
③ 详见第131至133页。

果将不出此二者:或者您上了我的当,或者您在心里骂我无耻。"

我们的谈话到此为止,因那修士突然有事他去,谈话中断,一直到次日。

一七一九年,莱麦丹月二十三日,于巴黎。

信一三五　黎伽寄×××

　　到了约定的时间,我又到图书馆去。那人将我领到恰好昨天我们分手的地方。他对我说:"这些是语法家、诠注家与讲解家。""教父,"我问他,"这些人不能够不通达人情物理吧?"他说:"是的,他们可以不通达人情物理,甚至表面上显不出来,他们的著作并不因此而更低劣。这一点对他们是很方便的。""这倒是真的,"我对他说,"我认识不少哲学家,他们最好专心研究这类学问。"

　　他接着说道:"这些是演说家,他们有一种本领,不管有理无理,反正说得使人信服。这边是几何学家,他们强迫人信服,用强暴手段说服人。

　　"这些是形而上学的书,所讨论的一切,事关重大,其中到处遇到'无穷'。这是物理学书籍,对于这些书,广大宇宙的安排,并不比工匠的最简单的机器更为奇妙。这是医学书籍,这种纪念碑式的著作,说明生命的脆弱,医术的万能,这些书即使谈到最轻微的疾病,也能令人发抖,因为它们使人觉得死神近在身边,可是一谈到药剂的性能,就使我们感到十分安全,仿佛我们成了长生不死之身。

　　"紧挨着的是一些解剖学书籍,其中关于人体各部的描述,比学者所定的那些野蛮的名词要少得多,而这些名词,既不能治愈患者的疾病,也不能治愈医生的愚昧。

"这里是化学,这门学问有时托身于大收容所,有时托身于小收容站①,仿佛这些居处对于化学一概适合。

"这边是有关隐秘的学问②,或不如说有关隐秘的无知的书籍,就如这些书,内容包含某种鬼把戏。大部分人认为这些书可厌可憎之至,我却以为可怜而已。又如这些星相学的书,也是一例。""你说什么,教父?星相学书籍!"我热烈地问他,"这些书在我们波斯最受重视,它们规定我们生活中的一举一动,我们有所谋求,一概取决于它们。星相学家真正是我们的领导人,他们所做的尚不止这些,他们还参与干预国家大政。"他说:"如果真的如此,你们生活在比理智的桎梏更为厉害的束缚中。这真是世上最古怪的国家。我怜悯一个家庭如此严重地被星宿的影响所统治,至于一个国家,那就更为可悯。"我立刻答道:"我们利用星相学,犹如你们利用代数。每一国家各有自己的学问,按照这门学问来规定政策;我们波斯全国的星相学家加在一起,绝没有你们一个代数学家③在此地所做的蠢事多。星宿的偶然凑合,比起你们那位'制度'制造家④的漂亮论辩,你不以为是一条同样可靠的规则吗?如果我们计算一下,在法国和波斯,有多少人反对,多少人赞成,可能这是星相学获胜的极好理由;你将看见那些计算家大为

---

① 当时巴黎的"大收容所"主要收容乞丐,"小收容站"收容疯人与病人。当时化学与炼丹术不分,"化学家"(丹客)烧炼黄金毫无结果,因而破产或发疯者大不乏人(参看第99页注①)。
② 当时魔术、炼丹术等都称为隐秘的学问或方术。
③④ 指约翰·劳,见第315页注①。劳制订关于整顿货币及财政的"制度",使法国经济大为紊乱,不但政府损失甚大,人民也受不浅,此信再一次反映当时人民对劳不满的情绪。

丢脸。从上面的事实,有什么反对计算家的重大结论不能得出来呢?"

我们的争吵被打断了,我们不得不分手。

　　　　　　一七一九年,莱麦丹月二十六日,于巴黎。

信一三六　黎伽寄×××

在又一次见面时,那博学的人领我到一间单另的房间里。"这些是现代史的书籍,"他对我说,"先请看教会与教皇的历史学家。我为了寻找启发而读这些书,但其结果往往适得其反。

"这边是描写不可一世的罗马帝国如何衰亡的历史学家。罗马帝国曾经建立在许多君主国的残骸上,罗马覆亡以后,在它的基础上又建立起许多新的君主国。和他们所住的地方同样不为人知、为数无穷的野蛮民族突然出现,席卷、蹂躏并且瓜分了罗马帝国,建立了你现在可以在欧洲看见的那些王国。这些民族,既然是自由的,并不算真正野蛮。可是,自从大部分屈服于绝对的权力而丧失了如此适合于理智、人道以及自然的那甜蜜的自由以后,他们就变成野蛮了。

"你看这些研究日耳曼帝国的史学家。这帝国对于它的前身第一帝国说只剩下了阴影。可是我以为这是地球上惟一不因为分裂而削弱的国家;我也以为,这是惟一愈受损失,反而愈巩固了自己的国家。它缓慢地利用它的胜利,打了若干次败仗而成为不可驯服的了。

"这些是研究法国的史学家。在这些著作中,人们首先看见王权的形成,从而王权覆灭了两次,复兴了两次;后来萎靡不振,有若干世纪之久。可是,它不知不觉积蓄了力量,从四面八方增长起来,达到最高阶段,犹如江河,在奔流之中丧失了江水,或隐伏在地下,接着,重又出现,与支流汇合,水势壮大,凡遇阻碍,无不用迅疾的流势把一切都冲走。

"那边,你看见西班牙民族从某些山岭上出来,伊斯兰教君主不知不觉地被他们制服,正如以前他们迅速征服西班牙一样。许多王国合并为一个君主国,几乎成为惟一的君主国,一直到后来,被它自己的盛大和它虚假的繁荣压得直不起腰来,它丧失了力量,甚至丧失了荣誉,仅仅保留着对于过去的强盛的骄傲。

"这些是研究英国的史学家。在英国,常常可以看见从纷乱与叛变的火花中产生自由;在不可动摇的宝座上,君主却永远是摇摆不稳的。这是一个急躁的民族,即使暴怒,也保持着明智。它成了海上的霸主(这是空前的事)之后,将商业与帝国的发展结合起来。

"紧靠这边,是另一个海洋霸主的历史:荷兰共和国。它在欧洲如此被尊敬,在亚洲又如此凶狠,它的商人们在亚洲受许多国王的跪拜。

"研究意大利的史学家,指出这国家过去是世上的霸主,今天是列国的藩臣。目前意大利各邦的君主四分五裂、软弱无能,除了空洞的政治活动以外,并无其他的君权特征。

"这些是各共和国的历史:瑞士,自由的形象;威尼斯,它只在经济方面有些办法;热那亚,它只有房屋最华丽。

"这边是北欧各国的历史,其中有波兰的历史。波兰非常不善于运用自己的自由与选举国王之权,仿佛它愿以此安慰无此特权亦无自由之邻邦。"

谈到这里,我们分手,直到次日。

一七一九年,沙瓦鲁月二日,于巴黎。

信一三七　黎伽寄×××

次日,他领我到另一间屋子里。"此地是一些诗人,"他对我说,"也就是说,这些作家的职业,在于专门阻挠正常情理,并在愉悦的外表下压抑理智,犹如往昔人们将妇女掩埋在她们的浓妆重饰之下一样。诗人,您是认识的,在东方人中间也不缺乏诗人。在东方,太阳更炽热,似乎把人的想象力都烧热了。

"这些是史诗。""啊!"我说,"什么叫史诗?"他说:"说真话,我也一无所知。内行人说,从古以来只有两篇史诗[①],别的所谓史诗,其实并非史诗,我也不知道对不对。他们还说,写新的史诗是不可能的,这就更令人惊奇。

"这些是戏曲诗人,按照鄙意,他们是最高意义上的诗人,而且是描绘情欲的大师。他们分为两类:喜剧诗人,他们如此温和地摇撼我们;悲剧诗人,他们使我们惶惑,并且猛烈地震荡我们。

"这些是抒情诗人,我藐视他们的程度,和我重视戏剧诗人的程度一样深。这些诗人将他们的艺术造成和谐的荒唐言词。

[①] 指荷马史诗《伊利亚特》与《奥德赛》。

"接着便是牧歌与田园诗的作者,甚至朝廷中人都喜欢这些诗,因为这些诗把他们所缺少的某一种平静之感给与他们,并且使他们置身于牧童的世界。

"我们所见的作家之中,这些是最危险的:磨炼讽刺小诗的人。这种诗犹如出弦的短箭,造成无可救药的深深的创伤。

"您看这边是小说。小说作家,也可以算作一种诗人,他们粗暴地对待思想的语言,同时也粗暴地对待情感的语言。他们费尽生平光阴,寻求自然,总寻不到,而他们作品中的人物稀奇罕见,不下于双翼之龙与人身之马①。"

我对他说:"你们的小说我已经见过几种,如果您见到我们的小说,恐更将大不以为然。我们的小说亦同样地不自然,况且极受我们风俗习惯的限制:情人必须先尝十年相思的痛苦,然后始能窥见情妇一面。然而作者不得不使读者经历这种可厌的导言。小说的情节每一本完全不同是不可能的。为了挽救这弊病,他们求助于一种更加不堪的办法,那就是仰仗于奇异的事变。我敢保您不会赞许女巫从地底变出一支军队,或则英雄独自摧毁十万大军。然而我们的小说就是如此。这类冷漠无情并且时常重复的冒险故事,令人恹恹欲病,而那种荒诞事件也使人起反感。"

一七一九年,沙瓦鲁月六日,于巴黎。

---

① 双翼龙与人身马都是神话中的怪物。

信一三八　黎伽寄伊邦

（寄士麦那）

此间内阁大臣，互相接替，互相破坏，犹如季节之轮换：三年以来，我看见财政制度已经变更了四次。在土耳其和波斯，今天收税的情形仍和开国时一般，而此间情况则大不相同。我们在税收工作上的确不和西方人一样，要这许多巧妙。我们认为，管理君主的收入和管理私人财产的进益，二者之间相差之处，至多不过是计算十万刀曼与计算一百刀曼之别而已。然而此间却更细致，更神秘。此间必须有伟大的天才昼夜辛勤，不断地并且痛苦地产生新的计划；他们必须倾听数不清的人的意见，这些人不待请求，都在为他们工作；他们必须隐身于斗室深处，在里边生活，大人先生亦不能进去，市井细民则视之为神圣；他们必须脑中充满重要的秘密、奇迹一般的打算、新的制度；他们必须在全神贯注、苦思力索之中，丧失语言的功用，有时甚至连礼貌也无暇顾及。

先王瞑目之日，人们就想建立新政。人们感觉不舒服，但不知如何方能改善。过去的内阁大臣权力无穷，大家颇不自在，因此要想分散这一权力。为此之故，创立了六七个会议，而这内阁，也许是所有内阁之中，治理法国最合情理的一个。这内阁生命很短，因而它产生良好的作用也很短。

先王逝世之日,法国是一个百病丛生的身体。诺①手执利刃,切削废肌腐肉,并且涂上一些头痛医头、脚痛治脚的药膏。可是剩下一种内疾,有待治疗。来了一个外国人②,着手治疗工作。用了许多猛烈药剂以后,他以为已使法国恢复了丰腴,实际仅仅使法国肿胀。

半年以前的富人,目前均在贫困中;而过去没有面包的人,今天却财富用之不尽。贫富这两极端,从未如此接近过。那外国人将法国翻了一个面,犹如收购破烂者翻改旧衣一样:他将原来在底下的放在上面,原来在上面的放在反面。许多人发了意外的横财,连他们自己也不能相信。即使上帝把人从微贱中拯救出来,也不能如此迅速。多少侍役,现在被他们同伴伺候着,明天也许会被他们主人伺候着!③

这一切,常常惹起稀奇古怪的事。在前朝发迹的仆役,现在夸耀着他们的出身;对于刚刚在某一条街上脱下仆役制服的那些人④,他们表示出半年以前自己所遭受到的全部鄙视;他们用全力喊叫:"贵族破产了!国内多么混乱!身份等级,杂乱不堪!只见那些无名小子大发其财!"我可向你担保,这些新暴发户在未来的暴发户身上,也一定大肆报复。而在三十年后,这类"有身份的人"必将大事声张。

一七二〇年,助勒·盖尔德月一日,于巴黎。

---

① 指诺瓦耶公爵,他主持内阁财政会议,直到一七一八年一月二十八日。
② 指前面所提的约翰·劳。
③ 见第315页注①。
④ 因突然发财,离开仆役地位不久之人。"某一条街"指巴黎的甘岗波瓦街,当时投机商人聚集之处,空头买卖,类乎后世的证券交易所。

信一三九　黎伽寄伊邦

下面是夫妇恩爱的一个伟大例子,这例子不但发生在一个妇女身上,而且她同时又是女王。瑞典女王①竭力要使她的丈夫某亲王参加王权,为了克服一切困难,她通知议会,如果她丈夫当选,她甘愿放弃王位。

六十多年以前,另一位女王,名叫克丽斯蒂娜,为了专心致志研究哲学,放弃了王位。我不知道在这两个事例之间,哪一个更值得赞美。

虽然我相当赞成个人应当坚守自然给他的岗位,虽然我不能夸奖某些人的弱点,他们自觉力不称职,像开小差一样,离开了岗位,但是这两位女君主的灵魂是伟大的,同时我又看见这一个的智慧和另一个的心肠都超过她们的富贵,因此我深受感动。正当别人一心想享福的时候,克丽斯蒂娜却急于求知。而另一位女王,愿将她的幸福由她庄严的丈夫来掌握;只有那时,她始肯享受这幸福。

一七二〇年,穆哈兰月二十七日,于巴黎。

---

① 指乌尔丽克-艾来奥诺,一七二〇年三月二十四日逊位于其夫。

信一四〇　黎伽寄郁斯贝克

（寄×××）

巴黎的法院①正被贬到一个名为彭多阿斯②的小城中去。内阁会议给它送去一份通知书，令它存案或表示赞成，这通知书使它丧失体面，于是它用了使内阁会议失体面的方式，将这通知书存案了。

王国境内，还有几处法院，也被同样待遇威胁着。

这类团体总是讨人厌的：因为它们不接近君主则已，一接近君主就是为了奏闻令人发愁的真实；当一大群宫廷侍奉之臣，正在不停地对君主们介绍人民在他们统治之下如何幸福的情形时，这类团体却来揭穿廷臣们的谀词，而将他们所接受的人民的呻吟与眼泪，献于御座之前。

亲爱的郁斯贝克，如果需将真情实况奏给君主，实在是个沉重的负担。君主们应当想到，决心如此做的人，亦出于不得已；倘如不是迫于义务，出于敬意甚至忠爱，他们不至于下此决心办理对于自己也可悲可痛的手续。

一七二〇年，主马达·巫拉月二十一日，于巴黎。

---

① 也就是议会，当时法国的法院兼有议会性质，但是和后世的议会又不同。
② 彭多阿斯，巴黎西北小城，但今天已经是三十九万人口的中等城市。

信一四一　黎伽寄郁斯贝克

将近周末,我要去找你。和你在一起,日子会过得多么惬意!

前几天,有人带我去见在宫中执事的某贵夫人,因为她颇想看看我的外国面貌。我觉得她很美丽,足当得起我们主上的青睐,也配在他宠幸的神圣后宫占一尊严的地位。

关于波斯人的风俗习惯,关于波斯妇女的生活方式,她向我提出千百条问题。我仿佛觉得后宫生活并不合她口味,一个男子独占十或十二个妇女,令她发生反感。她不能不羡慕男人的幸福,同时怜悯那些妇女的处境。由于她喜欢读书,尤其小说与诗歌,她希望我和她谈谈我们的小说诗歌。我对她讲的种种,加倍引起她的好奇。她请我在随带的书中,翻译一段给她看看。我照办了,而且隔了几天,就给她送去一篇波斯故事。你看见这故事译成了外文,也许引以为快。

伊卜拉欣的故事①

在昔克·阿里·可汗的时代,波斯有一妇人,名叫苏尔玛。神圣的《古兰经》她能全部背诵,当时没有一个祭司能比她更善于了解神圣先知们的遗训,阿拉伯博士们无论弄什么玄虚,她没有不能洞穿内幕的。她不仅知识广博,又因有一种轻松愉快的精神,使人不易辨别她是在娱乐听者,还是在教导他们。

一天,她和女伴们在后房内院的一间厅堂上。有女伴问她,对于死后的情况作何感想,是否相信经学博士们的传统说法,认为天堂只为男子而设。

"这是一般人的感想,"她对她们说,"人们不遗余力地侮辱我们女性。甚至有一民族,散居全波斯,就是所谓'犹太民族',根据他们的圣书,认为我们女子没有灵魂。

"这些带侮辱性的意见,无非来源于男子的骄傲。男子们想把他们的优越地位一直保持到死后,不曾想一到'最后的一天',所有的生灵全以虚无的身份出现在上帝面前,他们之间除了各人的阴德,再无其他特权。

"上帝的恩泽是宽广无垠的。正如阳寿已尽的男

---

① 这篇经过作者改写的波斯故事反映了封建制度残酷压迫下的女性要求自由、平等与幸福的热望。她们要求对于她们的敌人,她们横蛮的压迫者——封建社会的丈夫,进行反抗与报复。假如在现实生活中不能实现这种报复,她们认为哪怕在死后,也要使之实现。从而产生了"女子的天堂"这一种表面上好像很天真,其实具有悲剧深度的幻想。在长期封建压迫下的女性,一方面局限于时代的条件,另一方面则因为被压迫的生活影响了她们的文化修养和一般见识,因而她们所想到的报复手段,自然而然是将男子所加于她们头上的一切反过来——加在男子头上。也就是所谓循环式的报复。

子,如果生前没有滥用他们加在我们女子头上的权力,可以进入天堂,那里充满美貌动人的天女。美到这种程度,倘有尘世男子看见她们,他一定立刻自杀,因为急于上天去享艳福。女子们也一样,有德行的将去极乐世界。在那儿,和供她们使用的天上的男子们在一起,她们将陶醉于源源不竭的欢乐中。她们各人将有一座后房,把那些男子禁闭在其中,用若干阉奴——比我们的阉奴更忠心——来看守他们。"

她接着又说:"我在一本阿拉伯的书中读到,有一个人名叫伊卜拉欣,非常嫉妒,令人不能忍受。他有十二个妻子,全都美丽绝伦,他却用非常凶暴的态度对待她们。他的阉奴和后房的墙垣,他认为都不可靠。他将十二个妻子几乎整天关在房内,闭门落锁,不许她们互相见面,也不许互相说话。因为即使无邪的友谊,也引起他的嫉妒。他的一举一动无不反映他的粗暴天性。他嘴上从未说过温和的字句,他的任何微小动作,都是为了加强对于女人的奴役。

"一天,他把她们全体集合在内院的厅堂上。女人中有一个比其余的胆大,责备伊卜拉欣本性恶劣,说道:'人若想尽办法要使别人怕他,结果必先令人恨他。我们不幸极了,不能不期望有所更变。别人处在我的地位,也许会盼你死,而我只盼我自己死。无法与你生离,只好希望死别,倘能与你分别,死亡对于我也是很甜蜜的。'这一番言语,本该感动那男人,却反而使他暴怒若狂。他拔出匕首,刺入女人的胸膛。'亲爱的女伴们,'女人用奄奄一息的声音说,'倘若苍天怜悯我的德行,你们的仇一定能报。'说到这里,她就离开了她不幸的生命。她来到极乐世界,生前正经的妇女,在那儿享受着日新月异的幸福。

"她先看见一片草地,有如含笑的面孔,在鲜艳的花色掩映之下,愈显得草色碧绿。小溪一泓,比水晶更莹洁,在草地上画出无穷的曲折。她接着进入迷人的小树林,只有众鸟恬静的歌声,打破林中的幽寂。再往前走,迎面而来的是华贵的花园,大自然点缀那些花园,在简单之中,尽富丽堂皇之能事。最后她发现了一座非常讲究的宫殿,这是为她而设的,其中充满着天上的男子,供她取乐。

"男子之中,有二人立刻过来替她解衣;别的男子将她扶入兰汤,替她沐浴,并且洒以最美妙的香精。接着,替她换上新衣,和她的旧衣相形之下,显得华丽无比。然后领她到大厅上去。她看见厅上的火炉燃烧着檀香木柴,桌上罗列着奇珍异味。仿佛一切都助成她官能的极大欢喜:在这边,她可以听柔和悦耳的天上音乐;在那边,她只看见天上的男子们在舞蹈,他们专心致志,博取她的欢心。然而这许多乐趣,无非是借此在不知不觉之中把她引向更大的乐趣。人们引导她来到房中。于是,再一次解衣以后,他们把她抱到极讲究的床上,两个美貌惑人的男子张臂欢迎她。她到这时已经陶醉,高度的欢乐超过了她的欲望。她对男子们说:'我已完全不由自主,如果我不敢保自己是长生不老之身,我简直以为快要死了。实在够了,放下我吧;强烈的欢乐,使我不能自持。是的,你们让我的官能稍稍平静一些,我又开始呼吸,神志也恢复了。这是怎么回事,他们将烛台拿走了?为什么我现在不能仔细看你们天神的美貌?为什么我不能看?……但是为什么要看呢?你们使我回到了当初的狂欢。啊,神呀!这一片黑夜是多么可爱!怎么!我将成为长生不死,而且和你们一起长生不死?对吗?……不,我请求你们饶恕,因为我看你们这些人,是永远无须求人饶恕的。'

"接连命令了几次以后,人们终于服从她,但他们是在她很严肃地要求时才服从的。她懒洋洋地休息了一会儿,在他们怀中睡着了。睡了两段时间,她消除了疲劳。她接受了两个吻,忽然又热烈起来,睁开了眼睛。她说:'我很不放心。我怕你们不爱我了。'她不愿长时间停留在这疑窦中,因此他们给她所要求的一切说明。她嚷着说:'我大梦已醒。请原谅,请原谅!我对你们很有把握。你们闭口无言,但是你们用行动证明,胜于千言万语。是呀,是呀!我向你们实说:从来没有人这样相爱过。可是,怎么!你们二人都来争宠,看谁能说服我?啊!如果你们争执不休,如果你们以我败北为乐,再加上你们互相竞争的雄心,那么我就完了:你们两人一定都是胜利者,只有我一个人是战败者;但是我要使你们的胜利付出极高的代价。'

"这一切,到了天明,才告中断。她的忠心而可爱的仆役们走进房来,叫那两个青年人起床。两个老者带他们回到原处,禁闭起来,以备她随时取乐。接着,她也起床,先穿简素动人的便装,召见把她当偶像崇拜的宫廷人众。稍后,她戴上最华丽的饰物。那一夜增加了她的美丽,她的容光更富于生命,她绰约的姿态更富于表情。一整天,无非是舞蹈、奏乐、宴饮、游戏、散步。并且人们看见阿娜伊丝①时常偷偷地走开,飞跑着去找她那两个青年人。隔了一会儿,在这种珍贵的会晤以后,她又回到原来的人群里,她的容颜更显得安详明朗。最后,天色将近黄昏,大家整个儿看不见她了。原来她自己关在后宫,她说愿意和宫中禁闭着的那些长生不老的永恒伴侣们互相认识。于是,在那最隐秘、最迷人的处所,她巡视了她的五十名美丽出奇的奴隶的住室。整整一夜,她从这间房漫步到那一间,到处接受永远不一样、可也是永远相同的颂赞。

"长生不老的阿娜伊丝就是这样度过日子的,有时沉湎在热闹的欢乐中,有时玩赏着清静的乐趣;或被一群光彩焕发的人所赞扬,或被一个狂热的情人所独爱。她时常离开快乐的宫殿,到野外的窑洞里去,足迹所到之处,好像开遍了鲜花,各种娱乐成群结队欢迎她。

"她在幸福的宅第中,已经住了一个多星期。那些天以来,她一直紧张、激动到极点,没有思索的余地。她享受幸福,而没有认识这幸福。她得不到一刻安静,使灵魂自己省察一番,并且在热情宁息的寂静中,倾听自己的声音。

"快乐的仙人们,由于激烈的欢乐,很少能享受精神上的自由。因此,他们对于当前事物的执着是牢不可摧的,而对于过去的事物完全置之脑后,他们在尘世曾经认

---

① 就是伊卜拉欣所刺死的女人。

识过或爱过的一切,丝毫不再使他们操心。

"可是阿娜伊丝却具有真正哲学家的精神,几乎在深思静虑中过了一生。她思路深远,超过平常人认为一个孤独女子所能达到的程度。从前她的丈夫使她过严肃的隐居生活,所剩下的只有这一好处。就是这种精神力量,使她能蔑视当时打击了她的女伴们的种种恐怖,使她蔑视死亡,而死亡终于成为她苦难的终点和幸福的开始。

"于是她渐渐脱离欢乐的陶醉,独自关闭在宫中某一殿堂里。对于过去的生活和当前的幸福,她尽情地作了一些甜蜜的思索。想到她女伴们的不幸,她不禁泪下:自己身受过的磨难,自己容易感动。阿娜伊丝不仅以同情自足,对于那些不幸的女伴,她格外深情,她觉得有援救她们的必要。

"她命令身边的年轻人之一,扮作她原来丈夫的状貌,到她原夫的内院去,成为后房之主,赶走原主,取而代之,直到她召他回来时为止。

"命令很快就执行了:那人腾空而去,到达伊卜拉欣内院门口。伊卜拉欣不在里边。他拍门,所有的门户都为他而洞开,阉奴们拜倒在他脚边。他飞一般奔向伊卜拉欣的女人们禁闭着的房间里去。他来的时候,曾用隐身术走近伊卜拉欣,在这嫉妒者的衣袋里取得了钥匙。他走进闺房。起先,他温和、可亲的神气使妇人们大为惊奇,接着,他态度殷勤,行动轻捷,更使她们惊奇不止。每个妇人都感到惊奇。如果不如此千真万确,她们简直以为身在梦中。

"正当这些新的场面在后房演出,伊卜拉欣前来撞门,他通报自己的名字,大闹大叫。碰了许多钉子以后,他总算进去了,他使阉奴们慌乱到极点。他迈着大步往里走,但是,一见那假伊卜拉欣与他惟妙惟肖,并且行动随便,完全是一家之主,他不觉倒退数步,好似从云雾中掉了下来。他大呼救命,要阉奴们帮助他杀死骗子,可是谁也不听他指挥。他只剩一个希望极微的办法,就是让他的女人们来判断。一小时以来,那假伊卜拉欣已经博得了他的判官们的欢心。真伊卜拉欣被人驱逐,狼狈不堪地被拖出后房。如果他的敌手不吩咐留他狗命,他早就被打得死去活来。新伊卜拉欣终于成了战胜者,他愈来愈显得没有辜负众望,并且以前所未见的奇迹,引起大家的注意。

"妇女们说:'你可不像伊卜拉欣。'胜利的伊卜拉欣说:'好吧,你们不如说那个大骗贼不像我。倘使我的作为尚不够好,那么,应当怎么办,方能做你们的丈夫?'妇人们说:'我们决不猜疑。如果你不是伊卜拉欣,你却是真正配当伊卜拉欣,对于我们,这就够了。他做了十年伊卜拉欣,还不如你在一天之间做得更其像样。'他又说道:'那么,你们答应我,你们以后要拥护我,反对那骗贼?'妇女们齐声答道:'请勿怀疑,我们对你宣誓,忠心耿耿,永世不渝。我们受人愚弄已经太久,那奸贼想不到我们的品德,他只嫌自己待我们还不够严厉。现在我们知道男子们都不像他那样,他们一定和你相像,这是无疑的。你不知道,你使我们多么憎恨他!'假伊卜拉欣又说道:'我将要常常给你们新的理由,让你们恨他,因为你们还没有完全认识,他给了你们多大的损害。'妇人们答道：'我们报仇报得多大,就可以判断出他非正义的程度有多深。'天上来的男子说：'对,你们有理。我根据罪恶的程度,来衡量刑罚的轻重。你们对于我的惩罚方式表示满意,这使我高兴。'那些妇人又说：'可是,万一那骗贼又回来,我们怎么办呢?'男人回答道：'恐怕他很不容易欺骗你们,谁要想占住我在你们身边的地位,用狡计是站不住的。并且我会把他送到很远的地方,以致你们不会再听人提到他。那时,我将负责使你们幸福,因为我决不嫉妒。我知道如何对你们有把握,而不令你们受窘。我对于我自己的优点,知道得相当清楚,所以我相信你们不会对我不忠。如果你们和我在一起,尚不能有很好的德行,那么和谁一起,方能有德?'

"这一段谈话,在那男子和妇人们之间,历时甚久。妇人们不以两个伊卜拉欣如此貌似为奇,反而更惊讶两人间的不同。这许多奇妙的事,她们甚至不想问所以然。终于,那绝望的丈夫又回来搅扰她们,他发现全家在欢乐之中,而他的女人们比以前更不肯信他的话。嫉妒的人在那儿是无法忍受的,所以他咬牙切齿地走了出来。片刻之后,假伊卜拉欣追上来,抓住了他,把他提到空中,一直送他到两万里以外。

"啊,神呀！那些妇人,在伊卜拉欣不在家的期间,何等懊丧！阉奴们出乎本性的严厉,已经故态复萌;妇人个个以泪洗面。有时她们设想,过去的一段遭遇,无非一场好梦。她们面面相觑,互述奇遇,微情末节,毫不遗漏。最后,天神般的伊卜拉欣回来了,而且越发可爱;妇人们觉得他旅途奔波,并不以为苦。

"这位新的主人采取种种行径,恰好与旧主人完全相反,乃至四邻八舍大为惊异。他遣散了众阉奴,把他的宅门向群众开放,他甚至不愿意他的女人们再戴面幕。看她们在宴会席次,和男子参差杂坐,无拘无束,都和男子一样,实在是奇闻逸事。伊卜拉欣认为当地风俗人情不适合于像他那样的公民,他这想法很有道理。同时,他任意花用,挥金如土,把嫉妒鬼的财产散失干净。三年以后,嫉妒鬼从放逐的地方远道归来,只见家中剩下了他的那些女人,和三十六个娃娃。"

一七二〇年,主马达·巫拉月二十六日,于巴黎。

信一四二　黎伽寄郁斯贝克

（寄×××）

昨接某学者来信一封，兹附于后，你看了一定会觉得稀奇：

先生：

半载以前，我承袭了族叔遗产，他生前非常有钱，死后给我留下现款五六十万镑和陈设极其富丽的住宅一所。如果你善于使用财产，那么有财产是一件乐事。我对于寻欢作乐毫无奢望，亦无兴趣；我几乎终日闲居书室，度学者生活；在我书室中，你可以发现一位尊古嗜奇的雅士。

族叔瞑目之后，我非常愿意用古代希腊罗马之礼安葬他。可惜那时我既无泪瓶①，又无骨灰坛和古灯。

然而后来我却搜集齐备了这些珍奇稀见之物。前几天，我售脱一套白银杯盘，买了一盏陶土古灯，此灯乃是斯多葛派②某哲学家的旧物。先叔居室，到处悬镜，几无

~~~~~~~~~~~~~~~~
① 在罗马古塚里发掘出来的一种小瓶，相传举哀时盛泪之用，也有人说是装香料之用。
② 古希腊哲学学派之一。

余墙,现在我把所有的镜子都卖掉了,以其所值,换得古镜一小面,略有裂纹,此乃当年维吉尔①随身之物。我见自己的面目,反映在曼图亚②的天鹅之间,实在是乐不可支。尚不止此:我用一百块金路易,购得两千年前流通的古铜钱五六枚。目下在我家中,据我所知,没有一件家具不是罗马帝国衰亡前的古物。我有小书斋一间,收藏极其珍贵的手抄本。虽然阅读非常损伤目力,我仍然喜欢手抄本,并且远甚于印刷版。因为印刷的书舛讹既多,而且人手一编,不足为奇。虽然我几乎足不出户,但依然有无限热情,研究罗马时代遗留下来的古旧道路。在我家附近,就有这样一条路,大约是一千两百年前,为高卢某总督所兴修。我每次去乡间别墅,总不会忘记走那条路,虽然路极不方便,并且要多走四公里余。但是,使我非常生气的是那些木杆,每隔一定的距离即树立一根,以标示邻近城市的远近。看不见往昔在路上的军用列柱,只见这些可恨的路标,实在令我失望。我毫不怀疑,将来一定叫我的子孙恢复列柱,并且在我的遗嘱中规定这笔经费。先生,倘如您有波斯手抄古籍,务请予我以通融,这将使我高兴,至于代价,您要多少,我给多少,除此而外,将以拙作数种奉赠,您将借此知道,我并不是文艺共和国中的一名冗员。在那些著作中,您可以注意到我的一篇专著,其中指出,古代用作胜利之冠的并不是月桂,而是橡树。您还会对另一篇论文产生深刻的印象,其中我引用最严

---

① 维吉尔(公元前70—公元前19),古罗马诗人。
② 曼图亚,意大利北部小城,多湖泊,诗人维吉尔的故乡即在附近。

肃的希腊作家的话,构成渊博的揣测,证明岗比斯①受伤的是左腿,而不是右腿。在另一篇论文中,我阐明狭窄的前额是罗马人力求的一种美貌。我还要寄给您一册四开本的著作,内容是维吉尔的《埃涅阿斯纪》②第六卷一句诗的诠释。过几天您方能收到上述的文章,至于目前,我仅仅满足于给您寄上古希腊某神话作家的残稿一篇,此稿从未发表过,是我在某藏书室的尘灰中发现的。我和您告别了,我手上还有一件重要事件要办:问题在于自然学者普林作品中一个美丽的片段,需要还其本来面目,因为十五世纪的抄写者,将它的面目作了奇特的窜改。

谨启。

古神话残稿③

在奥加特附近某岛上,一个小孩出世了,他父亲是风神艾奥耳,他母亲是加来多尼的一位仙女。关于孩子,据说他自己学会了用手指计数,又说他年方四岁,已善于识别金属,他母亲给他一枚黄铜指环,代替黄金,他识破了骗局,将指环掷在地上。

他一长大,他父亲就教给他如何把风盛在皮囊中的秘密,然后他把风卖给一切旅行的人。但是,由于这商品在本地并不十分值钱,他就离开家乡,开始漫游世界,以

---

① 波斯古君,见第 156 页注①。
② 《埃涅阿斯纪》,维吉尔的长篇史诗,共十二卷。
③ 在这篇假托的"神话"中,作者讽刺使路易十五朝初年法国财政混乱加深并且使法国人民破产的主要责任者之一约翰·劳。

盲目的'偶遇神'作为侣伴。

  他在旅中得悉,在贝提长①地区,黄金到处闪闪发光,这就使他加速赶去。到了那边,当地的主宰萨都纳神很不欢迎他。可是这神祇后来离开了尘世,于是他跑到所有的十字街口,用嘶哑的嗓子不停喊叫:"贝提长人民,你们自以为很富,因为你们有金银。你们的错误引起我的怜悯。请相信我,离开这些卑鄙金属②的乡土,到想象之国中来吧。我答应你们,让你们得到更多的财富,多到使你们自己也会觉得惊讶。"他立刻打开带去的大部分皮囊,把他的货物分给所有愿意要的人。

  次日,他又来到原来的十字街口,高声喊道:"贝提长人民,你们愿意发财吗?你们不妨设想我是十分富有的,设想你们也是如此。你们每天早上醒来,心中就想,一夜之间,自己的财产又增加了一倍,这样想了以后,方起床来。如果你欠债待还,你可以用你所想象的东西去还,并且告诉债主,叫他也这样悬想。"

  几天以后,他重又出现了,他这样讲:"贝提长人民,我看你们的想象力显然没有前几天活跃。让我把你们领导到我的想象中来。每天早上,我将写一块牌子,放在你们眼前,这就将作为你们财富的来源。你们在牌上只看见四句话,但这几句话意味深长,因为它们规定妇女的妆奁、子女的遗产、家中仆役的人数。至于你们(他对人群中最靠近他的那些人说),亲爱的孩子们,我可以这样称

----

① 罗马共和国时期,西斯班尼亚被分为近西斯班尼亚与远西斯班尼亚,后者又被分为贝提长和卢西塔尼亚两省。
② 指金银。

呼你们,因为我是你们的再生父亲,我的牌示将决定你们的奥马如何豪华、筵席如何奢侈,决定你们有多少外室以及花多少钱维持她们。"

几天以后,他气喘吁吁跑到十字街口,怒不可遏地喊道:"贝提长人民,我曾经劝告你们空想,我看你们并不照办。好吧!现在我命令你们这样做。"说到这里,他突然走了。但是,仔细一想,他又回来说道:"我听说你们中有些人颇为可恶,藏着金银不肯放手。银子也就罢了,可是金子……金子……啊!这真使我气得……我对着我这些神圣的皮囊起誓,如果他们不把金子给我送来,我要严厉惩罚他们。"接着他又用苦劝的口气,加上一句:"你们以为我向你们要这些倒霉金属,为的是我自己想占有吗?有一件事就可以证明我心地清白,那就是前些天你们给我送金子来的时候,我当场就还给你们一半。"

次日,人们远远地看见他,他在用温和与谄媚的音调打动别人:"贝提长人民,我听说你们在国外有一部分财产。我请求你们,将这些财产给我收回来。这将使我高兴,我将永远感激不尽。"

艾奥耳之子对那些人说话,听者本来并没有想笑的意思,可是不能不笑了出来,这就使艾奥耳之子狼狈而返。然而,他重新鼓足勇气,再次冒险,提出一个小小的请求:"我知道你们有些宝石。看宙斯的面上,请你们放弃这些宝石吧!再没有比这些东西更使你们贫乏的了。放弃吧,我对你们说。如果你们自己无法放弃,我派一些极好的买卖人来帮助你们。如果你们听我的劝告,多少财产将流入你们手中!是的,我应允将皮囊中最纯洁的东西给你们。"

最后,他站在一个临时搭的台上,用有把握的音调说:"贝提长人民,我将你们目前所处的幸福状况,和我刚来到时所见的情况相比较:我认为你们现在是世上最富足的人民;为了使你们的幸运更完满,请允许我解除你们财富的一半。"说到此处,艾奥耳之子轻拍羽翼,转眼不知去向,致令听者皆仓皇失措,无法形容。因而次日艾奥耳之子又回来这样说:"昨日我发觉我的演说引起诸位极度不快。好吧!就当我什么也没有向诸位说。取其一半,确实未免太多。为了达到我自定的目标,只要采用别的应急之计就行:将我们的财富聚集在一起。这是很易办到的,因为财富并不占多大地方。"于是财富立刻消失了四分之三。

一七二〇年,舍尔邦月九日,于巴黎。

信一四三 黎伽寄里窝那犹太医师纳撒尼尔·雷维

你问我对于符录的效应与能力作何感想。何以你偏来问我呢？你是犹太人，我是伊斯兰教徒。这就是说，我们俩都很轻信的。

我身边经常带着两千段以上的神圣《古兰经》经文；在我手臂上，系有一个小包，里边写着两百多修道士的名字；在我衣服中，阿里、法蒂玛以及所有真人的名字，分藏二十多处。

然而，有些人不赞成这几句咒语的能力，我并不反对这些人。我们很难答复他们的理辩，他们倒是比较容易驳倒我们的经验。

由来已久的习惯，使我身边带着这些神圣的破布片，无非因为大家都这样做。我相信，这些布片比人们用为装饰的指环等物，即使并没有更大的效应，恐怕也不至于效应更小。但是你却将全部信心寄托在几个神秘的字母上。而且，如无此种保障，你就会陷入经常的恐惧中。

人们真是不幸！他们在落空的希望与可笑的恐惧之间不停地飘荡着，不但不依靠理智，他们自己反而制造出妖魔鬼怪来使自己胆怯，或者制造幽灵幻影迷惑自己。

某些字母这样排列，你愿意它们发生什么效果呢？这些字母散乱之后,你愿意它们扰乱什么已发生的效果呢?为了平定风暴,这些字母和风有什么关系呢?为了战胜大炮的力量,这些字母和火药有什么关系呢?为了治病,这些字母和医生所谓疾病的"恶性瘰疬"以及"致病原因"有什么关系呢?

不可思议的是,那些费尽心力寻找某些事件和魔术效能之间的关系的人,同时也要付出不下于此的努力来阻止自己看出这些事件的真正原因。

你可以对我说,由于某些魔力,使人打了一次胜仗;而我却对你说,你想必瞎了眼睛,因而在地形、兵士人数与勇气、军官的经验等情况上,你看不见足够的原因,可以产生你所不愿意知道原因的那种结果。

我暂时承认你所谓有某些魔力。请你也暂时承认我所谓没有魔力,因为这并不是不可能的。你所允许我的条件,不能阻止敌对的两军打起仗来。你同意不同意,在这情形下双方谁也打不了胜仗?你是否相信,双方命运悬而不决,直等到一种无形的力量来作决定?是否相信,所有的搏击均归无效,所有的谨慎都属徒劳,所有的勇气也都无用?你是否以为,在这些情况中,死亡虽然以千种不同的方式,出现在人们眼前,却不会在人们心中引起你费尽力气而难以解释的、使人慌乱的恐惧?在十万大军中,难道你认为就没有一个胆怯的人?你信不信这个人丧失勇气,会引起另一人也如此?第二个人影响第三个人,难道不会立刻影响到第四个人?这就够使全军突然丧失战胜的希望,军中人数愈多,这种绝望的情绪愈容易控制全军。

大家都知道,大家都感觉到,人们热烈珍爱生命,正如一切造物都有保存生机的倾向一样。在一般情况下,这是普遍被认同的事实，但是人们不明白何以在某种特殊情况之下，大家又这样怕失掉生命！

虽然各国的圣书中充满无法解释与超自然的恐怖事例，我想不出有比这更其轻率的事。因为，要证明一个可能由于十万个自然的原因造成的结果是超自然的结果，必须先研究是否所有这些原因没有一个起过作用，而这是不可能的事。

我不必再向你多谈，纳撒尼尔，我觉得这题材不值得这样认真地研究。

一七二〇年，舍尔邦月二十日，于巴黎。

又及：我正在结束这封信，忽听得街上叫卖某外省医生写给巴黎某医生的信（因为此间所有鸡毛蒜皮都可以付印、出版，并且可以购买）。我认为应当寄给你看，因为那封信和我们的题目有关。

外省医生给巴黎医生的信

在我们城里，有一个病人，已经有三十五天不能入眠。他的医生主张用鸦片，但是他下不了决心，手拿着杯，他越发犹豫起来。最后他对医生说："先生，我只请您宽容到明天，因为我认识一个人，他虽不行医，家中却有数不清的治疗失眠的药。请允许我把那人找来。如果我今晚睡不着，我一定仍然去求您。"送走了医生之后，病人叫人把窗帘放下，于是对侍童说："喂，快到阿尼斯先生那儿去一趟，叫他来，我有事要跟他谈。"阿尼斯先生来了。"亲爱的阿尼斯先生,我要死了,因为我不能睡觉。在您店里有没有'G.C.'①,或者你没有脱售的某一种虔诚信教的书,R.P.J.②写的著作?因为,收藏最久的药往往是最好的。"书贾说:"先生,我家里有葛辛神甫著的《神圣朝廷》,共六册,供您使用,我叫人给您送来,希望您能因此而身体渐好。如果您要西班牙耶稣派教士、可敬的罗特里该神甫的著作,您尽管充分利用好了。但是,请相信我,目前我们就以葛辛神甫为满足吧。我希望,在上帝的帮助之下,葛辛神甫长的一句,足抵'G.C.'整整一卷。"说到此处,阿尼斯先生告辞出来,跑回家去取药。《神圣朝廷》送到之后,人们先把灰尘掸掉。接着,病人的儿子——一个小学生,开始诵读。这童子头一个感觉到效果:念到第二页,他口齿不清,舌头不灵了,而大家也已经感觉倦乏无力。再过了一会儿,除了病人自己,大家都打呼噜了。病人挣扎了许久,最后也迷糊入睡。

第二天一清早,医生就到了:"怎么样!服了我的鸦片没有?"大家一声不哼。病人的妻子、女儿、小儿子都喜不自胜,把葛辛神甫的书拿给他看。他问这是什么意思。人们说道:"葛辛神甫万岁!应当送去精装一下。谁想得到?谁说会有这样的结果?简直是奇迹!对,先生,您看这葛辛神甫,就是这本书,它使我父亲睡着了。"说到此处,人们把经过情形向医生解释了一遍。

———

① 当时极流行的一部劝善的书的简称,向来注家意见不一致,大概即指葛辛一六七二年发表的《神圣朝廷,或大人先生们的基督教修养》。
② "可敬的耶稣派神甫"的简写。

医生是个机敏之人,他沉浸在犹太神秘哲学的谜题,与文字和精神的力量中。这套疗法给他留下了深刻的印象。斟酌再三,他决定完全改变自己原来的医疗方法。"这是最最奇特的,"他回忆道,"我有一个病例,必须做更多的实验。为何一个人的灵魂不能将其同等品质传达到他的写作中去呢?我们每天难道没有发现吗?这种方法至少值得尝试,我厌倦了药剂:糖浆、玫瑰露以及一切伽林①药方,让病人破产,却损害了他们的健康。我要改变我的方法,尝试专著之意义的力量。"基于上述这些想法,他整理出了新的药方,你能看到以下我所引他采用的主要药品:

泻药浸剂

服三页亚里士多德的希腊文版《逻辑》,两页经院神学著作(最尖酸的——也许是来自最有洞察力的苏格兰人),四页帕拉切尔苏斯②,一页阿维森纳③,六页阿威罗伊④,三页波菲利⑤,以及尽可能多的普罗提诺⑥和扬布里柯⑦,将上

---

① 伽林,古希腊名医。
② 帕拉切尔苏斯(1493—1541),瑞士医学家,曾学习冶金及化学。
③ 阿维森纳(980—1037),波斯医生和哲学家,其所著《医典》直到十七世纪仍在欧洲被作为标准的医学教科书。
④ 阿威罗伊(1126—1198),著名阿拉伯裔西班牙医生和哲学家,其所著《科里杰特》着重以哲学来探讨医学体系。
⑤ 波菲利(233—约305),三世纪的新柏拉图主义哲学家,著有《导论》。
⑥ 普罗提诺(205—270),罗马帝国时代的希腊哲学家,新柏拉图主义的奠基人。
⑦ 扬布里柯(约245—325),波菲利学生,著有《毕达哥拉斯传》、《哲学规劝录》等。

述配方浸泡二十四小时,每天服用四次。

药效更强的泻剂

将十页有关Ｂ×××和Ｉ××Ｃ×××的Ｃ×××所颁布的《Ａ×××》①,放入汽锅中进行萃取,将所得的尖酸、挖苦的幽默感滴入一杯普通的白开水中,搅拌均匀,鼓足勇气一口气将它喝完。

催吐药剂

服六页布道文,一打葬礼悼词(任何内容都可以,但Ｍ.Ｎ.②的要慎服),新上演的歌剧集,五十种小说,三十种新出版的回忆录。将上述配方置于一只烧瓶内,任其溶解两天,后高温萃取。若此种方法无效——药效更强的催吐药剂取出一张曾用于包裹Ｊ.Ｆ.③戏剧集的大理石花纹纸,浸泡三分钟,取一勺浸剂进行加热,并服下。

治哮喘的简单药剂

阅读所有前耶稣会会士迈姆布格神父④的著作,注意,在每句话之后要有所停顿。你会发现,不必重复此种疗法,你的呼吸能力就能渐渐得到恢复。

预防癞疥、疥疮、环癣、鼻疽的药剂

服三页亚里士多德的《范畴》,两级的形而上学论著,一页哲学,六行夏普兰⑤的诗句,圣西伦神甫⑥先生信中的

---

① 当时的学术评论家好用首字母注释,戏指与银行法和东印度公司有关的法律文件。
② 指法国著名传教士、尼姆的主教弗莱希埃。
③ 指十六世纪一群吟游诗人发起的法国图卢兹百花诗赛。
④ 迈姆布格神父,因他对新教的冒犯而于一六八一年遭罗马教皇驱逐。
⑤ 让·夏普兰(1595—1674),法国诗人和作家,法兰西学院最著名的学者之一。
⑥ 圣西伦神甫(1581—1643),十七世纪四十年代詹森派的奠基人。

一句话。将上述内容抄写在一张纸上,折好,用丝带捆绑后,戴在脖子上。

神奇的化学反应:伴随烟雾与火焰的剧烈发酵①

将凯内尔②浸剂与拉勒芒③浸剂混合,能释放巨大能量和冲击力,并发出轰响,犹如酸碱剧烈反应后相互结合,结果将会产生烧灼性精化的蒸气。将发酵液置于蒸馏器中,得不到任何萃取物,除了骷髅头再无他物。

通便剂

取出两页莫利纳止痛剂,六页埃斯科巴尔轻泻剂,一页瓦斯凯润肤剂,浸入四品脱白开水,直到一半水被吸收,然后进行过滤。在过滤后的溶液中溶入三页腐蚀性博尼和洁净的唐布里尼④。此药可用作灌肠剂。

治萎黄病(俗称变色病或缺铁性贫血)

服四页阿雷蒂诺注解⑤,两页托马斯·桑切斯牧师的《论婚姻》。将其溶于五品脱白开水中,用作轻泻混合剂。

以上药剂是我们这位医生开始采用的疗法,其效果不难想象。他说,出于对病人健康的考虑,他不想用稀有或难以寻找的配方,如:一篇无法催眠的书信体献词;一

---

① 最后三种药方用的是拉丁语。
② 凯内尔(1634—1719),詹森派教士,是《南特敕令》的攻击对象。
③ 拉勒芒,虚指任意一位詹森派教士。
④ 这三篇拉丁语药方引用了一些著名西班牙耶稣会会士和诡辩家的姓名,如莫利纳、埃斯科巴尔和唐布里尼,他们是反詹森派的成员。
⑤ 此处注解指朱里奥。罗马诺(1499—1546)展现各种体位的臭名昭著的版画,及佩特罗·阿雷蒂诺(1492—1557)一系列色情的十四行诗。

则简短的序言;一封主教的教书;一位受同教派成员鄙视,或受耶稣会会士仰慕的詹森派人士所写的作品。他称这类药方只为庸医所用,对此,他的厌恶溢于言表。

信一四四　郁斯贝克寄黎伽

前几天,我到一所乡间的别墅中去,遇见两位在此地声望很高的学者。他们的性格,我觉得十分可佩。第一位的谈话非常受人欣赏,简言之就是这句话:"我所说的是真的,因为这是我说的。"第二位的谈话涉及另一方面:"我没有说的都不是真的,因为我没有说。"

我相当喜欢第一位。因为,如果一个人很固执,我倒是毫不介意;如果唐突无礼,我却非常介意。第一人为自己的意见辩护,这是他自己的利益所在。第二人攻击别人的意见,这就牵涉到大家的利益。

啊！亲爱的郁斯贝克,有些人的虚荣心比为了保全生命所必需的分量更多。对于这种人,虚荣心所起的作用是何等恶劣！这些人竭力使别人不愉快,想借此引起别人钦佩。他们设法要出人头地,结果反而不如人。

谦虚的人,快来,让我拥抱你们！你们使生活温和动人。你们自以为一无所有,可是我说你们拥有一切。你们想不使任何人感到惭愧,其实,大家面对着你们都感觉惭愧。在我的思想中,把你们和我到处看见的那些武断的人相比较时,我就把他们打下高坛,让他们伏在你们脚下。

一七二〇年,舍尔邦月二十二日,于巴黎。

信一四五 郁斯贝克寄磊迭

（寄威尼斯）

一个伟大的内阁大臣的灵魂就是他的真诚,而这句话也是老生常谈了。

一个普通人可以享受他默默无闻的身份:他如果毁弃信誉,只有几个人知道;对于别人,他的面目是隐蔽的。但是一个丧失正直作风的内阁大臣,在他治下的人都是他的证人与裁判者。

我敢直说吗？不,正直的大臣最大的弊害,不是对于君主不忠诚服务,也不是使人民破产,而是另有一点。按我的意思,其危险性比别的弊病大一千倍:那就是他以身作则,树立了恶劣的榜样。

你知道,我在印度①游历甚久。在那里我看到一个民族②,天性慷慨,但是由于某大臣③的恶劣榜样,顷刻之间,从最普通的百姓直到权贵大员,全部腐化、恶化。全体人民的慷慨、正直、纯洁与真诚一向被视为自然的品质,却让他们突然间变为最卑下的人民。恶疾流传,即使最健康的成员,亦不能

---

① 暗射欧洲。
② 暗射法国。
③ 指路易十五朝摄政王治下的财政大臣约翰·劳。

幸免。最有品德的人，干出令人不齿的事，破坏正义最起码的原则，而用这样的无聊托辞作为根据，说什么别人对他们先破坏了正义的原则。

他们乞助于丑恶的法律，来保证最卑怯的行动，而称狡诈与不义为"必要"。

我看见契约的信用被吐弃，最神圣的协定被毁灭，一切家庭的规矩颠倒错乱。我看见吝啬的负债人以自己的无礼的贫穷为骄傲；他们是疯狂的法律与苦难的时代的卑劣的工具；他们假装还债，其实不但不还，还以白刃刺入他们施恩者的胸膛。

我还看见别的人比这更为卑劣，他们几乎无代价地取得，或不如说从地上拾得橡树叶子，用以交换孤儿寡妇们维持生活的钱财。

我看见在各人心中，突然产生了对于财富的不可遏制的渴望。我看到在顷刻之间，形成了一种以发财为目的的可鄙的阴谋，并非以诚实的劳动与慷慨的营业为手段，而是利用君主、国家与公民们的破产。

我看见一个正直的公民，在这不幸的时代，每晚就寝时一定说："我今天使一家人家破了产，明日我要使另一家破产。"

另一个人说："跟着一个穿黑衣的人①，一只手拿文具盒，耳朵上夹着尖枪②，我去刺杀所有对我有过好处的人。"

又一个人说："眼看我的买卖顺手。三天以前，我去收某一笔账时，我把一家大小弄得哭哭啼啼，因为我使两个善良的

---

① 和债权人同去查封或没收财产的司法小吏。
② 钢笔。

姑娘丧失了妆奁，褫夺了一个小童子的教育经费。父亲势必痛苦而死，母亲已经哀愁而亡。然而我所作的，只是法律所允准的事。"

腐蚀全国风俗、使最慷慨的灵魂堕落、使高尚的身份黯然失色、使道德本身成为黑暗、使最高贵的家世混杂在众人唾弃的末流之中——这些作为，全是一个大臣的罪行，能有比这更大的罪行吗？

后世子孙，一想到祖先的耻辱而红脸的时候，将说些什么？初生的人民，当他们将远祖的黑铁①与生身父母的黄金相比较时，又将说些什么？我毫不怀疑，贵族将从他们的谱系中，割弃某些使他们丧失体面的不肖子孙，并让当今的世代自己投入可怕的空虚境界中。

一七二〇年，莱麦丹月十一日，于巴黎。

---

① 指宝剑，象征贵族身份。

信一四六　阉奴总管寄郁斯贝克

（寄巴黎）

　　事情已经到了不能忍受的程度：您的妇人们以为，您一走她们就完全可以肆无忌惮了。此间发生使人憎恶的事，我向您陈述下列残酷的事实，也觉得不寒而栗。

　　塞丽丝，前些天到礼拜寺去的途中，让自己的面幕脱落，几乎当着平民大众抛头露面。

　　我发现莎嬉和她的一个婢女同席而卧，这是后房法规绝对不容许的。

　　由于极大的凑巧，我出其不意地抓到书信一封，兹特附呈。我一直未能查明收信人是谁。

　　昨晚，有一个幼童被发现于内院花园中，可是他翻墙逃跑了。

　　此外尚有我所未知的事，因为，毫无疑问，人们背叛了您。我等待您的命令，而在接到您命令的那幸福时刻到来以前，我将处于求生不得的境地。然而，如果您不把众妇人交给我处置，我不能向您负她们中任何一人的责任，而且我每天都将告诉您这样可悲的消息。

　　　　　　　　一七一七年，赖哲卜月一日，于伊斯巴汗内院。

信一四七 郁斯贝克寄阉奴总管

（寄伊斯巴汗内院）

通过这封信，你接受对于全部后房的无限制的权力，你要用像我自己一般的威权来发号施令，使畏惧与恐怖跟着你走。你要挨门逐室，到处施行责罚和惩办，使大家生活在惊愕和慌乱之中，在你面前痛哭流涕。审问整个后房内院，先从奴婢入手。不必顾忌我的爱宠，要全体都经受你的可怕的审判。必须使隐藏得最好的秘密也都透露出来，要净化这一无耻的处所，让被斥逐的道德归返原位。因为从现在开始，有人若犯任何细小过错，我都要算在你头上。我猜疑塞丽丝是你搜到的那封信的收信人。你要用山猫的眼睛来查究此事。

一七一八年，助勒·希哲月十一日，于×××。

信一四八　那尔锡寄郁斯贝克

（寄巴黎）

尊贵的大人，总管刚刚去世。因为我是您的奴才中最老的一个，我暂时接替他的位置，一边等您表示谁来承蒙您的青睐。

总管死后第三天，有人送来一封您给他的信。我不敢冒昧拆看，恭恭敬敬将它包好，夹在护书中，等待您向我宣示您的神圣意志。

昨天半夜里，有一个奴才跑来对我说，他在后房中发现了一个年轻男子。我立刻起来，审察其事，原来那只是一个幻觉。

崇高的大人，我吻您的脚，并且祈求您信任我年老，信任我的经验和热忱。

一七一八年，主马达·巫拉月五日，于伊斯巴汗内院。

信一四九　郁斯贝克寄那尔锡

（寄伊斯巴汗后房）

你这个倒霉鬼！你手里的信件包含着火急和猛烈的命令，略一迟误，足以引起我的绝望，而你居然还在空虚的托词之下从容不动！

可憎可恶的事正在发生，我的奴才们也许有一半该当死罪。兹将总管死前向我报告上述情况的来信寄给你看。如果你将我寄给他的包件打开，你会在其中发现血腥的命令。你要仔细阅读这些命令，如不遵照执行，你就性命难保。

一七一八年，沙瓦鲁月二十五日，于×××。

信一五〇　索林姆寄郁斯贝克

（寄巴黎）

如果我长此保持缄默，我将和您后房内院所有的罪人同样地负罪。

我曾经是前任总管的心腹，也是您最忠实的奴才。总管弥留之际，召我去见他，对我说："我要死了。但是在我离开人世的时候，有一件痛心的事，那就是我最后的目光，瞥见我主人的妇女们都是有罪的。但愿老天保佑，不让他遭受我所预见的种种灾祸！但愿我死之后，我吓人的幽魂来提醒这些奸诈的妇人不要忘记本分，并且使她们更胆怯些！这些是那些可怕的地方的钥匙。你拿去交给年纪最大的黑阉奴。可是如果我死之后，他缺乏警惕，你要想着通知主人。"说完这些话，他在我怀抱中，瞑目长逝。

我知道他在死前若干天，关于您的妇人们的行径给您写了一封什么样的信。后房中有您一封信，可惜没有打开，否则将带来恐怖。您在那以后写的另一封信，离此二十余里之遥，即已被人窃去。我不知道这是怎么回事，一切都在逆运中。

同时，您的妇人们一点本分都不守了。自从总管死后，好像对于她们一切都是允许的。只有洛克莎娜一个人循规蹈矩，保持谦虚的态度。风俗败坏，一天不如一天。在妇人们脸上，再看不见昔日庄重严肃的品德。一种新的快乐弥漫在此地，我看这是某种新的满足、万无一失的证明。在最细小的事物上，我注意到前所未有的自由态度。甚至在您的奴婢之间，无论对于职责，或对于规章的遵守，都充满着某种使我惊奇的懒洋洋的空气；他们丧失了从前仿佛使整个后房内院活跃的那种热烈的忠诚。

妇人们到乡间去住了八天，在您的最荒僻的一所别墅里。据说值事的奴才被人收买了：在妇人们到达的前一天，他使两个男子躲藏在主卧房墙上的石龛中。晚上，等我们退出以后，他们就从石龛中出来。目前领导我们的老阉奴是个蠢货，别人愿意叫他相信什么，他就信什么。

面对这许多奸险的行动，复仇的怒火使我坐立不安。如果老天愿意，为了您的利益，您判定我能够管理，我应允您，即使您的妇人们并无德行，她们至少将对您忠实。

一七一九年，莱比尔·安外鲁月六日，于伊斯巴汗内院。

信一五一　那尔锡寄郁斯贝克

（寄巴黎）

洛克莎娜和塞丽丝表示愿意到乡间去，我认为没有必要拒绝她们的愿望。幸运的郁斯贝克！您有忠贞的妇人和机警的奴婢，受我指挥的地方，德行仿佛选择了一个安身之处。您放心，一定不会发生任何使您看不过去的事。

有一件不幸的事发生了，使我非常难过。几个亚美尼亚的商人，新近到伊斯巴汗，带来了一封您给我的信。我派了一个奴才去取，他回来时失窃，因而遗失了信件。请速来示，因为我设想在此新旧更迭之际，您势必有关系重大的事要吩咐我。

一七一九年，莱比尔·安外鲁月六日，于法蒂玛内院。

信一五二　郁斯贝克寄索林姆

（寄伊斯巴汗内院）

我把武器放在你手中。我将我目前在世界上最珍贵的东西托付给你，那就是要你替我报仇。担起你的新职务吧，但是不要附带任何温情与怜悯。我写信给我的妇人们，叫她们盲目服从你。她们罪行累累，不胜惶恐，一定会降伏在你目光注视之下。我的幸福与安宁，不得不依靠你。将我的后房像我离别时一样地还给我，但是你必先着手清洗。消灭负罪的人，并且使那些有犯罪意图的人吓得哆嗦。你担任如此重要的服役，尚有何事不能希求于主人？你想提高身份，或获得向所希冀的一切酬赏，能否如愿，就在你自己。

一七一九年，舍尔邦月四日，于巴黎。

信一五三　郁斯贝克寄后房妇人

（寄伊斯巴汗）

但愿此信如同霹雳一样,在闪电与风雨之中轰击下来!索林姆是你们的阉奴总管,并非要他监护你们,而是让他惩罚你们。整个后房必须在他面前低头!他应当审判你们过去的行为,至于将来,他要使你们生活在如此沉重的枷锁之中,叫你们如不懊悔失德,也必定懊悔丧失的自由。

一七一九年,舍尔邦月四日,于巴黎。

信一五四　郁斯贝克寄耐熙

（寄伊斯巴汗）

认识温和恬静的生活的可贵,将自己的心安息在家庭之间,除了故乡之外不认识其他乡土——这样的人实在有福了!

我生活在野蛮的水土之中,眼前一切使我烦恼,我感兴趣的一切都不在身边。暗淡的哀愁占有了我,我陷入丑恶可怕的颓唐心境,仿佛化为子虚乌有,仅仅在阴惨的忌妒之火中燃烧起来,并且在我心灵中孕育恐惧、猜疑、仇恨与懊悔的时候,我才重新恢复了自己的面目。

耐熙,你是了解我的,你一向熟悉我的心情,如同你自己的心情一样。你如果知道我伤心的现况,将不免对我发生怜悯之情。我盼望后房来信,有时整整盼望半年。我计算流逝的韶光,焦急不安,度日如年。可是盼望已久的时辰一临近,我心中突然起了革命:我用发抖的手,拆开决定命运的信。平时令我失望的焦急不安,对于我反而成为最幸福的境界,因为我怕发生对于我比千灾万劫更残酷的打击,使我失去这种幸福。

然而,无论我当时根据什么理由离开祖国,虽然我全仗隐退,方始苟全了性命,耐熙,我实在不能再继续这可憎可怕的流亡生活。唉! 难道长此以往,不也是一样地哀伤而死吗?

我千百次催促黎伽,一同离开这异国的乡土。但是他反对我的一切决定,用千百种托词将我维系于此。似乎他已经置祖国于脑后,或不如说把我本人置诸脑后,对于我的不愉快,他竟无动于衷到这程度。

我真不幸!我冀求重见祖国,说不定回到祖国我将更其不幸!唉!回国后我做什么呢?我将要把自己的头颅带回去奉送敌人。这还不算:我走入后房,必须对于我在远方的那一悲惨时期加以清算。如果我在那里发现罪人,又将如何?如果在这样辽远的地方,我一兴念及此,已经不堪忍受,那么我身临其境,触目惊心,又怎么办?如果我必须耳闻目见我所不敢想象——一想起来就不寒而栗的一切,又将如何?最后,如果我亲自命令的刑罚必须成为我的惶惑与绝望的永恒印记,那么又将怎么办?

我将要把自己禁闭在那些对于我自己比对于被监禁的妇女更为可怕的垣墙之内。在那里边,我将永久发生猜疑,妇人们的殷勤丝毫不会减少这种猜疑。在我床上,在她们怀中,我将享受的无非我的焦虑不安。在那非常不适宜思索的片刻,我的忌妒会设法叫我思索。心永远向爱情关了门的、卑劣的奴隶,人类的渣滓,如果你们认识我的境遇之不幸,你们就不会再为你们的境遇而呻吟。

一七一九年,舍尔邦月四日,于巴黎。

信一五五　洛克莎娜寄郁斯贝克

（寄巴黎）

　　丑恶、黑夜和恐怖统治着后房，可憎可怖的悲哀气氛包围着后房。一条猛虎，时刻在此地发泄他的暴怒。他将酷刑加在两个白种阉奴身上，除了他们的清白无罪以外，逼不出别的供状。他把我们的婢女卖掉了一部分，把剩下的几个，逼我们互相交换。莎嬉和塞丽丝在她们房中，在夜的黑影里，受到了亵渎的待遇：那玷污者居然敢用他的卑贱的手触犯她们两人。他把我们禁闭在各人自己的住房里，虽然我们都是独自在室，他也要我们带着面幕生活。我们互相谈话，成为禁止的事；如果互相传递信笺，算为一种罪行；除了啼泣以外，我们毫无别的自由。

　　一大队新阉奴进入内院；在这里，他们昼夜围困着我们：我们的睡眠，不停地被他们或真或假的不放心的表示所打断。足以使我自慰者，就是这一切不会继续甚久，这些苦恼将和我的生命一同告终。我的生命不会很长久的，残酷的郁斯贝克！我要使你来不及制止这一切侮辱。

　　　　　　　　一七二〇年，穆哈兰月二日，于伊斯巴汗内院。

信一五六　莎嬉寄郁斯贝克

（寄巴黎）

啊，天老爷！一个野蛮家伙侮辱了我，甚至在惩罚的方式上！他使我忍受的刑罚，一开始就使我的羞耻心发生恐慌，置我于极度的羞辱之中，并且可以说是使我回返到童年。

我的心灵，一起头在羞耻中茫然如遭毁灭，后来渐渐恢复知觉，并且开始恼怒，同时我的喊叫响彻我住所的圆顶之下。人们听见我向人类中最卑鄙的一个人求饶，他愈冷酷无情，我愈想引起他的恻隐之心。

从此以后，他的卑贱与粗俚的灵魂，高高地在我的灵魂之上。在他面前，他的目光、言语，种种的不幸，压得我喘不过气来。当我独自一人的时候，我至少可以流泪自慰，可是他一出现在我眼前，我登时狂怒起来。我发现这是无能为力的愤怒，于是我就陷于绝望之中。

那老虎居然大胆告诉我，说这些野蛮行动都出于你的指使。他想褫夺我的爱情，连我心中的情感都想加以亵渎。他当着我的面说出我心爱的人的名字时，我不知道如何诉怨，我惟有一死而已。

我忍受了你的远别，我以我爱情的力量，保持这爱情。日日夜夜，每时每刻，全都贡献给你了。由于我对你的爱情，我是很高傲的;而你对我的爱宠,使我在此受人尊敬。但是,现在……不,我不能再忍受使我降低身份的这种屈辱。如果我是清白无辜的,快回来爱我吧。回来吧,如果我有罪,让我死在你脚边。

一七二〇年,穆哈兰月二日,于伊斯巴汗内院。

信一五七　塞丽丝寄郁斯贝克

（寄巴黎）

在千万里以外,你判断我有罪;从千万里以外,你惩罚我。

一个野蛮的阉奴,敢于将他卑贱的手放在我身上,他是在奉你的命令行事。侮辱我的是暴君,而不是执行暴政的那个人。

你可以恣意加强这种恶劣待遇。我的心,自从它不能再爱你以来,非常平静。

你的灵魂在堕落,你变成了残忍的人。毫无疑问,你是丝毫不快活的。

别了。

一七二〇年,穆哈兰月二日,于伊斯巴汗内院。

信一五八　索林姆寄郁斯贝克

(寄巴黎)

尊荣的大人,我替自己抱怨,也替您抱怨。自来忠诚的仆役,没有像我这样陷入可憎可怕的绝望中。兹将您的不幸,同时也就是我的不幸,陈述如下。我一边写信,一边不得不发抖。

我面对天上的众先知起誓:自从您将后房妇人托付给我,我日日夜夜监视着她们,从未将我的焦急不安作一时一刻的中断。我用惩罚作为我行使职务的开端,惩罚即使中止,我天生的严厉也并未稍改。

但是,我向您说什么?何必在此向您夸耀一种对您没有效用的忠诚?请您将我过去的功劳一概忘却吧,把我当作叛逆看待,以我所不能防止的各种罪行为理由惩罚我吧!

洛克莎娜,高傲美妙的洛克莎娜!啊,老天爷!今后还有谁可信任呢?您以前猜疑塞丽丝,而对洛克莎娜完全放心。但是她的凛然不可侵犯的操守,乃是酷虐的骗局,那是她的奸诈行为的伪装。我出其不意地发现她在一个青年男子的怀中。那人一见事败,就向我冲过来。他刺了我两刀。阉奴们闻声赶来,将他包围了起来。他抗拒了许久,伤阉奴数名。他甚至企图回到房中,说是为了死在洛克莎娜眼前。但是到最后，寡不敌众，他倒在我们脚边了。

　　崇高的大人，我不知道是否应当等待您的严厉命令，您曾经将复仇泄愤之权放在我手中，我不应当将此事因循延误。

　　一七二〇年，莱比尔·安外鲁月八日，于伊斯巴汗内院。

信一五九 索林姆寄郁斯贝克

（寄巴黎）

我已经打定主意：一切不幸均将消除，我要动手惩罚了。

我已经感觉到暗暗的欢欣，我的灵魂和您的灵魂就要得到平静：我们将消灭罪行，清白无辜的人也将惊慌失色。

啊，你们这些羞耻与贞洁的永恒的牺牲者①，你们仿佛天生对自己的官能感觉茫无所知，甚至对自己的欲望都表示气愤，我为什么不能使你们大批进入这倒霉的后房，我将在那里使鲜血横流，看你们面对着那些鲜血，如何目瞪口呆！

一七二〇年，莱比尔·安外鲁月八日，于伊斯巴汗内院。

---

① 指妇人。

信一六〇　洛克莎娜寄郁斯贝克

（寄巴黎）

　　是的,我欺骗了你。① 我引诱了你那些阉奴,哄骗了你的忌妒心,而我把你这可憎可怕的后房改造成行欢作乐的场所。

　　我要死了:毒药将在我血管中流转。因为,使我能活下去的惟一的人,既然已不存在,我在这里还干什么呢？我死了,可是我的魂灵飞升时是有人作陪的。曾经使世上最美的鲜血②横溢的那些狂妄的看守者,我刚刚打发他们比我先走一步③。

　　你如何会这样想:我是这么轻信,以为我活在世上仅仅为了尊敬你的苛求？以为你自己可以放任恣肆,但你却有权利戕贼我的欲望？不！我虽一直生活在奴役中,但是我一直是自由的:我将你的法律按自然的规律加以改造,而我的精神一直保持着独立。

　　你还应当感激我,对你作出这样的牺牲;感激我降低身份,一直对你装出忠诚的样子;感激我将应当向全世界公开的一切一直很卑怯地隐藏在我心中;最后,你应当感激我亵渎了

---

① 意即负心,不忠贞。
② 她心爱的情人的鲜血。
③ 先毒死了众阉奴。

美德，因为我容忍别人用这名字，来称呼我对于你的狂乱欲望的委屈顺从。

你在我身上丝毫没有找到爱情的狂欢极乐，因此曾经感到诧异。如果你曾经很好地认识我，可能在我身上发现了强烈的憎恨。

然而在很长时间，你曾经占了这样的便宜，因为你认为像我这样的一颗心，居然屈服于你。那时你我二人都很幸福：你以为我被你欺骗了，其实我在欺骗你。

这一种语言，对于你无疑地有新奇之感。在我使你悲痛到不堪忍受以后，是否还能够强迫你来赞美我的勇气？可是一切都完了：毒药在焚烧着我，我气力渐尽，手中的笔杆也抓不住了，我感觉到甚至我的仇恨也消弱下去了……我快死了。

一七二〇年，莱比尔·安外鲁月八日，于伊斯巴汗内院。

附录[①]一　信札残稿

郁斯贝克寄×××

一个有才智的人，一般地说是很难与人相处的。他选择的人是很少的，他乐意称大多数人为恶劣的伙伴，和他们在一起，他感觉无聊。要他一点嫌恶之感都不流露，这是不可能的。这就招致了很多的敌人！

如果他愿意，他有把握得人欢心，可是他常常疏忽这一点。

他是倾向于批评的，因为他见到的事物比别人多，感觉比别人深刻。

他几乎总是倾家荡产，因为他的才智使他有更多倾家荡产的方法。

他图谋往往失败，因为他太冒险。他的眼光永久看得很远，使他见到过于辽远的事物。更不必说，在一个计划产生

[①] 在《波斯人信札》各种不同的法文版本后面，都有"附录"这一部分。"附录"的内容是后人从作者遗稿中整理出来的一些零碎或比较完整的"信札"草稿。当初作者认为没有必要将这些"信稿"收在书中，据他自己说，主要的理由是避免重复。事实上，这些残稿对于全书并没有增加什么新的内容。而且各版本的"附录"长短很不一致。因此本书只选录"信稿"两篇，以示一斑。

时,从事物本身发生的困难给他的刺激并不大,倒是他自己从自己的本钱里掏出来的挽救办法,更引起他注意。

他疏忽细节,而几乎所有大事的成功都取决于这些细节。

平庸的人与此相反,他设法利用一切,因为他明白感觉到,他没有任何东西敢于在疏忽中丧失。

一般人赞许的往往是平庸人。对于平庸人,人们很乐于济助;对于有才智的人,人们以有所剥夺为快。后者成为忌妒的对象,人们对他毫不原谅;可是为了前者的利益,人们不惜一切给予支援,他受人们虚荣心的拥护。

但是,如果一个才智之士,有这许多吃亏的地方,那么对于学者们的艰苦处境,我们又将说什么呢?

我想到这里,永远忘不掉一个学者写给他朋友的一封信。原信如下:

先生:

我是这样一个人:夜夜用三十尺长的望远镜窥测在我们头上滚动的大物体;需要休息的时候,我拿起我小小的显微镜,观察蛆虫或蛀虫。

我一点也不富有,我只住一个房间。房间里连火都不敢生,因为我在那里装着一支温度计,不自然的热度会使它上升。去冬我几乎冻死,虽然我的温度计降到最低的度数,警告我,说我的手快要冻僵了,我仍然不理会。我获得这样的安慰:去年一整年,天气最微细难察的变化,我都有了详确认识。

我极少和人交谈,而且在我看见的一切人中,我一个也不熟。可是,有一个人在斯德哥尔摩,另一个人在莱比锡,另一个在伦敦,我和他们都从来没有见过面,并且想必以后也永不会见面,可是和他们保持如此准确的通信关系,以致每班信差一定带走我给他们的信。

可是,尽管我在里巷之间没有一个熟人,我的名誉却这样坏,到最后,我将不得不迁离此地。五年前,因为我解剖了一只狗,被某邻妇痛骂,那妇人自称为狗的主人。屠夫的老婆碰巧在旁边,她也来凑热闹。正当邻妇对我破口大骂的时候,这妇人拿起石头来掷我,同时也掷在医生身上……医生正和我在一起,他前后脑骨上狠狠地中了一下,他的理智之官受了很大的震动。

从那时起,只要街头巷尾走失了一条狗,人们立刻判定它落在我手中了。有一个善良的女市民丢失了一只小狗,据她说她爱这小狗甚于她的儿女,那天她来到我房中,昏迷不省人事。后来因为没有找到狗,她向法官控诉了我。我想我将永不能从这些妇女狡黠的纠缠中解救出来,她们用尖声吠叫的嗓音,给十年以来死亡的一切狗不断地唱着挽歌,闹得我头昏脑涨。

谨启。

所有的学者在往昔均以魔术而被控诉,我丝毫不以为奇。那时每个学者都这样想:"我已将自然的才能推广到尽可能远的地方,然而某学者却比我优越,其中想必有某种魔道。"

现在这类控诉既已无人置信,人们又采用了别的手段,于是一个学者很难避免反对宗教或提倡异端邪说的谴责。他徒然获得人民的原谅,因为创痕已经造成,永远不能很好地封口。在他,这将永远是一块有病的地方。三十年后,一个敌手将对他很谦虚地说:"上帝会不高兴,如果我说别人控诉你的事由是真实的!可是你当时也不得不替自己辩护。"人就是这样,把他的辩护倒过枪口来反对自己。

如果他写了一部历史,而他的思想中有高尚的成分,他的感情上有正直的成分,人们就千方百计来迫害他。根据一件发生于千年以前的事实,人们煽动法官来和他作对,如果他的笔不肯出卖,人们就想俘虏他。

他比那些卑怯的人却要幸运得多:那些人为了一笔菲薄的年俸,放弃自己的信念;他们将所有的欺诈手段零碎出卖,获得的代价不仅是些微的金钱;他们推翻帝国的宪章,减弱这一国的权利,增益那一国的权利,对君主有所贡献,对人民肆行剥夺,使古老的权利复活,恭维当时受一般信赖的欲望,向坐在龙床上的恶癖陋习献媚;他们强加于后代的影响尤其卑劣,因为后代没有很多办法来摧毁他们的见证。

然而,对于一位作家,受尽了这些侮辱还是不够的;他不断地为他作品的成败着急不安,也是不够的。这部使他付出这么大代价的作品,终于见天日了:它从四面八方给作者招致争吵。如何避免这些争吵呢?作家有一种情感,他用著作辩护了这种情感;他不知在几百里之外,有一个人曾说了完全相反的话。于是战争就从此开始。

如果他能有获得若干重视的希望,那也罢了!不,他至多无非被那些与他同攻一门科学的人所重视。一个哲学家,对于一个脑袋装满事实的人,怀着极度的藐视,同时他自己也被记忆力甚佳的人目为幻觉家。

至于标榜着骄傲的无知的人,他们愿意全人类都埋葬在遗忘之中,连他们自己在内。

一个人缺乏某种才能,以藐视这种才能作为补偿,因为这样,他在达到功勋的道路上所遇到的障碍可以消除了。并且这样一来,他发现和那个在研究工作上使他望而生畏的人水平相齐了。

最后,一个学者不但对声名优劣没有把握,而且必须加上一切乐趣被剥夺和健康丧失等不幸。

一七二〇年,舍尔邦月二十日,于巴黎。

续穴居人故事[*]

眼看所有的穴居人喜气洋洋,而他们的君主却是眼泪双流,这真是伟大的场面。次日,君主和众穴居人相见,他脸上的表情既不悲愁,也不欢乐。他所忙的仿佛只是政府要务。但是暗暗的厌倦侵蚀着他,不久就把他送进坟墓。自古以来治理过人类的最伟大的君主就这样死了。

人民哀哭他,一连四十日之久。每个人都如死了生身父亲,每个人都说:"穴居人的希望怎么样了呢?我们失掉了您,亲爱的君王!您以为您不配指挥我们。天意昭示,却是我们不配受您的指挥。面对您在天之灵,我们起誓,既然您不愿以法律治理我们,我们当以您做榜样,来指导我们的行动。"

必须另选君主。这时发生了一件值得注意的事,那就是在先王亲族中没有一个人出来争王位。人们在这家族中选出了最贤智公正的一个人。

在这位君王的朝代将告终时,有一些人认为穴居人有建立商业和工艺的必要。人们召开了国民会议来决定这件事。

国王这样说:"你们当初推我登基,认为我的品德足够治

---

[*] 我曾经想继续写"穴居人的故事",上面就是我的想法。——作者注

理你们。苍天可以作证,我自接位以来,苦心焦虑,无非为穴居人的幸福打算。我的朝代不曾被任何一个穴居人的卑怯所玷污,这是我的光荣。到了今日,难道你等轻美德而重财富吗?"

这些人之中的一个如此回答:"主公,我们是幸福的,我们在极好的基础上劳动。可否准我直言?财富对于您的人民是否有害,这将由您一个人决定。如果他们见您重财轻德,他们不久亦将如此作为,并且习以为常。在这点上,您的好恶将给他们的好恶作矩尺。如果您提拔一个人,或者令他接近您的信任,仅仅因为他富有,那么您放心吧,这就对他的德行作了致命的打击。同时,有多少人注意这残酷的奖励,您就无形之中造成了多少不诚实的人。主公,您的人民的德行建立在什么基础上,这您是知道的:建立在教育上。如果您变换这教育,过去由于胆子不够大而不敢犯罪的人,不久即将以德行为可耻。

"我们有两件事要办:吝啬与浪费应当同样地加以斥责。每人应当是管理国家财产的会计,是舍不得使自己生活过得去的卑鄙的人,应当和挥霍家财、不给子孙留下分文的人,受到同样严格的裁判。每个公民应当是他自己财产的公正分配者,对于别人的财产也应当如此。"

国王说:"穴居人,财富将进入你们的家室。但是,我向你们宣告,如果你们德行失堕,你们将成为世界上最不幸的人民之一。在你们目前的情况中,我只需要比你们更公正些,因为这就是我的王权的标志,比这更尊严的标志,我认为是没有的。财富本身毫无价值,如果你们一意设法以财富为显耀之道,那么我也将不得不用同样的方式炫耀自己,我不应当停留在贫困之中,受你们的鄙视。因此我必须把沉重的赋税压在你们头上,而你们将以生活费用中的一大部分,来维持我的仪仗和排场,为了使别人尊敬我。目前,我在我自身找到一切财富;然而到了那时,你们必须精疲力尽,使我富有;而你们如此重视的这些财富,你们却丝毫不能享用,它们将全部流入我的国库。啊,穴居人!我们能用一条美好的纽带,使我们互相团结:如果你们有德,我也一样;如果我有德,你们也一样。"

附录二　关于《波斯人信札》

关于《波斯人信札》的几点感想[*]

在《波斯人信札》中,最讨人喜欢的,就是不知不觉地发现一种小说文体。人们看到这种小说的开端、进展、结局。把不同的人物都放在将他们联系起来的一条锁链上。他们在欧洲住得愈久,世界上这一部分的风俗,在他们脑中就愈显得平淡无奇。按照他们性格的差异,在起初他们或多或少被古怪与奇妙的现象所打动。另一方面,郁斯贝克在外日子愈久,他家后房内院的混乱愈增加,也就是说,怒火日炽,恩爱日薄。

况且这类小说,在平常情况下,总是受欢迎的,因为人们可以借此明了自己当前的境况,使各种热情比在一般叙述热情的故事中更强烈地触动人们的感觉。这就是随着《波斯人信札》而出现的若干动人的著作[①]之所以获得成功的原因之一。

~~~~~~~~~~~~~~~~
[*] 《波斯人信札》初次出版于一七二一年,那时卷首只有作者的序,并没有这篇"感想"。一七五八年重版的《波斯人信札》第一次把这篇"感想"放在序文的前面。

[①] 指模拟《波斯人信札》的那些"效颦"之作。当时这种作品大批出现,其中没有一部是值得提起的。作者偏说"动人的著作",一半是为了对模拟者保持礼貌,一半也是嘲笑的口气。

最后,在通常的小说中,题外话是不能允许的,除非节外生枝,另成一篇小说。普通小说中不能夹杂议论,因为一切人物都不是为议论才聚合在一起的,议论是和小说的企图与本性相抵触的。但是用书信的形式,登场人物就不是预先选定的,讨论的题目也不取决于任何计划或任何预订的提纲。作者可以将哲学、政治与道德便利地纳入一部小说中,并且把一切都用一条秘密的锁链贯穿起来。这条锁链,在某种程度上是使人察觉不到的。

《波斯人信札》一起头销路就如此惊人,以致书贾想尽办法谋求续篇。他们无论碰见谁,就拉着那人的衣袖,说:"先生,我请求您,给我写一部《波斯人信札》吧。"

但是,我上面所说的一切,足以阐明《波斯人信札》是不可能有续篇的,更不可能和另一个人写的信札夹杂在一起,尽管那些信写得多么巧妙。

在《波斯人信札》中有某些突出点,许多人认为太大胆了,然而我请他们注意这部著作的性质。在书中扮演重要角色的那些波斯人,突然间置身于欧洲,也就是说置身于另一世界中,因而将他们写成在某一段时间内茫然无知与充满成见的样子,这是必要的。作者所注意的,只是表达出他们的各种意念如何产生,如何发展。他们最初的一些思想必然是很奇特的。除了给他们这种与他们的思想情况相称的奇特性,作者似乎毫无别的事可做;作者所要描写的,仅仅是对他们认为异乎寻常的一切事物的情感。作者丝毫没有打算牵涉到我们宗教上的某一原则,他甚至没有顾虑到这样做是不谨慎的。这些突出点总是和惊奇诧异的情感相联结,而不是和审查检讨的意念,更不是和批评的意念相联结的。这些波斯人谈到我们的宗教时，必须不能比谈到我们的习惯与俗尚时显得更有知识。如果他们有时觉得我们的教义奇特，那是因为他们对于那些教义和我们另一些真理间的联系是完全茫然无知的。

　　作者作这个解辩，是由于对这些伟大真理的热爱，这和对于人类的敬意是不相干的。① 当然作者也决不愿意从最娇嫩的地方②来打击人类。所以我们请求读者，要时刻不停地把上述的那些突出点看作某些人必然有的惊异的结果，或看作故意作惊人之谈，而且这种惊人之谈的作者是一些不够条件这样做的人。请读者注意，本书全部风趣，在于真实事物与用以察觉这些事物的新奇方式之间的永恒对比。毫无疑问，《波斯人信札》的性质与企图是如此袒露，所以除了那些愿意自己骗自己的人以外，这部书决骗不了任何人。

---

① 真理不受人的主观支配。捍卫真理，有时不免要得罪一些愚昧的人，却不是拿真理为借口，故意得罪人，故意对人类失敬，所以说："和对于人类的敬意是不相干的。"
② "最娇嫩的地方"，一般指"心"或"情感"，此处着重指宗教情感。

关于《波斯人信札》

这部著作刚一出版,人们并没有把它当作一部严肃的著作看待,因为事实上这并不是一部严肃的著作。有两三处冒昧与唐突的地方获得了人们的原谅,因为人们重视作者毫不掩饰的良心,这种良心对一切提出批评,然而对任何事物均不怀恶意。每一个读者都可替他自己作证:他在记忆中留下的只是欢愉。在往昔,人们是会生气的,就像今天人们会生气一样,但是往昔的人们更知道什么时候应该生气。

《波斯人信札》解辩

从《波斯人信札》中删去据说触犯了宗教的那些事物,这简直是不可能的。

那些事物在《波斯人信札》中,和审查的意思绝对联结不起来,而只能和惊奇的意思联结起来;和批评的意思绝对联结不起来,只能和怪异的意思联结起来。

说话的是一个波斯人,他必然对于所见所闻的一切感到十分惊异。

在这情况之下,他谈到宗教时,不应当比谈别的事物更有知识,比方谈到民族习惯与生活方式,他并没有把这些看成好的或坏的事物,只把它看成很奇妙而已。

正如他觉得我们的俗尚很奇特,他有时在我们教义中的某些事物上发现稀奇古怪之处,这是因为他对于这些教义茫然无知。他解释得不好,因为他对于维系这些事物、使它们连贯起来的锁链,一无所知。

的确,接触这些题材多少有些冒失,因为对于别人可能的想法,总不如对于自己的思想那样有把握。

"外国文学名著丛书"书目

第 一 辑

书 名	作 者	译 者
伊索寓言	〔古希腊〕伊索	周作人
源氏物语	〔日〕紫式部	丰子恺
堂吉诃德	〔西班牙〕塞万提斯	杨 绛
泰戈尔诗选	〔印度〕泰戈尔	冰 心 石 真
坎特伯雷故事	〔英〕杰弗雷·乔叟	方 重
失乐园	〔英〕约翰·弥尔顿	朱维之
格列佛游记	〔英〕斯威夫特	张 健
傲慢与偏见	〔英〕简·奥斯丁	王科一
雪莱抒情诗选	〔英〕雪莱	查良铮
瓦尔登湖	〔美〕亨利·戴维·梭罗	徐 迟
欧·亨利短篇小说选	〔美〕欧·亨利	王永年
特利斯当与伊瑟	〔法〕贝迪耶	罗新璋
巨人传	〔法〕拉伯雷	鲍文蔚
忏悔录	〔法〕卢梭	范希衡 等
欧也妮·葛朗台 高老头	〔法〕巴尔扎克	傅 雷
雨果诗选	〔法〕雨果	程曾厚
巴黎圣母院	〔法〕雨果	陈敬容
包法利夫人	〔法〕福楼拜	李健吾
叶甫盖尼·奥涅金	〔俄〕普希金	智 量
死魂灵	〔俄〕果戈理	满 涛 许庆道

书　名	作　者	译　者
当代英雄	〔俄〕莱蒙托夫	草　婴
猎人笔记	〔俄〕屠格涅夫	丰子恺
白痴	〔俄〕陀思妥耶夫斯基	南　江
列夫·托尔斯泰中短篇小说选	〔俄〕列夫·托尔斯泰	草　婴
怎么办？	〔俄〕车尔尼雪夫斯基	蒋　路
高尔基短篇小说选	〔苏联〕高尔基	巴　金　等
浮士德	〔德〕歌德	绿　原
易卜生戏剧四种	〔挪〕易卜生	潘家洵
鲵鱼之乱	〔捷〕卡·恰佩克	贝　京
金人	〔匈〕约卡伊·莫尔	柯　青

第 二 辑

荷马史诗·伊利亚特	〔古希腊〕荷马	罗念生　王焕生
荷马史诗·奥德赛	〔古希腊〕荷马	王焕生
十日谈	〔意大利〕薄伽丘	王永年
莎士比亚悲剧五种	〔英〕威廉·莎士比亚	朱生豪
多情客游记	〔英〕劳伦斯·斯特恩	石永礼
唐璜	〔英〕拜伦	查良铮
大卫·科波菲尔	〔英〕查尔斯·狄更斯	庄绎传
简·爱	〔英〕夏洛蒂·勃朗特	吴钧燮
呼啸山庄	〔英〕爱米丽·勃朗特	张　玲　张　扬
德伯家的苔丝	〔英〕托马斯·哈代	张谷若
海浪　达洛维太太	〔英〕弗吉尼亚·吴尔夫	吴钧燮　谷启楠
哈克贝利·费恩历险记	〔美〕马克·吐温	张友松
一位女士的画像	〔美〕亨利·詹姆斯	项星耀
喧哗与骚动	〔美〕威廉·福克纳	李文俊
永别了武器	〔美〕欧内斯特·海明威	于晓红

书　名	作　者	译者
波斯人信札	〔法〕孟德斯鸠	罗大冈
伏尔泰小说选	〔法〕伏尔泰	傅　雷
红与黑	〔法〕司汤达	张冠尧
幻灭	〔法〕巴尔扎克	傅　雷
莫泊桑中短篇小说选	〔法〕莫泊桑	张英伦
文字生涯	〔法〕让－保尔·萨特	沈志明
局外人　鼠疫	〔法〕加缪	徐和瑾
契诃夫小说选	〔俄〕契诃夫	汝　龙
布宁中短篇小说选	〔俄〕布宁	陈　馥
一个人的遭遇	〔苏联〕肖洛霍夫	草　婴
少年维特的烦恼	〔德〕歌德	杨武能
德国，一个冬天的童话	〔德〕海涅	冯　至
绿衣亨利	〔瑞士〕戈特弗里德·凯勒	田德望
斯特林堡小说戏剧选	〔瑞典〕斯特林堡	李之义
城堡	〔奥地利〕卡夫卡	高年生

第　三　辑

埃斯库罗斯悲剧二种	〔古希腊〕埃斯库罗斯	罗念生
索福克勒斯悲剧二种	〔古希腊〕索福克勒斯	罗念生
欧里庇得斯悲剧二种	〔古希腊〕欧里庇得斯	罗念生
神曲	〔意大利〕但丁	田德望
西班牙流浪汉小说选	〔西班牙〕克维多　等	杨　绛　等
阿拉伯古代诗选	〔阿拉伯〕乌姆鲁勒·盖斯　等	仲跻昆
列王纪选	〔波斯〕菲尔多西	张鸿年
蕾莉与马杰农	〔波斯〕内扎米	卢　永
莎士比亚喜剧五种	〔英〕威廉·莎士比亚	方　平
鲁滨孙飘流记	〔英〕笛福	徐霞村

书　名	作　者	译　者
彭斯诗选	〔英〕彭斯	王佐良
艾凡赫	〔英〕沃尔特·司各特	项星耀
名利场	〔英〕萨克雷	杨　必
人性的枷锁	〔英〕威廉·萨默塞特·毛姆	叶　尊
儿子与情人	〔英〕D. H.劳伦斯	陈良廷　刘文澜
杰克·伦敦小说选	〔美〕杰克·伦敦	万　紫　等
了不起的盖茨比	〔美〕菲茨杰拉德	姚乃强
木工小史	〔法〕乔治·桑	齐　香
恶之花　巴黎的忧郁	〔法〕波德莱尔	钱春绮
萌芽	〔法〕左拉	黎　柯
前夜　父与子	〔俄〕屠格涅夫	丽　尼　巴金
卡拉马佐夫兄弟	〔俄〕陀思妥耶夫斯基	耿济之
安娜·卡列宁娜	〔俄〕列夫·托尔斯泰	周　扬　谢素台
茨维塔耶娃诗选	〔俄〕茨维塔耶娃	刘文飞
德国诗选	〔德〕歌德　等	钱春绮
安徒生童话选	〔丹麦〕安徒生	叶君健
外祖母	〔捷〕鲍·聂姆佐娃	吴　琦
好兵帅克历险记	〔捷〕雅·哈谢克	星　灿
我是猫	〔日〕夏目漱石	阎小妹
罗生门	〔日〕芥川龙之介	文洁若

第 四 辑

一千零一夜		纳　训
培根随笔集	〔英〕培根	曹明伦
拜伦诗选	〔英〕拜伦	查良铮
黑暗的心　吉姆爷	〔英〕约瑟夫·康拉德	黄雨石　熊　蕾
福尔赛世家	〔英〕高尔斯华绥	周煦良

书　名	作　者	译　者
月亮与六便士	〔英〕威廉·萨默塞特·毛姆	谷启楠
萧伯纳戏剧三种	〔爱尔兰〕萧伯纳	潘家洵 等
红字　七个尖角顶的宅第	〔美〕纳撒尼尔·霍桑	胡允桓
汤姆叔叔的小屋	〔美〕斯陀夫人	王家湘
白鲸	〔美〕赫尔曼·梅尔维尔	成　时
马克·吐温中短篇小说选	〔美〕马克·吐温	叶冬心
老人与海	〔美〕欧内斯特·海明威	陈良廷 等
愤怒的葡萄	〔美〕斯坦贝克	胡仲持
蒙田随笔集	〔法〕蒙田	梁宗岱　黄建华
悲惨世界	〔法〕雨果	李　丹　方　于
九三年	〔法〕雨果	郑永慧
梅里美中短篇小说选	〔法〕梅里美	张冠尧
情感教育	〔法〕福楼拜	王文融
茶花女	〔法〕小仲马	王振孙
都德小说选	〔法〕都德	刘　方　陆秉慧
一生	〔法〕莫泊桑	盛澄华
普希金诗选	〔俄〕普希金	高　莽 等
莱蒙托夫诗选	〔俄〕莱蒙托夫	余　振　顾蕴璞
罗亭　贵族之家	〔俄〕屠格涅夫	陆　蠡　丽　尼
日瓦戈医生	〔苏联〕帕斯捷尔纳克	张秉衡
大师和玛格丽特	〔苏联〕布尔加科夫	钱　诚
茨威格中短篇小说选	〔奥地利〕斯·茨威格	张玉书 等
玩偶	〔波兰〕普鲁斯	张振辉
万叶集精选	〔日〕大伴家持	钱稻孙
人间失格	〔日〕太宰治	魏大海

5

第 五 辑

书 名	作 者	译 者
泪与笑　先知	〔黎巴嫩〕纪伯伦	冰　心　等
华兹华斯 柯尔律治诗选	〔英〕华兹华斯　柯尔律治	杨德豫
济慈诗选	〔英〕约翰·济慈	屠　岸
汤姆·索亚历险记	〔美〕马克·吐温	张友松
大街	〔美〕辛克莱·路易斯	潘庆舲
田园三部曲	〔法〕乔治·桑	罗　旭　等
金钱	〔法〕左拉	金满成
果戈理小说戏剧选	〔俄〕果戈理	满　涛
奥勃洛莫夫	〔俄〕冈察洛夫	陈　馥
谁在俄罗斯能过好日子	〔俄〕涅克拉索夫	飞　白
亚·奥斯特洛夫 斯基戏剧六种	〔俄〕亚·奥斯特洛夫斯基	姜椿芳　等
复活	〔俄〕列夫·托尔斯泰	草　婴
静静的顿河	〔苏联〕肖洛霍夫	金　人
谢甫琴科诗选	〔乌克兰〕谢甫琴科	戈宝权　任溶溶
维廉·麦斯特的学习时代	〔德〕歌德	冯　至　姚可崑
叔本华随笔集	〔德〕叔本华	绿　原
艾菲·布里斯特	〔德〕台奥多尔·冯塔纳	韩世钟
豪普特曼戏剧三种	〔德〕豪普特曼	章鹏高　等
铁皮鼓	〔德〕君特·格拉斯	胡其鼎
加西亚·洛尔卡诗选	〔西班牙〕加西亚·洛尔卡	赵振江
你往何处去	〔波兰〕亨利克·显克维奇	张振辉
显克维奇中短篇小说选	〔波兰〕亨利克·显克维奇	林洪亮
裴多菲诗选	〔匈〕裴多菲	孙　用
轭下	〔保〕伐佐夫	施蛰存

书　名	作　者	译　者
卡勒瓦拉（上下）	〔芬兰〕埃利亚斯·隆洛德	孙　用
破戒	〔日〕岛崎藤村	陈德文
戈拉	〔印度〕泰戈尔	刘寿康